U0096465

古典文學研究輯刊

二二編

曾永義 主編

第5冊

王若虛文學研究

何瀟瀟 著

國家圖書館出版品預行編目資料

王若虛文學研究／何瀟瀟 著 -- 初版 -- 新北市：花木蘭文化事業有限公司，2020〔民 109〕

目 4+166 面；19×26 公分

（古典文學研究輯刊 二二編；第 5 冊）

ISBN 978-986-518-175-8（精裝）

1. 王若虛 2. 文學評論

820.8　　109010544

古典文學研究輯刊

二二編 第五冊　ISBN：978-986-518-175-8

王若虛文學研究

作　　者　何瀟瀟

主　　編　曾永義

總 編 輯　杜潔祥

副總編輯　楊嘉樂

編　　輯　許郁翎、張雅淋　美術編輯　陳逸婷

出　　版　花木蘭文化事業有限公司

發 行 人　高小娟

聯絡地址　235 新北市中和區中安街七二號十三樓

電話：02-2923-1455 ／傳真：02-2923-1452

網　　址　http://www.huamulan.tw 信箱 hml 810518@gmail.com

印　　刷　普羅文化出版廣告事業

初　　版　2020 年 9 月

全書字數　141630 字

定　　價　二二編 9 冊（精裝）台幣 22,000 元

王若虛文學研究

何灊灊　著

作者簡介

何瀟瀟，2008 年保送到北京師範大學古籍與傳統文化研究院攻讀古典文獻學研究生，碩士畢業後考入中國社會科學院研究生院文學系，師從党聖元教授研讀中國古代文學理論批評專業。2014 年畢業，獲文學博士學位。2014 年 9 月至今在北京師範大學——香港浸會大學聯合國際學院的中國語言文化中心任職，擔任助理教授。

科研方面，主要從事中國古代文論、文學批評及古典文獻學方面的研究工作。在治學方面，崇尚前輩學者的嚴謹治學精神，認為古人提倡的那種厚積薄發、博觀約取的治學態度更符合人文研究的規律。

提　　要

在金代的文學批評史上，王若虛無異是一位集大成的理論家、批評家。他學有根抵，受其舅周昂的家學影響，自小就博聞強記，有著深厚的學術素養。在他的一生中，早期經歷過仕途的不順，後來又歷經著名的「崔立功德碑」事件，卻都沒有使他改變自己高潔、卓特的性格特點。同時，他在學術上也始終沒有放鬆過，一生成就頗高，寫出了《慵夫集》、《滹南遺老集》、《尚書義粹》等著作。而他雖然在金代文壇有著很高的成就，卻一直以謙遜、雅重自持，因此贏得了人們一致的尊重。

本文首先從王若虛的生平與交遊入手，進行考察和分析。通過梳理他的生平，瞭解他平日的交往和行藏，由此探知到王若虛的性格，更好地瞭解其人，觀照到他的性格對他的研究帶來的影響。

接下來，本文主要對王若虛的文學理論和詩歌理論進行全面、系統、深入的研究和辨析。王若虛本人有著尚疑好辨、洞察入微、客觀冷靜的性格特點。這就決定了他對於前人之作、古人之言有著強烈的「辨惑」衝動。在理論積累上，他遠溯蘇軾，上承前輩趙秉文和其舅周昂的理論，最後形成了一套有著強烈個人特色的文學理論，也在文學批評方面做到了「言人所未言，發人所未發」的理論創新。

具體來說，在文學理論方面，他重大體勝於重技巧，重實質勝於重變化；他上承蘇軾、歐陽修的文風，將「語出天然」和「辭達理順」作為文章的正宗之理，強調平易的文風；在詩歌理論方面，他主天全，貴自得，認為「哀樂之真」皆出自於真情。同時，他能通過具體的創作技巧論，使自己的理論闡述不至於空泛。而對於修辭、文法等方面的批評，王若虛用力之深，觀察之細，也是前人所未有的。其中，「以意為主」、「巧拙相濟」的觀點，是他在文論和詩論中最為強調的重點。縱觀整體，在他的思想中，「辨」是重中之重，而他也確實做到了「疑古辨惑」。

最後，本文介紹了王若虛的作家批評情況。在具體的批評實踐中，他批評的範圍十分廣泛，而且觀點獨到。他以旁觀者的超脫視角，往往能夠一針見血地指出作家和作品中存在的問題，令人稱絕。但是，其中個人的偏好過於明顯，有時往往過於嚴苛，吝於讚賞，不免有吹毛求疵之弊。比如對黃庭堅及江西詩派的批判，就只關注於他們作品中的缺點，卻沒有看到他們的佳作、佳句，不免有些失於客觀。但是他的本意是力圖挽救當時金代文壇追求尖新奇詭的文風，希望當時的文人們能夠重回風雅文學的道路。

總之，王若虛的治學態度謙虛雅重，常常能夠衝破時人「崇古卑今」的傳統觀念，所以他的文學理論和批評較為中肯，能夠發人深省。同時，他的文學批評理論是建立在平實、樸素的基礎上，所以對於推動當時文風的改革起了很大的影響。

目　次

緒　論

第一節　選題背景

金是北方民族女真族建立的政權。《金史》卷一《世紀》中云：「生女真地有混同江、長白山。混同江亦號黑龍江，所謂白山黑水是也。」所以可稱金代是在白山黑水中崛起的一支民族。他們驍勇善戰，善於騎獵，有著強悍的民族性。「遼人嘗言若女真兵滿萬則不可敵。」〔註 1〕其勇猛可見一斑。在首領完顏阿骨打的率領下，於宋徽宗政和五年（即遼天祚帝天慶五年，公元 1115 年）建元收國，定國號為金。命名為金，金太祖完顏阿骨打是這樣說的：「遼以賓鐵為號，取其堅也。賓鐵雖堅，終亦變壞，惟金不變不壞。」〔註 2〕其後一直與南宋對峙。一直到宋理宗端平元年（即公元 1234 年），被蒙古所滅。女真族，同曾經的北方民族一樣，創造了中國歷史上重要的游牧文明。雖然只持續了短短一百餘年，但不可否認的是金代又是一個十分重要的朝代，它是繼南北朝之後又一次出現的與南宋長期對峙的一個朝代，在政治、經濟、文化等領域都呈現了令人矚目的成就。文化和思想方面的進步和成就尤其不應該被忽視。

金代的文學崛起在北中國，與當時的宋代文學可謂是「異軌齊驅、優勢互補」。〔註 3〕但是在之後的元明時期，人們對於金代文學則是或視而不

〔註 1〕（元）脫脫等：《太祖本紀》，《金史》卷二，中華書局，2011 年版，第 25 頁。

〔註 2〕（元）脫脫等：《太祖本紀》，《金史》，第 25 頁。

〔註 3〕周惠泉：《金代文學與女真族文學歷史發展新探》，《江蘇大學學報（社會科學版）》2008 年 3 月第 10 卷第 2 期。

見，或偏於貶損。這種態度一直持續到清代。研究金史的清代著名學者施國祁在《金源劄記》〔註 4〕一書的自序中曾經說過：「金源一代，年祀不及契丹，輿地不及蒙古，文采風流不及南宋。」他對於金代的看法是符合當時社會主流思想的。直到後來，清朝統治者出於民族認同感等原因，開始對金代文學加以重視，編纂了《金文最》（清張金吾編）、《全金詩》（清康熙年間郭元釪編），並且開始大量評注金文、金詩，這才拉開了對金代文學研究的序幕。清代的譚宗浚曾有過客觀的評價：「世多以金偏安一隅，又國祚稍促，遂謂其文不及宋元。不知有元一代文章皆自金源啟之。無論遺山老人才力沈雄，超出南宋諸公之上；即如趙閑閑、王滹南等，視虞范輩何多讓焉。至其卷帙繁富，較之姚氏《文粹》、呂氏《文鑒》、蘇氏《文類》幾倍之蓋。」〔註 5〕

自那時起，人們對金代文學的看法可大致分為兩派：一派是認為金代的傳統文學式樣是與北宋文學一脈相承的，文學風格是「直於宋而傷淺，質於元而少情」，詩歌則是「大旨不出蘇、黃之外。」〔註 6〕而對於新興的北曲和諸宮調，還是比較肯定的。而另一派觀點則強調了金代文學是與宋代文學有明顯區別。如張金吾在《金文最》自序中就強調了金代文章得北方「巨山大川雄渾深厚之氣，故其文章華實相扶，骨力遒上。」後一種觀點在清代時逐漸得到越來越多的認同。到了 20 世紀，對於金代文學的研究進入了學者們的視野。吳梅在《遼金元文學史》中表達了自己的看法（與張金吾的觀點是相近的）：「……要與宋之江西、四靈、江湖各派，如涇渭之各別。」直到周惠泉的《金代文學學發凡》中，才明確提出了金代文學的獨特特徵：「以質實貞剛的審美風範彪炳於世，為中國文學北雄南秀、異軌同奔的歷史走向增加了驅動力，促進了中華文化從多元發展為一元的進程。」〔註 7〕可以說，由於女真的民族文化特性，與宋代對立政權的背景等原因，金代文學與其他朝代的文學相比，是同中有異，異中有同的。它既對前朝文學樣式有所吸收和借鑒，又開創了諸如諸宮調等多種新型樣式。

〔註 4〕施國祁：《金源劄記》，中華書局，1985 年版，《叢書集成（初編）》本，第 1 頁。

〔註 5〕（清）譚宗浚：《希古堂集》甲集卷一，國家圖書館藏，清光緒刻本。

〔註 6〕（清）王世貞，羅仲鼎校注：《藝苑卮言》卷四，齊魯書社，1992 年版，第 227 頁。

〔註 7〕周惠泉：《金代文學學發凡》，東北師範大學出版社，1994 年版，第 289 頁。

對於金代文學的分期，學者們意見較統一。一般分為早、中、晚三個時期。

金代建國初期，是沒有本國文字的。「金人初無文字。國勢日強，與鄰國交好，乃用契丹字。太祖命希尹撰本國文字，備制度，希尹乃依漢人楷字，因契丹之製，合本國語製女真字。天輔三年八月字成，頒行之。其後熙宗亦製女真字，與希尹所製者俱行用。」〔註 8〕與中原漢民族文化接觸後，金朝統治者發現了其優越性，於是從一開始就加速了女真族漢化的腳步。開國後輔助太祖進行各項漢化事務的以契丹族的漢人（如韓昉、劉彥宗等人，金史有傳）為主，同時並以已經漢化的契丹族人及渤海人（如耶律恕、移剌溫、蕭仲恭等人，金史有傳）為輔。這就是歷史上著名的「借才異代」時期（公元 1115 年～公元 1160 年間）。這個時期，許多由宋入金的文人開始被太祖網羅至朝中，委以重用。除了政治制度逐漸開化和進步，在學術方面，也由於文字的習得，使金朝人接觸和閱讀到了之前歷代的經籍圖志，奠定了金源文化的基礎。當時的文壇，以蔡松年、宇文虛中、吳激、張斛等由宋入金的作家為代表。他們在家國交迭，社會環境初見穩定的時期，通常以「南朝詞客北朝臣」（出自金代劉著的《月夜泛舟》詩）的身份來吟詠情思，抒發情懷，表達的則是身世之感、家國之痛。這個時期不得不提到的一位傑出文學家，就是金太祖完顏阿骨打的孫子，自稱「中原天子」的第四位皇帝——海陵王完顏亮。他自幼好學，幼年拜漢儒張用直為師，深受影響，從此好為詩詞。他的創作筆力剛健樸實，作品中透露出一股英雄氣概；他的詩詞沒有當時南方詩詞中的扭捏之態，更無一絲脂粉氣息。正是他對文學創作的熱愛，以及他可堪比魏武帝的文采，很大程度上影響了當時的金代文壇，也給當時的南宋文壇送去一股剛健質樸的文風，正如清人張金吾《金文最》所言：「後人讀其（金人）遺文，考其體裁，而知北地之堅強，絕勝江南之柔弱。」

接下來就是文學成果較輝煌，同時在政治上也是對內穩定、對外和平的一個時期——金世宗大定時期和金章宗明昌時期，元好問這樣描述這個時期：「神功聖德三千牘，大定明昌五十年。」〔註 9〕金世宗在位期間，善於從前朝史書中學習經驗，同時親近文儒，任用文臣，在當時掀起了雅好儒風的

〔註 8〕（元）脫脫等：《完顏希尹傳》，《金史》卷七十三，第 1684 頁。

〔註 9〕（元）元好問：《除夜》，《元好問全集》（上冊）卷八，山西古籍出版社，2004 年版，第 229 頁。

風氣；同時，由於民生安穩，治化休明，金朝進入了各方面都繁榮發展的黃金時期，這段歷史時期被稱為「大定之治」（公元 1161 年～公元 1189 年），而金世宗完顏雍也由此被稱為「小堯舜」。早在海陵王天德三年（公元 1151 年）創立的國子學，也在金世宗大定十三年（公元 1173 年）擴大了規模，始創了女真國子學。太學和國子監在這時可謂「炙手可熱」，元好問曾說：「國初因遼宋之舊，以詞賦經義取士，預此選者，選曹以為貴科，榮路所在，人爭走之。」〔註 10〕一直到金章宗明昌年間（公元 1190 年～公元 1196 年），此階段的文人與前期由宋入金的那批文人不同，他們多是成長於金朝的統治之下，而其時安定繁榮的社會環境和崇尚儒學的社會風氣也給他們提供了很好的條件。這時期的文人，一改「借才異代」時期那種多感慨家國之悲的文風，而是向唐宋靠攏，建立了比較風雅的文學風格。如阮元所云：「大定以後，文章雄健，直繼北宋諸賢。」〔註 11〕這一時期重要的代表作家有蔡珪、党懷英、王庭筠、王寂、周昂等人。其中蔡珪被稱為「正傳之宗」，而党懷英則是「得古人之正脈」。周昂則是師法杜甫，善於寫作沉鬱頓挫、蒼涼凝重的詩。而周昂務實的詩歌理論觀，又給後來的王若虛帶來了極大的影響。

發展至金章宗承安、泰和年間時，由於蒙古帶來的外患，導致金朝局勢走向了衰頽。此時戰事連年，內憂外患交加，民生哀歎，可謂是「秕政日多，誅求無藝，民力浸竭，明昌、承安盛極始衰」〔註 12〕。而自衛紹王即位後，國勢更加衰弱。終於於金宣宗貞祐二年三月，向蒙古求和後，金王室南遷到南京（今河南開封），史稱「貞祐南遷」。但與此同時，金代文壇則迎來了最輝煌的時期。文人們有著強烈的文學自覺性，他們在動盪的社會環境中依然堅持改革文風，力圖「挺身頽波，為世砥柱」〔註 13〕。這一時期以漢人作家為主導，領袖人物有趙秉文、李純甫、王若虛等人。「南渡後，文風一變。文多學奇古，詩多學風雅，由趙閑閑、李屏山倡之。」〔註 14〕其中的文壇盟主趙秉文，致力於倡導和推動後期的金代文風，他認為，詩歌應宗法李杜，追求筆墨的恣意橫放，不要以繩墨自拘；而作文也應不重雕琢，應傚仿蘇軾。

〔註 10〕（元）元好問：《閑閑公墓銘》，《元好問全集》卷十七，第 478 頁。

〔註 11〕（清）阮元，（清）張金吾編：《金文最序》，《金文最》，中華書局，1990 年版，第 1 頁。

〔註 12〕（元）脫脫等：《哀宗下》，《金史》卷一八，2011 年版，第 403 頁。

〔註 13〕（元）元好問：《閑閑公墓銘》，《元好問全集》（上冊）卷十七，第 478 頁。

〔註 14〕（金）劉祁：《歸潛志》卷八，第 85 頁。

而李純甫則推崇黃山谷，寫詩作文追求奇譎怪誕，注重自由馳騁。之後的王若虛、雷淵也延續了對蘇、黃二人態度的不同。直到金代最傑出的文學家——元好問的出現，打破了這種對立。他綜合了蘇、黃二人的詩學觀，從而建立起一套自己的理論體系。「元好問在宋、金時期的崛起，實無愧於蘇軾、黃庭堅、辛棄疾、陸游比肩而立，並駕齊驅，為異彩紛呈、氣象萬千的中國文學史提供了同兩宋文學優勢互補的傑出範本。」〔註 15〕同時，他的詩文創作也達到了一個新的高峰，在金代文學史上留下了濃墨重彩的一筆。

但是總體來說，由於歷史年數較短，遺留下來的文獻數量較少。「金朝一代文士，見於《中州集》者不下百數十家，今惟趙秉文、王若虛數家尚有傳本，餘多湮沒無存。」〔註 16〕而從目前來看，金代的各方面研究一直以來很少獨立出來單獨成書，而是在各大著作中和遼、西夏合併在一起敘述，或成為了宋或元的依附品。也因此，對金代文學家的研究，也一直未受到應有的重視。

其中，生活在金末元初的名士大儒——王若虛的專著研究更是少之又少。可以說，他在文史哲各方面的研究價值還未被完全挖掘出來。王若虛（1174～1243），金代名士，被稱為一代鴻生碩儒。《金史》卷一二六有傳。王若虛字從之，號慵夫，入元後自稱滹南遺老。章宗承安二年（公元 1197 年）擢經義進士。調鄜州錄事，歷管城、門山二縣縣令。在任職期間有惠政，深得百姓愛戴。後入為國史院編修官、著作佐郎。正大初，在國史院主持編史工作，修章宗、宣宗二帝《實錄》。遷平涼府判官、延州刺史，入為直學士。金亡後，北歸鎮陽。後與親友、門生等一同東遊泰山，在大石上談笑而終。他在經學、史學、文學理論、文獻學幾個方面都有著突出的成就。同時，對於前朝文學和思想的繼承推衍以及對後來文壇的影響，也是不可忽視的。《四庫提要》評價王若虛：「金、元之間學有根柢者，實無人出若虛右。吳澄稱其博學卓識，見之所到，不苟同於眾，亦可謂不虛美矣。」這個評價是很中肯的，也明確地道出了王若虛的研究價值。

〔註 15〕周惠泉：《金代文學與女真族文學歷史發展新探》，《江蘇大學學報（社會科學版）》2008 年第 2 期。

〔註 16〕見《四庫全書總目》卷一百六十六。

第二節　王若虛著述情況

根據目前可考的文獻記載，王若虛的著作有《尚書義粹》、《慵夫集》、《滹南遺老集》。其中《慵夫集》已於元時散佚，不復可考。

《尚書義粹》，據《授經圖義例》記載為二卷，而《千頃堂書目》、《天一閣書目》、《萬卷堂書目》記載為三卷。朱彝尊在《經義考》卷八五提到：「王氏若虛《尚書義粹》三卷，未見。」可見這個本子已經失傳。張金吾在《愛日精廬藏書志》中輯錄了《尚書義粹》，並注明：「久無傳本。此本金吾從黃諫《書傳集解》中錄出。」後，陳良中從明刊本黃諫《書傳集解》中輯出了220條，再加上張金吾所輯，得到了《尚書義粹》335條，約九萬餘字。由於文獻資料的缺乏，這本書在本篇論文中不作進一步的考辨和研究。

《滹南遺老集》是王若虛著作中流傳下來的保存較為完整的一部文集，也是研究王若虛時最重要的一部文獻資料。根據書前所收錄的序言及前人的著錄，目前來看最完整的應為四十六卷。大部分版本標為四十五卷，附一卷。除此之外還有以下二種形式：七卷本和三卷本。七卷本多被稱為《滹南詩話》三卷，附詩四卷。而三卷本就是單純的《滹南詩話》三卷了。

《滹南遺老集》的版本情況略顯複雜。主要體現在明代以後的流傳情況中。目前可見的《滹南遺老集》有以下三種形式：四十六卷本（或稱四十五卷附一卷）、七卷本、三卷本。

一、現存善本一覽

根據對現存文獻的查詢和整理，目前可以看到的《滹南遺老集》主要收藏於各大圖書館及高校圖書館中。有以下幾種（按刊刻及印製時間排序）：

〔1794〕滹南詩話：三卷　（清）馬俊良輯　清乾隆五十九年石門馬氏大西山房刻本線裝，1 冊（1 函），18cm，框 12.3×9.8 公分，9 行 20 字，小字雙行同，細黑口，無魚尾，左右雙邊，內封題「乾隆甲寅年刊，漢魏叢書探珍，龍威秘書，一集，凡已入秘書廿一種，及有專刻者不重載，大西山房」。又「龍威秘書全部共十集八十冊，每集八冊」。

〔1794〕滹南詩話：三卷　乾隆五十九年刻本龍威秘書：第 3 函，第 8 冊

〔1796〕滹南詩話：三卷　清嘉慶元年世德堂刻本（重刻本）龍威秘書 /（清）馬俊良輯 / 第 3 函　據乾隆 59 年（1794）大西山房本、浙江

石門馬氏家藏版重刻

〔1879〕滹南遺老集：四十五卷，詩集一卷，續編詩集一卷　清光緒五年定州王氏謙德堂　刻本　6冊　一函

〔1879〕滹南遺老集：四十五卷，附詩集一卷，續編詩一卷　清光緒中定州王氏　刻本　畿輔叢書／第9函　清光緒五年定州王氏謙德堂

〔1882〕滹南詩話：三卷　清光緒八年　嶺南雲林仙館　刻本

〔1886〕滹南王先生文集：四十五卷，續一卷　清光緒十二年陳州　刻本　石蓮盦匯刻九金人集

〔1886〕滹南遺老王先生文集：四十五卷，續編詩 1 卷　清光緒十二年海豐吳重熹依吳焯跋祁氏澹生堂鈔本重刊　刻本

〔1900〕滹南詩話：三卷（清）鮑廷博輯　清光緒二十六年刻本／七子詩話：七種

〔1903〕滹南詩話：三卷（金）王若虛撰　螢雪軒叢書（日本）近藤元粹評訂　日本明治三十六年東京青木嵩山堂

〔1908〕滹南遺老王先生文集：四十五卷，續編　卷　刻本　清宣統元年卷前有宣統元年吳重憙序，言匯刻叢書及版本選擇經過。內封 B 面題：《滹南集》光緒十二年丙戌刻於陳州。卷末有吳重憙光緒十二年刻書跋。

〔1910～1913〕滹南詩話：三卷　古今說部叢書：10 集 266 種　（清）國學扶輪社校輯　清宣統二年至民國二年上海國學扶輪社　第九集

〔1916〕滹南詩話：五卷　民國五年上海文明書局　刊印本

〔1919〕滹南詩話：一卷　唐宋明清四朝詩話　民國八年上海掃葉山房石印本

〔1921〕滹南詩話：三卷　民國十年上海古書流通處　影印本　見知不足齋叢書，第 5 集

〔1925〕滹南詩話：三卷　民國十四年上海中國書店　鉛印本

〔1927〕滹南詩話：三卷　民國十六年無錫丁氏　鉛印本　歷代詩話續編／（民國）丁福保編／第 2 函

〔1929〕滹南遺老集：四十六卷　民國十八年上海商務印書館　影印本　四部叢刊　據上海涵芬樓藏舊鈔本影印　內封牌記載：滹南遺老集，四部叢刊集部，上海涵芬樓藏舊鈔本　原書葉心高營造尺六寸寬營造

尺四寸一分　6 冊（1 函），20×13cm，10 行 21 字，小字雙行同，白口，左右雙邊，單魚尾，版框 14.1×9.5cm

〔不詳〕滹南遺老王先生文集：四十五卷，續一卷。明代祁承㸁澹生堂抄本。

〔不詳〕滹南王先生文集：四十五卷，續編 1 卷　清抄本　有批校　線裝　4 冊　一函

〔不詳〕滹南詩話：三卷　清乾隆道光間長塘鮑氏刻本　知不足齋叢書／（清）鮑廷博編／第 4 函

〔不詳〕滹南王先生文集：四十六卷清康熙乙未吳氏繡古亭抄校本

〔不詳〕滹南詩話：三卷　民國年間上海進步書局　石印本（巾箱本）　筆記小說大觀／（民國）進步書局輯／第 8 輯第 1 函

〔不詳〕清宋賓王校並跋的《滹南集》三卷，清丁丙作跋的《滹南詩話》四卷（合為一本刊印）。

〔不詳〕清鮑廷博校、劉喜海跋的《滹南集》三卷，附《滹南詩話》四卷。

二、《滹南遺老集》明前流傳情況

目前並未能發現明代及以前的刻本。根據《滹南遺老集》前王鶚及王復翁二人的序文〔註 17〕，可推知此集在元代時的流傳情況：

（一）首次成書：1249 年

「明年春，先生亡矣。越四年，其子恕見予於燕京，予盡以其書付之。又二年，藁城令董君彥明益以所藏，釐為四十五卷，與其丞趙君壽卿倡義募工，將鏤其板，以壽其傳，囑為引。」

王若虛逝於 1243 年，根據文中所說時間推算，首次成書時間應在 1249 年。由董彥明、趙壽卿〔註 18〕將王若虛的文章整理成四十五卷本，雕版面世。

（二）流入江南：1283 年

「《滹南辨惑》一書，初江左未之聞也。至元二十年，古滄王公時舉來丞是邦，出於行篋，始得見之。興賢書院謄錄刊行。」

至元二十年即 1283 年。從這一年開始，此集開始在江南流傳。

〔註 17〕在本文中，所引用的《滹南遺老集》為叢書集成本。

〔註 18〕此二人生平介紹見本書第一章的交遊考。

（三）四十六卷本問世：1299 年

「迨今十年，其板為復翁所得。以字多差舛，恐誤讀者，欲得元本證之。而王公去此升行臺監察御史，尋柄文廣東，官轍無定，雖欲求之，末由也已。」王復翁得到本子後，本想以元代的版本進行互校，可是已經尋不到。可見此本的元代版本在當時已經亡佚了。

「公又以元遺山《中州集》所載滹南古律詩僅二十篇俾續卷末，收書，君子幸加詳焉。大德三年二月，中和節，雙桂書院王復翁謹書。」

大德三年即 1299 年。王復翁從《中州集》中輯取王若虛的近二十首詩，增補一卷，因此出現了四十六卷的版本。而後來的本子，多沿襲這一版本進行刊刻。

三、《滹南遺老集》明後流傳著錄情況

《滹南遺老集》在明清及以後具體的流傳並沒有很明確的發展脈絡。目前可查的著錄情況如下〔註 19〕：

1、《文淵閣書目・經籍》卷二：「王若虛《滹南文集》一部十冊。王若虛《滹南文集》一部五冊。」

2、《千頃堂書目・經籍》卷一：「金王若虛《尚書義粹》三卷。」
卷三：「金王若虛《經史辨惑》。」
「金王若虛《四書辨疑》一卷。」
卷二十九：「王若虛《滹南遺老集》四十五卷。又《慵夫集》。」

3、《菉竹堂書目》卷三：「王若虛《滹南文集》十冊。」

4、《絳雲樓書目》卷二：「《滹南遺老集》四十五卷，王若虛從之撰。又有《慵夫集》。」

5、《國史經籍志》卷五：「王若虛《滹南集》四十五卷。」

除了以書籍的形式刊刻發行之外，從元代開始，就有很多人將王若虛的一些文章或言論從他的文集中輯取出來，因此形成了一些單行本，如前面提到的一卷本。同時，王若虛的一些文章也散見於其他作家的文集中。

雖然前面列出了目前可見的版本，但具體發展脈絡並不清晰。以下表格將列出一部分目前可推知的較明確的底本及據此底本刊印的版本。

〔註 19〕著錄情況參考胡傳志、李定乾校注：《〈滹南遺老集〉校注》，遼海出版社，2006 年版。

底　　本	據此底本刊印的版本
《滹南遺老王先生文集》四十五卷，續一卷。（明代祁承㸁澹生堂抄本。）	1、清光緒五年定州王氏謙德堂刻本。畿輔叢書本。 2、清光緒十二年海豐吳重熹依吳焯跋祁氏澹生堂抄本重刻本。石蓮盦匯刻九金人集本。 3、民國二十四年《叢書集成初編》本。
《滹南王先生文集》四十六卷。（清康熙乙未吳氏繡古亭抄校本。）	1、清文珍樓抄本。有張乃昌朱批。 2、復旦大學館藏有朱批的清抄本。 3、上海涵芬樓藏舊鈔本。 4、上海商務印書館《四部叢刊》本。 5、四庫全書本。
《滹南詩話》三卷（清乾隆道光間長塘鮑氏刻本，收錄於《知不足齋叢書》）	1、清光緒八年嶺南雲林仙館刻本。 2、上海古書流通處影印本。

除了上表列出的版本，其他版本的流變情況不甚明確，故無法進行總結。

經過比較，本文選取四部叢刊本與叢書集成本為底本，通過與今人整理本《〈滹南遺老集〉校注》〔註20〕互校後，進行研究。為方便查閱，本文中涉及的《滹南遺老集》中的內容，均填寫今人整理本的頁碼，卷數不變。

《滹南遺老集》（四十六卷本）的內容涵蓋了經、史、文論、文學創作這幾大板塊，信息量極大。目前對全書進行梳理的僅有幾篇論文。大多數研究只是放在某個單一的章節上。書中最被研究者重視的就是與文學理論有關的《文辨》四卷、《詩話》三卷。除了這七卷，其餘涉及文學批評的文字則散見於他的其他作品中。關於王若虛的文論思想，在很多文學理論、文學批評專著中都有所涉及，對他的文論思想都給予了肯定。郭紹虞在《中國文學批評史》中特別提到了他的貢獻之一是在一定程度上幫助建立了文法學與修辭學，以及文章學，但是並非系統及正式地建立。就之前的文論和詩論而言，能對這幾方面進行重視和探究的，「不得不推滹南為濫觴」了。這一點目前並沒有更深層次的探析，我試想從王若虛的文論、詩論這兩方面入手，從文法學、修辭學、文章學等方向入手。同時，王的理論對於後來的公安派、前後七子等都有一定程度的影響。這部分目前還未來得及閱讀更多的文獻。金元的文學理論整體呈現出一種對唐宋的繼承與改革的趨勢，可以說是深化了唐

〔註20〕胡傳志、李定乾校注：《〈滹南遺老集〉校注》。

宋以來的文論、詩論觀念。而這又作為明代文論的一個基礎而繼續發展著。

除了以《滹南遺老集》的內容為對象進行研究，可研究的問題還有以下幾個方面：

首先，王若虛的生平經歷。這個方面目前研究者關注較少。從他的經歷可以看出他的詩文思想的形成過程及原因。同時在論文中還會一併作出王若虛的交遊考，並試圖以他為點，進行全面鋪開，梳理出金末元初時期的文論思想。其次，全面、系統地闡述王若虛的文論和詩論，並分析他的思想形成的原因。第三，將他的文學批評中作家批評這一部分獨立出來，進行討論，分析他的批評實踐。

因此，本文試圖從王若虛本人的生平、交遊，及其著作的方方面面入手，進行考證、梳理、研究、辨析，進行深度挖掘，爭取呈現出一篇較完整和立體的研究論文，

第一章　王若虛的生平與交遊考述

第一節　王若虛的生平

王若虛的生平，元好問在《內翰王公墓表》中曾有過較詳細的記述。同時，《中州集》有《王若虛小傳》一篇，《金史》有《王若虛》列傳，《大金國志》也有一篇文字簡短的小傳。而在劉祁的《歸潛志》中，則有許多涉及王若虛的記載。這些文獻資料構成了現代人研究王若虛生平的基礎。

王若虛的年譜目前可以看到的有以下幾篇。最早可見到的版本是胡適先生在《胡適日記》中寫的一篇《王若虛年譜》。這篇文章篇幅短小，不足三頁，十分簡略，大多用一句話概括當年王若虛的行狀。進入當代，隨著學者們對王若虛生平的瞭解加深，其年譜也越來越詳細。舒大剛於九十年代作《王若虛年譜》，較為詳細。而目前可見到最詳盡的版本則是王慶生的《金代文學家年譜》中的《王若虛年譜》。這篇年譜與舒大剛所作研究方法相似，梳理脈絡較為清晰，引證十分精詳，為後來人瞭解王若虛的生平事蹟可謂是提供了最基本的文獻資料。尤其在其詩文繫年、傳紀文獻等方面頗有成就。但是，此篇年譜僅是做簡單記述，大致勾勒出了王若虛的行蹤，並沒有過多地介紹王若虛所經歷的社會活動、文學活動等。

同時，由於《金史》本傳中失載，王若虛的生卒年沒有一個確切的說法，這導致了王若虛的出生年份在不同的文獻資料中是有出入的。而要想梳理王若虛的生平，則必然先要根據文獻資料明確王若虛的生卒年。

胡適先生在《王若虛年譜》〔註 1〕中著錄王若虛的生年是公元 1173 年；

〔註 1〕胡適：《王若虛年譜》，《胡適傳紀作品全編》第二卷，東方出版中心，1999 年版，第 108～110 頁。

霍松林先生則在《滹南詩話》點校本及有關王若虛的研究論文中記載著王若虛的生年為公元 1177 年〔註 2〕；而舒大剛、王慶生及後來有關王若虛的記載中都是著錄著生年是公元 1174 年。就文獻來看，《金史》的小傳只是指出「金亡，微服北歸……良久瞑目而逝，年七十。」〔註 3〕其他文獻資料也都提出王若虛時「七十而逝」，因此可以確定王若虛卒於七十歲。通過與元好問的《內翰王公墓表》及《中州集》中的小傳互校，可以看到「歲癸卯夏四月辛未，內翰王公遷化於泰山。」「癸卯三月東遊，與劉文季輩登泰山。憩於黃峴峰之萃美亭，談笑而化。」此處的「癸卯」，加上此時是「金亡」之後的這個條件，可以確定當時是公元 1243 年。王鶚在《滹南遺老集》前所撰寫的序中也提到了:「壬寅春，先生歸自范陽，道順天，為予作數日留……明年春，先生亡矣。」「壬寅」當指 1242 年，也可推出「明年」是 1243 年。通過以上梳理，可以明確的是王若虛卒於 1243 年，當時是七十歲。胡適先生推出的 1173 年與其他先生的 1174 年有所出入是因為年齡計算方法有差異。按照中國傳統的計算方法，古人所稱的年歲一般是指虛歲，是按照陰曆來計算的，而胡適先生很明顯是按照公曆來算的。因此本文斗膽推論：王若虛真正生卒年即是：生於金大定十四年（公元 1174 年），卒於乃馬真後二年（公元 1243 年）。

關於王若虛的年譜，已有多個版本，最完備的是王慶生在《金代文學家年譜》中的《王若虛年譜》這篇。但是，由於史料的缺乏，以及很多他的詩文都無法判斷時間，總還是有些遺憾。以下以平鋪直敘的方式對於王若虛的生平進行記敘，並在遍查史料的基礎上加以推論和揣測，務求達到平實、詳細的目的。

王若虛，字從之，號慵夫，為河北藁城（現位於河北石家莊東部）人士。因家鄉藁城位於滹沱河南邊，故在金亡後自稱「滹南遺老」，並以此命名自己的文集。他的祖上以農業為生，未考察到有獲官名者。父親名王靖，其人性格正直，崇尚禮義，樂善好施，在鄉鄰間頗有嘉名。同時由於公正熱心，鄉人們之間有爭執之事時，多找他調停、決議。王靖妻原姓石氏。王靖及石氏後因為王若虛而獲封，分贈以朝散大夫和太原縣太君。王若虛父母其餘事均

〔註 2〕霍松林先生最早是在《文學遺產增刊》第七輯（中華書局，1959 年出版）的《王若虛反形式主義的文學批評》一文中首先提出的；後來在人民文學出版社 1962 年版的《滹南詩話》點校本中仍然沿用這一說法，認為王若虛是生於 1177 年，卒於 1246 年。

〔註 3〕（元）脫脫等：《王若虛本傳》，《金史》列傳第六十四，第 2737、2738 頁。

不可考。王若虛為朝散君第二子。王若虛有妻趙氏，被封為太原郡夫人。有子一名，名恕，字寬夫〔註4〕；女一名，嫁給了一位儒生。另外，王若虛應該還有一子，但已經夭折〔註5〕。其餘資料皆不可考。

一、青少年時期——天資聰穎，才華出眾

王若虛從小天資聰穎，識文強記，自幼可背誦古詩達萬餘首，「若夙昔在文字間者」〔註6〕。在他的家鄉有兩位以文才和德行出眾的名人，「褚公茂先，而後有周先生德卿」〔註7〕，即褚承亮〔註8〕和周昂〔註9〕兩位。褚承亮乃由宋入金之人，宣和二年擢第，其文曾被蘇軾大加讚賞。《金文最》有佚名所撰的《褚先生墓碣》，提到褚承亮有弟子周伯祿等百餘人。而周伯祿就是周昂的父親，他在大定初年及第，於大定二十八年任尚書員外郎，官至知沁南軍節度使一職。周昂出生於官宦世家，他博學多識，並且在及第前一直負責教授王若虛。其時王若虛還是幼童，但這段跟隨周昂學習的經歷對王若虛有著極大的影響——周昂的文學思想已經深深地扎根在王若虛腦海中。在周昂及第赴官後，約大定二十五年時，周昂又將時年十二歲的王若虛託付於劉中〔註10〕。劉中字正甫，為人身材短小，性格頗玩世不恭，滑稽有趣。但他文才頗盛，除王若虛之外，還有高法颺、張履（趙秉文之婿）等人從之學。這兩位啟蒙教師為王若虛將來的思想奠定了一定的基礎。明昌年間，王若虛跟隨老師來到了博州高唐縣（今山東聊城），與李仝（李仲和）、王玠同遊。他在《李仲和墓碣銘》中提到：「若虛有心契者，曰李君，諱仝，字仲和，博州高唐人。」「明昌間，予以從師客縣中，閉門索居，不妄應接。而思與跌宕不羈之士遊。既得仲和，語合意，豁然大適，為忘形交。久之益親，一日不見，相覓如求亡。」而在《王氏先塋之碑》也提到：「二孤玠、瑀……予與玠為同舍生。」

〔註4〕（元）元好問編：《王內翰若虛小傳》，《中州集》卷六，中華書局，1959年第1版，第285頁。

〔註5〕（金）王若虛：《失子詩》，《滹南遺老集》卷四十六。其中有一句是「平生三舉子，隨滅如朝露」，可以此判斷王若虛可能曾痛失一子。

〔註6〕（元）元好問：《內翰王公墓表》，《元好問全集》卷十九，第513頁。下文所引《內翰王公墓表》皆同此注。

〔註7〕（元）元好問：《內翰王公墓表》，《元好問全集》卷十九，第513頁

〔註8〕（元）脫脫等：《褚承亮本傳》，《金史》列傳第六十五，第2748頁。

〔註9〕（元）脫脫等：《周昂本傳》，《金史》列傳第六十四，第2730頁。

〔註10〕《金史》無傳。其生卒年不詳。《中州集》卷四有《劉左司中》小傳。

金承安二年（公元 1197 年），及弱冠的王若虛參加科舉考試，擢經義進士甲科。如今已看不到當年的進士錄（金朝開科舉四十餘次，如今流傳下來的只有《承安五年經義榜》可查），《畿輔通志》卷六十一在「王若虛」的詞條下記載有「藁城人，承安狀元，翰林學士。」由此可證。同年擢進士及第的還有李純甫。據《歸潛志》記載，李純甫曾作《送王從之南歸》詩一首，戲謔王若虛：「今日始服君，似君良獨難。惜花不惜金，愛睡不愛官。」〔註 11〕從此詩推測，王若虛及第後沒有赴吏部選〔註 12〕，而是選擇歸家。而同期擢第的李純甫和馮璧則選擇赴選。王慶生在《王若虛年譜》中認為王若虛不赴吏選是因為父母年事已高，但並未看到直接可證的資料，因此這種說法應屬揣測之意〔註 13〕。可見與同時期的考生相比，王若虛的名利觀念並不強烈。在之後的歸家途中，王若虛曾到河南偃師遊玩，並題詩一首，草書於一石碑上。詩曰：「緱山突兀上空虛，古柏森森幾萬株。一自吹笙仙去後，乘鸞曾返故鄉無。」《中州金石記》卷五在詩後記載：「承安丁巳立，滹南老人撰」，卷六又記載該詩作成於當年的十一月。

在擢進士第後的第二年，即承安四年（1199 年），王若虛的父親王靖去世，王若虛即丁朝散君憂。在丁憂期間，他寫下了不少詩文，大多是應鄉里友故的邀請而撰寫的，如《揖翠軒賦》、《瑞竹賦並序》、《寧晉縣令吳君遺愛碑》等。其中包括著名的《焚驢志》一文，這證明了他身不在官場，卻心繫百姓的內心。這篇寓言性質的文章通過借驢子之口來訴冤的故事，狠狠地諷刺了那些迷信迂腐，相信焚驢能夠求雨的為官者們那愚蠢、不仁的本性，揭露出那些本性惡妄的當權者才是造成民不聊生的社會現象的本質原因。這也透露出王若虛的為官之道——為官應廉潔清明，一心為百姓著想。這在他其後的官宦生涯中也得到了充分的體現。

二、中年時期——仕途生涯從壓抑到平順

在解除丁憂後，王若虛便入職為官，於泰和元年（1201 年）冬天赴京，調任鄜州錄事。但是剛入職不久，就在同年被上司掊摭。具體原因現已無可考，只知道他是因為「狂放不羈為上官所掊，宴遊戲劇悉禁絕之。雖所親

〔註 11〕（金）劉祁：《歸潛志》卷九，第 100 頁。

〔註 12〕《金史》卷五十二《選舉制二》，第 1157 頁：「金朝，文武選皆吏部統之。」

〔註 13〕《金代文學家年譜》第 504 頁提到：「若虛及第後，以親老，未赴吏部選。」出處不可知。王慶生：《金代文學家年譜》，鳳凰出版社，2005 年版。

愛，非公故不得相往來。逢於道路，斂避辭謝，莫敢立談者，出門悵然其無歸也。」〔註 14〕因為性格的狂放不羈，王若虛被上司嫌惡，而這影響了他與同僚之間的關係。於是他只能「深居高臥，讀書以自遣，」〔註 15〕於無聊之時，也經常去龍興寺明極軒，與那裡的釋子名雄者一併「晏坐清談，焚香煮茗」。這一段為官生涯王若虛過得並不舒心，他淡泊名利，不愛與同僚過多接觸，心中常有怨憤，「平生少諧合，舉足逢怨怒」，也知道「天命有窮達，人情私好惡」〔註 16〕。但是他仍然堅持自己的秉性，沒有被官場的習性影響，也因此當地在他當職期間「治化清靜，有老城之風」〔註 17〕。接下來的幾年，他歷任了管城（今河南鄭州）縣令（泰和五年，1205 年）及門山（今陝西宜川）縣令（泰和七年，1207 年）。這兩段任職期間，他均有惠政，以至於到他秩滿離開門山縣時，當地百姓一直挽留，依依不捨，持續了數日他才得以動身。

到此時，王若虛的才能才得到應有的賞識。他被薦舉，於大定元年（1209 年）進入金朝當時主管編纂和修訂國史的國史院，成為了一名編修官。這和當時的社會環境是分不開的。在金代這個時期，金朝統治者進入「文治」時期。早在金熙宗天會十三年（1135 年）時，金朝就全面採用了唐宋時期的制度，設立了國史院、翰林院等部門，並且開始倚重文官。這種官制對於當時緩和南北社會矛盾，穩定社會環境，尤其是促進女真族的封建化起到了一定的推動作用。而王若虛在進入國史院成為編修官後不久，就因其出眾的才華，調到翰林院擔任應奉翰林文字同知制誥，從品級來看，已從八品升到了從七品。這個時期王若虛在文學創作方面並沒有過多地投入心力，反而是一心向仕，希望在仕途上有所作為。當他於大安二年（1210 年）奉使夏國歸來後，他出任著作佐郎，並開始在史館中修金章宗《實錄》。修訂《章宗實錄》和《宣宗實錄》這項工作大概從 1210 年持續到 1228 年：「（興定四年）九月……辛卯，進《章宗實錄》」〔註 18〕，「哀宗正大初，章宗、宣宗《實錄》成，遷平涼府判官。」明代王圻《續文獻通考》記載：「《金章宗實錄》，興定四年（1220 年）九月，國史院所進王若虛修。」「《金宣宗實錄》，正大五年（1228 年）十

〔註 14〕（金）王若虛：《滹南遺老集》，卷四十四《鄜州龍興寺明極軒記》，第 528 頁。
〔註 15〕（金）王若虛：《滹南遺老集》，卷四十四《鄜州龍興寺明極軒記》，第 528 頁。
〔註 16〕此句中的兩句詩出自王若虛《攄憤》一詩，《滹南遺老集》第四十六卷。
〔註 17〕（元）元好問《內翰王公墓表》。
〔註 18〕（元）脫脫等：《宣宗本紀下》，《金史》卷十六，第 354 頁。

一月，國史院所進，王若虛修。」〔註 19〕

這段時期，王若虛的生活平穩，閑暇時他常與當時同在京城為官的趙秉文、李純甫、雷淵等人一同遊賞，文章方面也是往來唱和，撰《道學發源後序》、《復之純〈交說〉》等文。也正在此時，他認識了來京城應試的劉祁〔註 20〕。劉祁在《歸潛志》中記錄的王若虛與趙秉文、李純甫、雷淵等人的言行，也大多是這段時間發生的。

在之後的官宦生涯中，王若虛一直比較平穩。他在四十九歲時升到了正五品上的中議大夫，後又擔任左司諫，既是擔任修撰的文官，也是掌規諭諷諫的言官。同時，他也沒有忽視自己的研究和創作。他在擔任國史院編修官時，在對史籍進行了大量的閱讀和研究後，撰寫了《史記辨惑》和《論語辨惑》等文稿，雖然並沒有正式刊刻，但也已經在一定範圍內流傳開來，被人們所知悉。其後，王若虛以年歲較高，不拜延州刺史，一直任翰林侍制，轉翰林直學士。到這時，王若虛已經頗有盛名，和當時文壇盟主趙秉文、與趙齊名的楊雲翼、同期擢第的李純甫、同為編修官的雷淵等人一起，在金代文壇有著舉足輕重的地位。而後輩中，王郁、王鶚、元好問等人也開始與他交往，或成為他的門生。他們後來的文學思想也都受到了王若虛的影響，創造了金代文壇最後的輝煌。

三、晚年時期——經歷亡國，歸隱天年

在王若虛六十歲那年，即天興二年（1233 年），發生了著名的歷史事件——崔立之變〔註 21〕。前一年（1232 年），金軍戰敗，棄潼關而逃，導致盧氏、睢州、中京等相繼陷落。上到達官貴人，下至平民百姓，皆人心惶惶。當年七月，金軍將蒙古派來的和議使臣殺害，終激怒了蒙古大軍。蒙古大軍開始了對汴京的圍困戰略，一困就是數月。此時城內糧倉虛空，瘟疫盛行，民不聊生。十二月，金哀宗以東征的名義出逃，僅留下一群素來昏庸無謀的臣子坐鎮指揮，而這讓汴京城中的慘況愈演愈烈。而出身市井無賴的崔立此時被任命為西面元帥。天興二年正月，崔立率手下二百餘人攻入尚書省的官邸，

〔註 19〕（明）王圻：《經籍考》，《續文獻通考》卷一百七十六明萬曆三十年松江府刻本。

〔註 20〕劉祁於興定五年應試不第。

〔註 21〕這個歷史事件在《金史》、《歸潛志》等多個文獻中有記載，在此不一一列舉。此處僅將這一事件做基礎的還原敘述。

殺害了兩位被哀宗任命的監國守臣——完顏奴申〔註 22〕和完顏習捏阿不。隨後，崔立扶持當時的梁王完顏從恪任監國，並親自去到蒙古軍營中投降。但他這麼做並不是為了拯救百姓，而是妄圖傚仿前朝，做蒙古的傀儡皇帝。為了討好蒙古，他打開城門，在全城範圍內肆意搜刮掠奪金銀珠寶獻給蒙古。更甚的是，他將當時未能逃出城的太后、皇后、後宮嬪妃及王室諸成員也都盡數送到了蒙古軍營中。在做完這一系列叛國投敵的罪惡行徑後，他暗示朝中百官要為他建一座功德碑，頌揚他拯救黎民於水火之中的功德。

此時，王若虛因位處翰林直學士，被召作頌揚崔立之文〔註 23〕。他內心十分痛苦和矛盾，並且經歷了很長的激烈的心理鬥爭。他看到當時環境的險惡：「喋血之際，翟奕輩恃勢作威，頤指如意，人或少忤，則橫遭讒構，立見屠滅。」〔註 24〕同時他也深覺不能放棄自己的操守。在這種情形下，王若虛決定堅持自己的原則，於是他做好了赴死的準備，「公自分必死，私謂好問言：『今召我作碑，不從則死；作之，則名節掃地，貽笑將來。不若死之為愈也。』」〔註 25〕但是，有著多年官場經驗的王若虛並沒有直接回絕，而是「以理論之」，他「乃謂奕輩言：『丞相功德碑當指何事為言？』奕輩怒曰：『丞相以京城降，城中人百萬皆有生路，非功德乎？』公又言：『學士代王言，功德碑謂之代王言可乎？且丞相既以城降，則朝官皆出丞相之門。自古豈有門下人為主帥頌功德而為後人所信者？』」這一來一往，一問一答，條理清晰，論據充分，竟讓翟奕不知如何回答！之後，翟奕等人只得脅迫當時的太學生劉祁、麻革和元好問等人敕辦立碑之事。劉祁和元好問在起草之後，先拿給王若虛過目。草稿中有修飾吹捧之意的字句，均被王公修改或刪去，最後成稿只是一篇不露思想感情、平鋪直敘的記事文而已。後崔立被殺，遺臭萬年，而人們也紛紛對為其立碑之人譏諷怨憤。後來劉祁和元好問也分別作文撰寫事情的始末及為自己的行為加以解釋。〔註 26〕而王若虛則在這次事件中，保

〔註 22〕《金史》有傳。

〔註 23〕（元）元好問：《內翰王公墓表》：「群小獻讒，請為立建功德碑，以都堂命召公為文。」

〔註 24〕（元）元好問：《內翰王公墓表》。

〔註 25〕（元）元好問：《內翰王公墓表》。

〔註 26〕劉祁為自己開脫之文名《為崔立碑事》，收錄於《歸潛志》卷十二。元好問則在《外家別業上樑文》中為自己申辯，此文收於《遺山集》中。自此，學者們紛爭不休，有替元好問辯護者，有的則嘲諷元好問，認為劉祁所撰較可信。具體可查看《元遺山在崔立碑事件中的動機及其評價》一文（狄寶心、徐翠

住了自己的名節。

在經歷了金朝的全面潰敗，蒙古軍攻掠京城後，王若虛於天興二年五月選擇微服北渡，歸隱於自己的家鄉真定：「京城大掠之後，微服北歸，以至遊泰山，浮湛里社者十餘年。」從六十歲到七十歲，王若虛的晚年過得祥和平靜。他致力於學術研究，整理了自己的文稿，並陸續創作了多篇雜文和古詩。而許多後輩也慕名而來，成為他的門生。六十九歲那年，他將自己整理好的文集《滹南遺老集》付與王鶚，請他為之作序。

乃馬真後二年（1243 年）四月，劉祁之弟劉郁因事要前往東平（今山東省泰安市），便邀請王若虛和其子王恕一同前往。王若虛欣然前往，並以七十高齡登上泰山。當他緩緩步行到黃峴峰上的萃美亭時，由美景觸發了感慨：「汨沒塵土中一生，不意晚年乃造仙府，誠得終老此山，志願畢矣。」誰知，他竟一語成讖。之後，他獨坐於萃美亭一側的大石上，閉目養神，垂足休息。旁人只當他在假寐，未敢打擾他，而後趨近觀察，才發現王公雖面色如常，卻已仙逝於大石之上。至此，一代大家王若虛終得其所願，仙化於這一氣勢雄偉的「天下第一山」之上。所謂「泰山北斗」，用來形容王若虛真是再恰當不過了。後人將王若虛仙化之地稱為「蛻仙岩」〔註 27〕，以示對王公的推崇與尊重。

小結

王若虛，在金代可謂是一代鴻生碩儒，有著不可忽視的歷史地位。他出生於社會太平、文化昌明的金章宗大定時期，因此自小就在一個崇尚儒學、推崇科舉的盛世環境中。雖然祖上以務農為生，卻沒有影響王若虛的天資。他「博學強記，誦古詩至萬餘首」，自小便名聞鄉里。經舅舅周昂和劉中的教導，二十四歲時就已擢進士甲科。但是他不看重名利，推崇「身雖寒而道則富」〔註 28〕，認為「蒼天生我亦何意，蓋世功名實不足」〔註 29〕。雖然他不熱衷於入仕，但他關心民生，一心為民，以至在除管城、門山二縣縣令時，

先，山西大學師範學院學報，1994 年第 2 期）。

〔註 27〕王旭《蘭軒集》卷二有《蛻仙岩》、《登泰山歌》二詩提及王滹南及蛻仙岩。王旭，字景初，東平人。其事蹟不見於《元史》。《山東通志》稱旭與同郡王構及永年王磐俱以文章名世，天下號為三王。

〔註 28〕（金）王若虛：《士衡真贊》，《滹南遺老集》卷四十五，第 545 頁。

〔註 29〕（金）王若虛：《貧士歎》，《滹南遺老集》卷四十五，第 547 頁。

出現了百姓持續幾日的攀送、不忍惜別的情景。因此可以說他在吏治方面也大有作為，「文不掩其所長」〔註 30〕可稱得上是金朝一位名臣。在進入戰爭連年的承安時期後，面對家國的動盪，王若虛仍然沒有放棄自己的政治理想。「崔立碑事」中，「勒文頌德召學士，滹南先生付一死」〔註 31〕，他為保名節甘願舍生赴死，最後依靠自己的智慧和辯才成功地化解了自己的危機〔註 32〕。同時，他「秉史筆十五年」，堅持每日記錄自己的所思所讀，最終完成《慵夫集》若干卷（已佚）和《滹南遺老集》若干卷；他在經學、史學、文章、人物這幾個方面都達到了金元間無人出其右者的成就〔註 33〕。在他的一生中，他「資稟醇正，且有師承之素，故於事親、待昆弟及與朋友交者，無不盡」〔註 34〕；雖貌似「嚴重若不可親」，但受其師劉中的影響，性格也是「滑稽多智」，交遊豐富，善於辯論；同時又「雅重自持」〔註 35〕，以德服人，追隨者眾。因此，後人認為他「誠可為一時名流矣」，「吳澄稱其博學卓識，見之所到，不苟同於眾，亦可謂不虛美矣。」〔註 36〕

第二節　王若虛的交遊

與其他朝代相同，同時也是傚仿當時北方社會的傳統，金朝文人之間交遊往來十分頻繁和密切，他們以文會友，平日或遊覽大好河山，或把酒言歡，酬唱贈答。在安世太平時期如此，即使在金代後期，與蒙古軍交戰期間、山河破碎時期也沒有停止這股風潮。王若虛生性瀟灑風趣，又嗜愛飲酒，更是常常與三五好友把酒言歡、切磋技藝，與他交往的良友頗多。

一、與周昂

周昂，字德卿，真定（今河北正定）人，具體生卒年未在小傳裏記載。

〔註 30〕（元）脫脫等：《王若虛本傳》，《金史》列傳第六十四，第 2737 頁。

〔註 31〕（元）郝經：《辯磨甘露碑》，《郝文忠公陵川文集》卷八，《北京圖書館古籍珍本叢刊》第 91 冊，書目文獻出版社，2000 年影印本，第 551 頁。

〔註 32〕狄寶心先生在《元遺山在崔立碑事件中的動機及其評價》中認為王若虛在此事件中「只考慮到個人的名節，而沒有從大局著想而顧及事態的發展」，但為了肯定元好問而這樣評價王若虛及劉祁諸人，略顯不公。

〔註 33〕（元）元好問：《王若虛小傳》，《中州集》卷六。

〔註 34〕（元）元好問：《內翰王公墓表》。

〔註 35〕（金）劉祁：《歸潛志》卷九，第 97 頁。

〔註 36〕《四庫全書總目提要》卷一百六十六．集部十九，《滹南遺老集》提要。

其父周伯祿，字天錫，乃當時鄉里德高望重的褚承亮之弟子，於大定初中了進士，後一路仕至同知沁南軍節度使一職，撰有《湧金亭》一詩，刻於衛輝府輝縣〔註 37〕。周昂喜讀詩書，寫文作詩以韓愈、杜甫為師，學術醇正；同時重名節，性格和藹、仁義。他在赴京科舉前，一直教授其外甥王若虛讀書，可謂「開蒙之師」。原因是他一早便看出王若虛有「偉器」之才，願意傾其所能盡授之。待科舉考試中第後，他便赴官，後遷尚書省令史。其間，周昂為官清明，與朝中德賢者交往，潔身自好：「嘗聞故老論金朝女直宰相中，最賢者曰完顏守貞，相章宗，屢正言，有重望……接援士流，一時名士如路侍御鐸、周戶部德卿諸公，皆倚以為重……德卿賦《冷岩行》頌其德。」〔註 38〕路鐸，字宣叔，乃周昂良友〔註 39〕。明昌五年（1194 年）冬天，路鐸因事外貶，周昂沒有避嫌，為好友作《送路鐸外補》詩送別。誰知，這惜別好友之情竟為日後埋下禍根。明昌六年（1195 年）時，趙秉文「上書論奸欺」〔註 40〕，認為宰相胥持國當罷。當時朝中黨派紛爭，胥持國與當時皇后李氏為一派，善於阿諛奉承，朝臣皆有諫言，但金章宗一味袒護。之前路鐸遭外貶也與此事有關。趙秉文上書後，被章宗召問時，供出這進諫之言是平時與王庭筠、周昂、潘豹等人一起私下議論過的，加上周昂曾經為路鐸贈離別之詩等，章宗大怒，下旨：「庭筠坐舉秉文〔註 41〕，昂坐譏諷，各杖七十，左貶外官。……初，秉文與昂不相識，被累。已而，昂杖臥，秉文謝曰：『此前生怨也。』」〔註 42〕經歷此事後，周昂便罷職，回到家鄉真定，開始「親操鋤犁，自耕自食」〔註 43〕的田園生活。但他的心中充滿了激憤，只有用詩歌抒發心中的鬱悶：「陶然一樽酒，誰復記羲皇」〔註 44〕。四十歲時，周昂起為隆州都軍，後改東北路招討司幕官。泰和五年（1205 年），周昂終於被召入朝，進入戶部。其後五年，周昂勤勤懇懇，小心謹慎。大安三年（1211 年），周昂出佐三司，跟隨完顏承裕軍隊一起行省戍邊。九月，完顏承裕的軍隊和獨吉千家奴的軍隊與蒙

〔註 37〕見《金石匯目分編》卷九之二。

〔註 38〕（金）劉祁：《歸潛志》卷十，第 112～113 頁。

〔註 39〕《金史》卷一百有《路鐸本傳》。《中州集》卷四有「路司諫鐸」小傳。

〔註 40〕（元）脫脫等：《章宗本紀二》，《金史》卷十六，第 237 頁。

〔註 41〕趙秉文由王庭筠舉薦，進入翰林，應奉翰林文字同知制誥。具體可見《金史》卷一二六《王庭筠傳》，《歸潛志》卷十。

〔註 42〕（金）劉祁：《歸潛志》卷十，第 112 頁。

〔註 43〕（元）元好問編：周昂《即事二首》之一，《中州集》卷四，第 176 頁。

〔註 44〕（元）元好問編：周昂《家園》，《中州集》卷四，第 185 頁。

古軍在會河堡大戰，由於準備不充分，金軍失利，居庸關失守，承裕也逃走上谷。〔註 45〕此時，完顏承裕手下的官兵們皆四散逃命，而只有周昂堅守陣地，沒有逃走，與其從子周嗣明在城中自縊身亡，時年五十歲。

周昂其人「以孝友聞，又喜名節，藹然仁義人也。」〔註 46〕從他最後選擇在失陷的城中自縊而不是棄城保命這點可以看出，他可以為了自己忠肝義膽的名節而舍生赴死；而在路鐸外貶、因趙秉文被牽連這些事，也都表現了他的剛正不阿、不趨炎附勢、不諂媚事主的性格。這些特點與後來的王若虛在仕途中的表現是一致的。同時，周昂學術醇正，文才雅高，「文章氣勢一時流輩推之」〔註 47〕李純甫推崇周昂，曰：「若德卿操履端重，學問淳深，真韓歐輩人也！」〔註 48〕他作詩推崇杜甫，為文首推韓愈；筆法洗練凝重，用字樸實又不失高雅，當時諸儒皆師尊之。尤其是在文學評論方面，有著獨到的深刻見解。趙執信《談龍錄》中談到周昂的文學見解時，曾感歎到：「余不覺俯首至地。蓋自明代迄今，無限巨公，都不曾有此論到胸次。嗟乎！又何尤焉！」〔註 49〕可惜的是，周昂的文集《常山集》在喪亂後已經亡佚，王若虛曾輯其詩三百餘首，也已亡佚。元好問編《中州集》中曾錄周昂詩一百又二首，是根據王若虛記憶所輯。

周昂對於王若虛在為人、為文等方面的影響是巨大的。可以說，王若虛的文學理論是繼承了周昂的文學見解而構築成的。在《滹南遺老集》中的《文辨》及《詩話》的篇章中，王若虛經常以其舅周昂的理論來論詩評文，充分表達了對於周昂詩文理論的肯定與推崇。

卷三十七，《文辨》之四，論「巧於外而拙於內」：

> 吾舅周君德卿嘗云：「凡文章，巧於外而拙於內者，可以驚四筵而不可適獨坐，可以取口稱而不可得首肯。」至哉！

王若虛與周昂思想一致，認為文字應樸實無華，應重內輕外。

卷三十八，《詩話》（上），辨《千注杜詩》〔註 50〕一書的真偽：

〔註 45〕（元）脫脫等：《衛紹王本紀》，《金史》，第 294 頁。

〔註 46〕（元）元好問編：《周昂小傳》，《中州集》卷四，第 166、167 頁。

〔註 47〕（金）劉祁：《周嗣明小傳》，《歸潛志》卷二，第 13 頁。

〔註 48〕（金）劉祁：《歸潛志》卷二，第 13 頁。

〔註 49〕（清）趙執信：《談龍錄》，人民文學出版社，2001 年版，第 12 頁。

〔註 50〕《千注杜詩》又名《千家注杜詩》，北宋坊間杜詩注本。《四庫提要》卷一四九曾提到《黃氏補注杜詩》的原名為《補千家集注杜工部詩》，可見此前應該已經有一本《千家注杜詩》流傳於世。

吾舅周君德卿嘗辨之云：「唯《瞿塘懷古》《呀鶻行》《送劉僕射惜別行》為杜無疑，自余皆非本真，蓋後人依仿而作，欲竊盜以欺世者，或又妄撰，其所從得，誣引名士以為助，皆不足信也。……其詩大抵鄙俗狂瞽，殊不可訓。蓋學步邯鄲，失其故態，求居中下且不得，而欲以為少陵，真可憫笑。……甚矣，世之識真者少也。其中一二雖稍平易，亦不免蹉跌……其不可亂真也，如糞丸之在隋珠，不待選擇而後知，然猶不能辨焉。世間似是而相奪者，又何可勝數哉！予所以發憤而極論者，不獨為此詩也。」吾舅自幼為詩，便祖工部，其教人亦必先此。嘗與予語及新添之詩，則頻蹙曰：「人才之不同如其面焉，耳目鼻口相去亦無幾亦，然諦視之，未有不差殊者。」公之持論如此，其中必有所深得者，顧我輩未之見耳，表而出之，以俟明眼君子云。

王若虛在文學評論中善於運用訓詁及考辨的方法進行評論，大概是從周昂而來。辨真偽是其學術思想的一個重點，貫穿王若虛經學、史學、文學等各方面的研究。

卷三十八，《詩話》(上)，論「文章以意為主，字為輔」：

吾舅嘗論詩云：「文章以意為主，字語為之役。主強而役弱，則無使不從。世人往往驕其所役，至跋扈難制，甚者反役其主。」可謂深中其病矣。又曰：「以巧為巧，其巧不足，巧拙相濟，則使人不厭。唯甚巧者，乃能就拙為巧。所謂遊戲者，一文一質，道之中也。雕琢太甚，則傷其全。經營過深，則失其本。」

王若虛繼承周昂文論的一個重點，就是反對雕琢過甚或過於追求奇譎華麗的文風。這與當時金代文壇的文風有關。這一點上，王若虛與李純甫、雷淵等人一直有所紛爭。

卷三十八，《詩話》(上)，論黃庭堅：

史舜元作吾舅詩集序，以為有老杜句法，蓋得之矣，而復云由山谷以入，則恐不然。吾舅兒時便學工部，而終身不喜山谷也。若虛嘗間問之，則曰：「魯直雄豪奇險，善為新樣，固有過人者。然於少陵初無關涉，前輩以為得法者，皆未能深見耳。」

此條雖然是議論史舜元〔註 51〕作序的問題，卻點明了周王二舅甥對於黃

〔註 51〕史肅，字舜元。《中州集》卷五有小傳。

庭堅以及以黃為首的江西詩派的態度：認為其過於追求雄豪奇險。與此同時，王若虛十分推尊蘇軾。

卷三十九，《詩話》（中），論黃庭堅及陳後山之文風：

> 山谷之詩，有奇而無妙，有斬絕而無橫放，鋪張學文以為富，點化陳腐以為新，而渾然天成，如肺肝中流出者，不足也。……善乎吾舅周君之論也，曰：「宋之文章，至魯直已是偏仄處。陳後山而後，不勝其弊矣。人能中道而立，以巨眼觀之，是非真偽，望而可見也。」若虛雖不解詩，頗以為然。

王若虛認為周昂的觀點在當時其實未被重視，以黃庭堅為首的江西詩派被當時學者爭相模仿，導致其時文風奇而不妙。而一味追奇、刻意雕琢正是黃庭堅等人之所以不如東坡之處。

由上可見，周昂的學術觀和文論思想對王若虛有著舉足輕重的影響，也奠定了王若虛文學思想的基礎。

生活中，周王二舅甥的酬唱贈和未見存留，只在周昂夫人生日時，王若虛曾作《上周監察夫人生朝》〔註 52〕一文祝壽。其時應是周昂自良鄉令調入拜監察御使一職時期，因此稱「周監察」。

二、與趙秉文

趙秉文，字周臣，號閑閑老人〔註 53〕。據其《墓誌銘》〔註 54〕所云：「開興改元……春秋七十有四，終於私第之正寢。」趙秉文應卒於開興元年（1232年），享年七十四歲。因此可推出趙秉文生於正隆四年（1159 年）。他七歲知讀書，「幼穎悟，讀書若夙習。」〔註 55〕十七歲時考中進士，其後曾遊學山東，入濟南府府學，也曾到過曲阜一帶。此後至二十七歲之前，趙秉文勤於治學，同時學習王庭筠的書法，以王為師。大定二十五年，趙秉文赴京應試，及進士第，調安塞簿。後遷邯鄲令、唐山令。丁父憂後，起復南京路轉運司都勾判官。之後進入翰林院，應奉翰林文字，期間多與好友趙渢、路鐸

〔註 52〕收於《滹南遺老集》卷四十五。

〔註 53〕《金史》卷一一〇有《趙秉文傳》，《中州集》卷三有《禮部閑閑趙秉文》小傳，《遺山集》卷十七有《翰林學士承旨資善大夫知制誥兼同修國史上護軍天水郡開國侯食邑一千戶實封一百戶趙公墓誌銘》。

〔註 54〕收於（元）元好問：《元好問全集》卷十七。下同。

〔註 55〕（元）元好問：《元好問全集》（上冊）卷十七，第 478 頁。

等人往來唱和。同時，亦與王庭筠、党懷英、任詢等人廣泛交遊，得到王庭筠的讚賞，認為其乃可造之材。但是明昌六年，趙秉文因上書論應罷免胥持國之言論而獲罪，不只自己獲罪左遷，也連累了王庭筠、周昂等人。此事在趙秉文較為輝煌燦爛、一帆風順的人生歷程中可謂是一個大大的污點。因為他的不成熟和自私心態，在審訊中供出了很多人，致使大家都受到牽連，尤其是一直提攜他、賞識他的王庭筠。因此趙秉文也得到了「不攀欄檻只攀人」〔註 56〕的評價。後，趙秉文被貶至閉塞偏僻之地。但是五年後他就等到了轉機，升調北京路轉運司度支判官。大定元年（1209 年），他出守寧邊，後改平定州刺史，皆在邊關。他恪盡職守，每遇饑荒，他就拿出自己的俸祿來賑災濟民，得到了百姓的擁護和愛戴。之後，趙秉文歷遷兵部郎中兼翰林修撰，修撰國史；俄兼提點司天臺，太常少卿；轉年，兼禮部郎中等等，直至禮部尚書。

在被貶謫期間，趙秉文悟到了人生的真諦——他由積極入世的功利心態，轉為了愛國憂民的深沉情懷。他遊禪寺，悟禪道，推動了儒釋道三教在北方的興盛，也慰藉了自己的內心；同時，他遍遊祖國河山，看到金元交戰時民不聊生的悲慘狀況，形成了深深的以民生為己任的責任感，於是拿起筆，用自己的詩文去發憤抒情、振作士氣。他還寫作了《東明令王君雞澤尉楊君死節銘》、《順義守王晦死節銘》、《廣平郡王完顏公神道碑》等文章〔註 57〕，來弔慰那些在與蒙古軍抗戰中不幸犧牲的將士們。在目睹了金代由盛入衰的歷程後，趙秉文在其晚年進入了一種追求閒適平靜的心理狀態，拋棄了年輕時強烈的功名意識。他的晚年作品也充滿了佛道意味和向蘇軾、陶淵明學習的風格。最突出的一點就是他推崇蘇軾，認為蘇乃「人中麟鳳」〔註 58〕，這一點與王若虛不謀而合，也可以說趙秉文的文壇盟主地位，對於推動金朝對蘇軾的推崇之風起到了很大的影響。

自大安元年（1209 年）開始，趙秉文與王若虛同在翰林院任職。興定四年（1220 年）時，《章宗實錄》修撰完成，趙秉文有《上章宗皇帝實錄表》呈上，收於《閑閑老人文集》卷十，而王若虛、雷淵等人則參與了《實錄》的撰寫。興定五年時，劉祁、楊宏道、麻九疇等考生赴京應試，不第，因而與

〔註 56〕（金）劉祁：《歸潛志》卷十，第 112 頁。
〔註 57〕見（金）趙秉文：《閑閑老人滏水集》。
〔註 58〕（金）趙秉文：《跋東坡四達齋銘》，《閑閑老人滏水集》卷二十，四部叢刊本。

趙秉文、王若虛等諸公交遊往來：「興定、元光間，余在南京，從趙閑閑、李屏山、王從之、雷希顏諸公遊，多論為文作詩。」〔註 59〕從這時起，王若虛與趙秉文的文學交往逐漸增多。當時，趙秉文已開始奉佛釋道，與身邊朝臣經常談論，又不時拜訪釋道。「時趙閑閑為翰長，余先子為御史……每相見，輒談儒佛異同，相與折難。」〔註 60〕趙秉文曾經拜訪城南佛寺求詩，「趙閑閑作《南城訪道圖》，諸公皆有詩。」〔註 61〕王若虛也作詩戲之：「得道由來不必勞，癡兒捨父漫逋逃。閑閑老子還多事，持向伽藍打一遭。」詩名為《趙內翰求城南訪道圖詩，辭不獲已，乃作絕句以戲，復為之解云》〔註 62〕。從名字可看出王若虛玩笑之意，也體現出二人平時關係融洽。

元光元年（1222 年），趙秉文作《揚子法言微旨》〔註 63〕，王若虛為其作序：「《法言》之行於世，尚矣。始注釋者，四家而已。疏略粗淺，無甚可觀。其後益而為十二，互有所長，視其舊殊勝，而猶未盡也。今禮部尚書趙公素嗜此書，得其機要，因復為之訓解，參取眾說，析之以己見，號曰《分章微旨》。論高而意新，蓋奇作也。」〔註 64〕並對此書給予了較高的評價。後，趙秉文和諸生傅起等人，將張九成的《論語解》、《孟子解》、《中庸》、《大學》諸書刪節後進行刻印，合成一部《道學發源》〔註 65〕。王若虛亦為此書作後序，云：「韓愈《原道》曰：『孟軻之死，不得其傳。』……何耶？愚者昧之，邪者蠹之，駁而不純者汩之，而真儒莫繼，則雖存而幾乎息矣。……自宋儒發揚秘奧，使千古之絕學一朝復續，開其致知格物之端，而力明乎天理、人慾之辨，始於至粗，極於至精，皆前人之所未見。……今省庭諸生尤為致力，慨然以興起斯文為己任，且將以未知者共之，此《發源》之書，所以汲汲於鋟木也。」當時朱熹理學開始由南方傳入北方，而趙秉文、李純甫、王若虛等人是較早接觸並接受朱熹的理學思想的，對儒釋道的吸收接納，以及對待理學的態度，都讓王若虛緊緊跟隨著趙秉文這位長輩。而趙秉文身為一代文

〔註 59〕（金）劉祁：《歸潛志》卷八，第 88 頁。

〔註 60〕（金）劉祁：《歸潛志》卷九，第 105 頁。「余先子」為劉祁之父劉從益，大安元年進士，興定四年在御史任，與趙秉文為好友。

〔註 61〕（金）劉祁：《歸潛志》卷八，第 89 頁。

〔註 62〕收於《滹南遺老集》卷四十五。

〔註 63〕此書今不存，無法見其全貌。《閑閑老人滏水集》卷十五有《法言微旨引》一文，可略見此書風貌。

〔註 64〕（金）王若虛：《〈揚子法言微旨〉序》《滹南遺老集》卷四十四，第 534 頁。

〔註 65〕（金）趙秉文：《道學發源引》，《閑閑老人滏水集》卷十五，四部叢刊本。

壇盟主，在書畫方面，王若虛對其也是推崇有加。他在《跋〈寶墨堂記〉》一文中寫到：「趙翰林以文章字畫名天下，片辭寸紙，人爭求之。嘗為故參政僕散公作《寶墨堂記》，仍親繕寫，尤為奇特。」〔註66〕這也肯定了趙秉文愛戴後輩，凡事親力親為的人品和胸懷。

在文學理論方面，「趙閑閑於前輩中，文則推黨世傑懷英，蔡正甫珪。」〔註67〕党懷英和蔡珪二人都是秉承風雅文學的傳統，行詩作文皆主樸實沉雄，有著北方的豪邁。趙秉文緊接党懷英之後，於文學創作上，他強調要法古與創新結合，「不蹈襲前人一語，此最詩人妙處，然亦從古人中入……盡得諸人所長，然後卓然自成一家，非有意於專師古人也，亦非有意於專擯古人也。自書契以來，未有擯古人而獨立者。」〔註68〕此外，他還強調要「積學」，應廣泛涉獵，積累學問，來達到充實思想，通過各方面的學識來指導創作。這點王若虛也是緊緊跟隨，並作出實踐。在創作方面，王若虛強調文章的正統，認為行文可求形似（法古），但不可蹈襲（創新）。但是他並沒有趙秉文那麼堅持，他認為「文貴不襲陳言，亦其大體耳，何至字字求異？如翺之說，且天下安得許新語邪？甚矣！唐人之好奇而尚辭也。」〔註69〕

在文學批評方面，趙秉文主張平淡沖逸，不喜求新，強調情感的自然流露與迸發，崇尚簡潔：「古之文不尚虛飾，因事遣辭，形吾心之所欲言者」〔註70〕；「文章不蹈襲前人，最是不傳之妙」〔註71〕。

當評論歐陽修與蘇軾時，他是這樣說的：

> 亡宋百餘年間，唯歐陽公之文，不為尖新艱難之語，而有從容閑雅之態。豐而不餘一言，約而不失一辭。……蓋非務奇之為尚，而其勢不得不然之為尚也。〔註72〕
>
> 東坡先生，人中麟鳳也。其文似《戰國策》，間之以談道如莊周。其詩似李白，而輔之以極名理似樂天。〔註73〕

對於歐、蘇的態度，乃至對於唐宋文學的繼承與改良，王若虛的文學理

〔註66〕（金）王若虛：《滹南遺老集》卷四十五，第546頁。
〔註67〕（金）劉祁：《歸潛志》卷十，第119頁。
〔註68〕（金）趙秉文：《答李天英書》，《閑閑老人滏水集》卷十九，四部叢刊本。
〔註69〕（金）王若虛：《文辨》，《滹南遺老集》卷三十六，第407頁。
〔註70〕（金）趙秉文：《竹溪先生文集引》，《閑閑老人滏水集》卷十五，四部叢刊本。
〔註71〕（金）趙秉文：《跋山穀草書》，《閑閑老人滏水集》卷二十，四部叢刊本。
〔註72〕（金）趙秉文：《竹溪先生文集引》，《閑閑老人滏水集》卷十五，四部叢刊本。
〔註73〕（金）趙秉文：《跋東坡四達齋銘》，《閑閑老人滏水集》卷二十，四部叢刊本。

論是與趙秉文的觀念一脈相承的。而「文無定法」、為文應簡潔平易、追求文體的正統等方面，正是他與王若虛的文學批評一致的觀點，也可以說，王若虛的文學批評是在繼承了一部分趙秉文文學批評的觀點上形成的。

三、與李純甫

李純甫，字之純，號屏山。弘州襄陰人〔註 74〕。父李采，大定二十五年進士，官終益都府治中。因其父與趙秉文是同年進士，李純甫一直「視趙閑閑為丈人行」〔註 75〕，與趙可謂是忘年之交也。李純甫自幼穎悟，「於書無所不窺，而於莊周、列禦寇、左氏、《戰國策》尤長。文亦略能擬之。」〔註 76〕他與王若虛同樣於承安二年（1197）及第，但王若虛未赴吏部選。於是李純甫作《送王從之南歸》一詩送之：「今日始服君，似君良獨難。惜花不惜金，愛睡不愛官。」〔註 77〕及第後，李純甫名聲煒然，被王庭筠引薦。但李純甫因自幼聰敏，頗自負其才，平日常以諸葛亮、王猛自比。他於泰和二年（1202年）向朝廷上萬言書，但是未被採納：「由小官上萬言書，援宋為證，甚切。當路者以迂闊見抑，上諭惜之。」〔註 78〕李純甫因此事而棄官，開始終日「與禪僧、士子遊，惟以文酒為事，嘯歌袒裼，出禮法外，或飲數月不醒。人有酒見召，不擇貴賤，必往，往輒醉，雖沉醉，亦未嘗廢著書。」〔註 79〕由此可看出李純甫狂放自傲的性格。大約從這時開始，李純甫開始潛心研究佛學，「退而著書三十餘萬言」〔註 80〕。在泰和六年（1206 年），李純甫以「薊州軍事判官上書論天下事」，其言論被章宗稱奇，後升為尚書省掾，與李天英、雷淵、劉從益、周嗣明等人相交往，經常題詩句點評讚賞後輩，在提攜後輩上不遺餘力。而李天英、雷淵等金代文壇名士也是因為跟從李純甫同遊而開始在文壇嶄露頭角。劉祁記載著：「嘗自作《屏山居士傳》，末云：『雅喜推借後

〔註 74〕《金史》卷一二六，列傳第六十四有小傳，《中州集》卷四有「屏山李純甫」小傳，詳細生平可參閱。

〔註 75〕（金）劉祁：《歸潛志》卷九，第 100 頁。

〔註 76〕（元）元好問編：《李純甫小傳》，《中州集》，第 220 頁。

〔註 77〕（金）劉祁：《歸潛志》卷九，第 100 頁。

〔註 78〕（金）劉祁：《歸潛志》卷一，第 6 頁。

〔註 79〕（元）脫脫等：《李純甫本傳》，《金史》卷一二六，第 2374 頁。

〔註 80〕見《金文最》卷四十六，釋萬松撰《湛然居士集序》。據王慶生的《李純甫年譜》可知，李純甫的佛學著作有《鳴道集說》、《楞嚴外解》、《金剛經別解》、《贊釋迦文》、《達摩祖師夢語》等書籍。

進。』如周嗣明、張毅、李經、王權、雷淵、余先子姓名劉從益、宋九嘉，皆以兄呼。」〔註 81〕後因「宰執愛其文」〔註 82〕，遂被推薦進入翰林。大安二年（1210 年），在蒙古軍入侵後，李純甫積極地上書論事，但是均沒有被理會。於是他開始從軍。會河堡兵敗後，李純甫退居許州。據《歸潛志》記載，當時士大夫棄官者皆在此地避亂，「貞祐初，余先子攝許州幕。時屏山、二張：伯英、伯玉，雷、魏諸公皆在焉，日會飲為樂。」〔註 83〕這時的李純甫，依然不改其喜愛飲酒唱和的天性，與劉從益等人時時聯句唱和，自得其樂，並未為其仕途擔憂。之後，他雖多次被召入翰林，卻屢屢因各種事由辭官而去。到了四十歲以後，他對佛學愈加癡迷，每與趙秉文、劉從益等人相見，總要討論儒佛異同，有「李之純玄談，號稱獨步」〔註 84〕之說。晚年在仕途上並未有所建樹，但在提拔後輩上依然不遺餘力。元光二年（1223 年），李純甫卒於汴京，終年四十七歲。在他逝世後，祭奠的詩文很多，皆因他平日樂善好施，雖然少年成名，卻並不孤傲，時人都以一代文豪許之，認為他是繼趙秉文之後的一代文壇盟主。

由於壯年時仕途的不順利，也因屢被罷黜或自己辭官的遭遇頻繁，李純甫自知自己的抱負終究無法實現，於是將一腔熱情傾注到遍觀佛書之中，探尋儒佛的奧義，並將自己的見解整理成書，這類文稿他稱之為「內稿」；而將那種應制文章，以及碑、銘、詩、賦等文命名為「外稿」。又有「解《楞嚴》、《金剛經》、《老子》、《莊子》、《中庸集解》、《鳴道集解》等書，號為《中國心學西方文教》，數十萬言。」〔註 85〕可惜他的作品大都亡佚，只在《中州集》及《全金詩》內存詩二十九首，《金文最》及《金文雅》錄其碑文、贊序共三篇。〔註 86〕

王若虛與李純甫很早就認識，二人同為承安二年（1197 年）及第生。但是其時王若虛因種種原因未去赴選，李之純因打趣作詩一首：「今日始服君，似君良獨難。惜花不惜金，愛睡不愛官。」〔註 87〕可見二人關係親近。而後到了泰和元年（1201 年），王若虛從家鄉赴京師入職，任鄜州錄事。此時李純

〔註 81〕（金）劉祁：《李純甫小傳》，《歸潛志》卷一，第 7 頁。
〔註 82〕（金）劉祁：《歸潛志》卷九，第 100 頁。
〔註 83〕（金）劉祁：《王權士衡小傳》，《歸潛志》卷二，第 13 頁。
〔註 84〕（元）元好問編：《劉昂霄小傳》，《中州集》卷七，第 366 頁。
〔註 85〕（金）劉祁：《歸潛志》卷一，第 7 頁。
〔註 86〕林明德：《中國傳統文明探索》，巨流圖書公司，1981 年版，第 493 頁。
〔註 87〕（金）劉祁：《歸潛志》卷九，第 100 頁。

甫應為王庭筠薦引，也在京師，二人得以再次相見。但是，之後王李二人在仕途上均遇到挫折：王若虛因行為疏放而被上司捃摭，李純甫也因為自己的萬言書未被採納而棄官，歸隱於蔚州玉屏山〔註 88〕。此時，同樣的經歷讓王若虛更加思念老友。他在此時選擇作詩以抒發自己對李純甫的思念。王若虛有《憶之純三首》及《復寄二首》〔註 89〕，作詩的具體時間無法考證，但從詩句來看，應是在泰和五年（1205 年）至泰和六年（1206 年）期間，李純甫在復出之前，歸隱玉屏山時所作。

在《憶之純其一》中，王若虛回憶了自己與李純甫的從幼年持續到中年的交往，並盼望著再次相見：

幼歲求真契，中年得偉人。傾懷當一面，投分許終身。

燈火談元夜，鶯花逐勝春。何時重一笑，胸次欲生塵。

當時李純甫在文壇已經嶄露頭角，所以王若虛肯定他，以「偉人」相稱。

《憶之純其二》中點出了本詩作於與李純甫分別的三年後，當時二人在宦途中遭遇困境，而李純甫則選擇了避世：

面目三年隔，音書萬里遙。宦途俱蹭蹬，心事各蕭條。

志大謀常拙，身孤道易消。本無當世用，隱處會相招。

其中在《憶之純其三》中，王若虛先是高度評價了李純甫，接著還是對他的勸解：

俊氣輕天下，高情到古人。銜杯曼卿放，下筆老坡神。

時論誰優劣，人材自屈伸。窮愁須理遣，不必淚沾巾。

在《復寄二首》中，王若虛字句間充滿了對李純甫隱居行為的羡慕，及對自身處境的不滿：

志大言高與世違，拂衣真作竹林歸。

黃塵道口風波惡，未必先生自處非。

自笑趨塵亦強顏，食謀未免敢言閒。

紫芝果可充饑腹，從子玉屏岩石間。

其後，王李二人在大安元年（1209 年）在京城重聚首。彼時，文壇領袖趙秉文任翰林院修撰，王若虛先在國史院編修，後遷應奉翰林文字，而李純

〔註 88〕「屏山居士」一稱當由此時得來。據王慶生《李純甫年譜》考證，李純甫在《偶得》詩及大安元年的《送李經》詩分析得出，李純甫的隱居時間約為泰和二年至泰和五年。

〔註 89〕（金）王若虛：《滹南遺老集》，卷四十六，第 557 頁。

甫也由尚書省掾遷入翰林應奉。他們時時在一起飲酒唱和。在興定四年（1220年）時，王若虛與李純甫同知貢舉：「（麻）知幾試開封，先子為御史監試，而王翰林從之、李翰林之純為有司，因相與讀舉子之文……」王李二人共事的這段時間，各方面的交往頗多，關於文學的見解也有很多的交流。這一年應試的舉子有元好問、楊奐、麻九疇、劉祁等人。他們形成了一個小團體，此後經常相聚，往來唱和也日益增多。這些在劉祁的《歸潛志》裏有很多的記載。因關係親近，性格都較自負，王李二人平日經常爭辯：「李屏山杯酒間談辯鋒起，時人莫能抗，從之能以三數語窒之，使噤不得語。」〔註90〕

晚年，李純甫曾作《交說》一文，今已亡佚，據推測應是一篇以己比之於莊、列，從而諷刺現實之文。王若虛看到了這篇文章，感到痛心，遂作《復之純〈交說〉並序》一文來回應他。在這篇文章中，王若虛感慨李純甫晚年因仕途不順而致性格變得多疑怕事，從而選擇離群索居的現實，認為「子之病果革矣！」他認為，李純甫平日追隨莊、列等人的思想，那就應該更加超脫地看待世界，應該「悟而藥之，治養以方」，「心平氣和，百邪不攻，乃愈而康。」像李純甫那樣「獨日臻，以達膏肓，醫望而走，無施其良。」〔註91〕在這篇文章裏，王若虛以老友的身份，循循善誘地提出自己的觀點，十分關切地勸解了李純甫，希望他能更通達一些。

在金宣宗大安七年（1214 年）南渡之後，金朝文壇主要由趙秉文和李純甫二人來分領風騷。在文學理論和文學批評這兩方面，趙秉文宗蘇，李純甫尊黃，於是在金代基本形成了蘇學與黃學對立的文學陣營。這也直接導致了之後繼承趙秉文思想的王若虛與推崇李純甫觀念的雷淵之間的爭辯。

黃庭堅曾在《贈高子勉四首》中說：「妙在和光同塵，事須鉤深入神。聽他下虎口著，我不為牛後人。」〔註92〕李純甫也曾說過類似的話：「當別轉一路，勿隨人腳跟……不食人唾後，當與之純、天英作真文字。」〔註93〕這些都是強調要有創新，不要跟隨人後，應「自成一家」。為了強調獨特性，李純甫在創作中多語出奇譎怪異，與韓孟詩派風格相近。這與趙秉文、王若虛的文學觀念是大相徑庭的。因此才有王李二人多在酒席間爭論的情境出現。同

〔註90〕（元）元好問編：《王若虛小傳》，《中州集》卷六，第 286 頁。

〔註91〕見《復之純〈交說〉並序》一文。《滹南遺老集》四十五卷，第 542 頁。

〔註92〕此詩收於（宋）黃庭堅，劉琳等校點：《山谷集》卷十二，《黃庭堅全集》，四川大學出版社，2001 年版，第 201 頁。

〔註93〕（金）劉祁：《歸潛志》卷八，第 88 頁。

時，李純甫也反對王若虛等人崇古的觀念。因此，李純甫在金代創立了一套與趙、王不同的尚奇、求新、豪放雄奇的文學觀念，對於當時有極大的影響。而李純甫帶領的這個派別，也是王若虛文學批評中主要抨擊和批駁的對象。

四、與彭悅、王權、周嗣明

彭悅，字子升。《金史》及《中州集》無傳，具體生平可見王若虛《進士彭子升墓誌》一文。彭子升於承安五年（1200 年）擢經義進士。金李俊民的《題登科記後》記錄了「承安五年庚申四月十二日經義榜」〔註 94〕，內有「彭悅，字子升，年二十三，真定府錄事司」一條，推出當年彭悅為二十三歲。另，據王若虛在《墓誌》中所提：「子升之歿，以大安己巳八月之二十四日」以及「蓋年三十四矣」，可知，彭悅卒於大安元年（1209 年），年齡大概在三十四歲左右。同時，王若虛曾說過：「予年為長，子升次之。」這幾條材料互證，可推算出彭悅約生於 1178 年，而卒於 1209 年。

彭悅與王若虛初初相識時，二人並未熟絡，只為泛泛之交。但王若虛本人喜愛飲酒，多次與彭悅在觴次間遇見後，二人就變成相知的好友。中進士後，彭悅被派往冀州作官，王若虛便作《送彭子升之任冀州序》來送別好友，並且對彭悅的人品大加肯定：「吾子始踐仕途而得李君者為長官，彼其才幹有餘，而能聲益著。蓋吾子之幸也。而吾子性明志強，臨事有決，亦自為過人者。誠能相與戮力而無求勝之心，一司之治，何憂而不舉哉？」〔註 95〕彭悅在為官期間，「仁政溫溫，民到於今不忘。秩滿，注濱州鹽管勾，徙知鄧州穰縣事。」〔註 96〕但沒想到，在穰城任職期間，彭悅不知為何得了「狂疾喪心，若物憑者，言動可怪。自謂冥司有所拘，竟赴井死！」這位好友的逝世，讓王若虛痛惜不已。當是時，王若虛正任管城縣令，與彭悅因為公事而在汴梁會面。在公事辦完後，王若虛急於歸去，但彭悅卻似乎有預感般，對王說：「人生行止無常，而吾徒會合為尤難。顧不能更少從容乎？」〔註 97〕王若虛於是欣然停留一日，與彭悅二人痛飲極歡。翌日臨別時，二人皆有戀戀不捨之色。可哪知這竟是二人所見最後一面。在《墓誌》的最後，王若虛歎道：「世事違人，不如意者十八九，榮衰聚散，未始有極。則生者雖存，又可

〔註 94〕（金）李俊民：《題登科記後》，收於《莊靖集》卷八，影印文淵閣四庫全書本。
〔註 95〕《送彭子升之任冀州序》，收於《滹南遺老集》卷四十四，第 539 頁。
〔註 96〕《進士彭子升墓誌》，收於《滹南遺老集》卷四十三，第 518 頁。
〔註 97〕《進士彭子升墓誌》，收於《滹南遺老集》卷四十三，第 518 頁。

保其所終耶！」

王權，字士衡，又名之奇，真定人，《歸潛志》卷二有小傳。王士衡與王若虛為同鄉，故年少時就應該已經相識。據劉祁記載，王士衡「從屏山遊，屏山稱之。為人跌宕不羈。喜功名，博學，無所不覽。酣飲放歌，人以為狂。」〔註 98〕王若虛初識王士衡時，就認為王「言論慷慨，遂如平生。」〔註 99〕其後，王若虛於泰和五年（1205 年）赴管城任縣令時，王士衡還來送別好友，並向其推薦呂鵬舉〔註 100〕。之後，王士衡於大安元年（1209 年）赴京應試，王若虛也作《送王士衡赴舉序》一文送別好友。在文中，王若虛表達了對好友的祝福與關懷之情：「吾子講學甚力，涵養且久，則兵既厲而馬既秣矣。然而猶有病焉。氣揚而無降志，色驕而無俯容，或者其將振而矜之歟？」「捷音一報，凱歌言旋，茲豈惟吾子之獲，抑不肖實與光焉……抑朋友之道，將善，是吾責也，故以告。」〔註 101〕入京後，王士衡與李純甫交遊頻繁，甚得李純甫的賞識，也得到了提攜，李純甫曾為他作《狂真贊》一文〔註 102〕。王士衡平日與李純甫、雷淵、劉從益、高庭玉、魏邦彥等人來往較頻繁，「日會飲為樂」〔註 103〕。貞祐元年（1213 年），高庭玉〔註 104〕將赴河南出任河南府同知。在上任途中，他與雷淵、王士衡等人相見，並在二人處留宿。哪知這竟成為日後的禍端。由於被當時主帥溫迪罕福興所陷害，高庭玉慘死獄中。而後，雷淵及王士衡也被抓捕起來，以「有異志」而下獄。雖然後來被赦免，但王士衡已無進仕之意，其後生平也不得而知。王士衡的經歷令人唏噓，王若虛有《王士衡真贊》〔註 105〕一文，讚美了王士衡的品性人格：

> 身雖寒而道則富，貌若鄙而心甚妍。庸夫孺子，皆得易而侮；王公大人，莫不知其賢。豈俯仰從容，滑稽玩世，而胸中自有卓然者也。

此外，王若虛還著有《贈王士衡》〔註 106〕詩一首。詩中記述王士衡「以

〔註 98〕（金）劉祁：《歸潛志》卷二，第 13 頁。
〔註 99〕《林下四友贊》，收於《滹南遺老集》卷四十五，第 544 頁。
〔註 100〕此事見《送呂鵬舉赴試序》一文，收於《滹南遺老集》卷四十四，第 537 頁。
〔註 101〕《送王士衡赴舉序》，收於《滹南遺老集》卷四十四，第 536 頁。
〔註 102〕此文已亡佚，只有存目。
〔註 103〕（金）劉祁：《歸潛志》卷二，第 14 頁。
〔註 104〕（金）劉祁《歸潛志》及（元）元好問《中州集》均有小傳。
〔註 105〕《王士衡真贊》，收於《滹南遺老集》卷四十五，第 545 頁。
〔註 106〕（元）元好問編：《贈王士衡》，《中州集》卷六。

善哭稱，每至欲悲時，不間醉與醒」，並將他比成韓愈、阮籍、賈誼、唐衢這些人，認為他的哭並非「無名」，但還是勸慰他「生其偶然歟，何苦摧形神」。

周嗣明，字晦之，真定人。為周昂之從子，為一代名士，「文章氣勢一時流輩推之」，深受李純甫喜愛，李嘗謂其「若德卿操履端重，學問淳深，真韓、歐輩人也。」〔註 107〕李純甫曾為其作《真贊》一文，周嗣明也為李純甫《贅談》一文作序〔註 108〕。因與王若虛是表兄弟，自小便與王若虛相熟，二人感情深厚。周嗣明於大安元年（1209 年）及第，與劉從益為同年進士。大安三年（1211 年）之後，周嗣明就跟隨周昂北征戍邊。在會河堡大戰後，周嗣明與其叔周昂一起自縊身亡。王若虛與周嗣明的往來並無太多記載，只在王若虛集中有《西城賞蓮呈晦之》〔註 109〕詩一首，回憶早年與晦之的賞蓮，然後描摹今日觀看到的景色。末尾一句「作詩莫怪多誇語，差比放翁先著鞭」，頗有意味。

王若虛與彭子升、王士衡、周嗣明三人，同為老鄉，年齡相近，性格都較喜「辨爭譏刺」〔註 110〕，於是「臭味相似」而又「氣義相投」，故能「不結而合」，然後又「既合而歡，至於益深和莫之間」。平日裏，只要都在里中，四人就相攜出行，宴飲與共，席間往來唱和，好不快活。雖然如今留下的文獻資料並沒有具體的記載，但從王若虛的文中可以窺到四人相交時的暢快：「詩雖不多，而嘲戲贈答時出數語以相娛；酒雖不廣，而花時月夕一杯一杓亦自不廢也。」而王若虛自號慵夫，也是與其他三人一起約定的：「嘗約他年為林下之遊，且各為別號以自寄焉。蓋予以慵夫，而子升以澹子，士衡為狂生，而晦之則放翁也。」這篇文章大約作於彭悅進京赴舉之前，因為即將分離，四人便立下約定，約好來年再一同遊賞。可惜此後四人應該再也沒有相聚過，不得不令人惋惜。

五、與雷淵

雷淵，字希顏，一字季默，應州渾源（金代時為西京路屬州）人〔註 111〕。

〔註 107〕（金）劉祁：《歸潛志》卷二，第 13 頁。

〔註 108〕這兩篇文章均已亡佚。

〔註 109〕《西城賞蓮呈晦之》，收於《中州集》卷六。

〔註 110〕此段引號內文字皆引自《林下四友贊》一文，收於《滹南遺老集》卷四十五，第 544 頁。

〔註 111〕雷淵，《金史》卷一百一十有《雷淵傳》，《遺山集》卷二十一有《雷希顏墓銘》，《歸潛志》卷一有《雷淵》小傳。

父親雷思為當時一代名士，中進士後曾知容城、孟津等地，後仕至同知北京轉運使，有《易解》〔註 112〕行於世，因此號學易先生。因為雷淵是雷思暮年時所得，所以父親雷思去世時，雷淵才三歲。《墓銘》記錄他是被他的哥哥們照顧並養大的。可是由於他是庶出，「諸兄不齒」〔註 113〕，因此父親卒後他「不能安於家，乃發憤入太學」〔註 114〕。從承安二年（1197 年）開始，十四歲的雷淵進入太學，其後十年間他一值勤奮讀書，乃至「衣弊履穿，坐榻無席，自以跣露，恒兀自讀書，不迎送賓客，人皆以為倨。」〔註 115〕少時的經歷造成了雷淵日後的性格特徵：剛倨不遜，同時嚴於自律。在這十年間，雷淵「喜結交，凡當途貴要與布衣名士，無不往來。居京師，賓客踵門，未嘗去舍。」他因此結交了諸多好友，有大力提攜他的李純甫，還有高庭玉、劉從益、宋九嘉等人。雷淵據此成名。他們經常一同宴飲、交遊。至寧元年（1213 年），雷淵中進士第，調涇州錄事。但及後，因為高庭玉下獄一事，雷淵被株連，受到嚴重迫害，劉祁記為「幾死」〔註 116〕。後雷淵未進仕，而是與好友一同出遊，並結識了元好問〔註 117〕等人，進一步擴大了自己的知名度。在之後的仕途生涯中，雷淵一直秉承自己「不畏強權、打擊豪強」的原則，自有一套雷厲風行的作風。中間不免因行事作風太過強硬而遭到貶謫，但在閒居期間，雷淵也並未感時傷懷，而是遊山賞水，與一眾好友暢飲作樂，也留下了許多文學作品。如他與元好問、李獻能等人曾同遊嵩山，並於元好問《水調歌頭．雲山有宮闕》詞序中留下題跋：「興定庚辰六月望，予與河南元好問、趙郡李獻能同遊玉華谷，將歷嵩前諸剎，因過少姨祠，遂周行廊廡，得古仙人辭於壁間。渾源雷淵題。」〔註 118〕

元光二年（1223 年），雷淵進入翰林院，為翰林院應奉及國史院編修。正大中，王若虛在國史院領史事，雷淵奉為編修官，二人開始一同編修《宣宗

〔註 112〕《雍正山西通志》卷一百五十七「經籍」目下列有：「金雷思《易解》」。《雍正山西通志》，影印文淵閣四庫全書本。

〔註 113〕（元）脫脫等：《雷淵本傳》，《金史》卷一百一十，第 2434 頁。

〔註 114〕（元）脫脫等：《雷淵本傳》，《金史》卷一百一十，第 2434 頁。

〔註 115〕（元）脫脫等：《雷淵本傳》，《金史》卷一百一十，第 2434 頁。

〔註 116〕（金）劉祁：《歸潛志》卷一，第 9 頁。

〔註 117〕（元）元好問《復聰上人書》有云：「僕自貞祐甲戌南渡河時……所與交如辛敬之、雷希顏、王仲澤、李欽叔、麻知幾諸人，其材量文雅皆天下之選。」此文收於《元好問全集》卷三十九。

〔註 118〕見《元好問全集》。

實錄》。但二人經常有辨爭。因為二人在文學理論方面的見解實有出入。王若虛認為，文章應「平淡紀實」，而雷淵則一貫強調「奇峭造語」，他的觀點是與李純甫一脈相承的。王若虛云：「《實錄》止文其當時事，貴不失真。若是作史，則又異也。」雷淵則云：「作文字無句法，委靡不振，不足觀。」這就導致了在撰寫《實錄》的過程中，王若虛經常不滿意雷淵的字句，常常大加改動。而這個舉動又讓生平剛倨雄傲的雷淵十分氣憤，於是發出了「將吾二人所作令天下文士定其是非」的口號，但王若虛也深知其為人，並未放在心上。只是日後向人提起時，說了句：「希顏作文好用惡硬字，何以為奇？」〔註119〕不過，從趙秉文和李純甫的分歧，到王若虛和雷淵的紛爭，也說明了金代中後期文壇上這兩派文學思想的爭論是一直持續下去的。王若虛性格較為好辯，免不了平日與李純甫、雷淵等人多以辯爭來交流各自的思想。而且雷淵本人性格直率，作文作詩皆喜痛陳心中語，有時不免讓人覺得不留情面。比如為李純甫作《墓銘》一事，他就在文中描寫了李純甫「浮堪於酒，其性厭怠，有不屑為」等語句，令人們讀之心中不暢。劉祁也認為雷淵雖可稱得上是德善之人，但是「其疵短亦互見之」。〔註120〕

六、與元好問

元好問，字裕之，太原秀容（今山西忻州）人。其父元德明，《金史》有傳：「系出拓跋魏……自幼嗜讀書……累舉不第，放浪山水間，余酒賦詩以自適。」〔註121〕後附其子元好問小傳。

元好問，生於金章宗明昌元年（1190年），卒於蒙古憲宗七年（1257年），享年六十八歲。元好問從四歲開始讀書，七歲能詩，被太原王湯臣稱為「神童」。元好問十一歲時，曾隨其叔父元格官於冀州。在那裡，元好問得到了學士路宣叔的賞識，便教他詩文格律。十四歲時，元好問跟從「陵川郝晉卿學，不事舉業，淹灌經傳百家，六年而業成。」〔註122〕興定五年（1221年），元好問赴京應試，中進士第，但未就選。當時，他的詩文被任翰林直學士的趙秉文看到，趙秉文十分驚奇，認為「少陵以來無此作也」，並推薦給周圍王若虛諸公。大家紛紛讚賞。於是元好問據此時起就已「名震京師」，被大家稱為

〔註119〕（金）劉祁：《歸潛志》卷八，第89頁。
〔註120〕（金）劉祁：《歸潛志》卷八，第89頁。
〔註121〕（元）脫脫等：《元德明本傳》，《金史》卷一百二十六，第2742頁。
〔註122〕（元）郝經：《遺山先生墓銘》，《陵川集》卷三十五有詳細記述其生平。

「元才子」，並拜入趙秉文門下。王若虛與元好問也就此相識。正大元年（1224年），元好問中詞科，出趙秉文門。其後，元好問授儒林郎，轉任國史院編修。後又歷官鎮平、內鄉、南陽等縣。正大八年（1231年），元好問奉旨入京，除尚書省掾、左司都事，後官至轉員外郎。當為崔立立功德碑事件發生後，王若虛被傳召要撰寫功德文，他就去找元好問商量對策，並表達了自己的決心。此後一系列事件中，王、元二人也始終堅持立場，力圖保持名節，並抱著赴死的信念。這件事加深了二人之間的友情。事件過去之後，元好問曾被編管於山東聊城。金亡後，元好問做出了與王若虛相同的選擇：入元不仕，隱居以著書立言。他以勝國遺老的身份，歸隱於太原，自號「遺山真隱」。他「晚年尤以著作自任」，與劉祁一樣，元好問「採摭所聞，有所得輒以寸紙細字為記錄，」〔註 123〕最終記錄了金源君臣言行達百萬餘言，不僅收錄生平，還輯錄文學作品。他認為：「金源氏有天下，典章、法度幾及漢、唐，國亡史作，己所當任。」而且「不可令一代之跡泯而不傳。」〔註 124〕同時，自己的文學創作也沒有停止過。他編著的《中州集》四十卷作為金代歷史可謂最重要的史料之一，元人在編修《金史》時，多參考集中內容。而宇文懋昭在編寫《大金國志》時，更是倚重此書：「《文學翰苑傳》多至三十二人，驗其文，皆全錄元好問《中州集》中小傳，而略加刪削。」〔註 125〕除此之外，元好問的著作流傳下來的還有《遺山先生文集》四十卷，《遺山樂府》五卷，《續夷堅志》四卷等。在金末乃至整個金代文壇，元好問都可以稱得上是最有成就的文學家、文學批評家，堪稱一代文壇巨擘，同時也是當時北方文學的代表人物。

元好問無論在文學史還是文學批評史上，都可以稱得上是中流砥柱般的人物。在金代批評史上，前有趙秉文，中有王若虛，後有元好問。他們的理論體系一脈相承，由趙秉文開創，王若虛擴大，而元好問則是將這一理論體系發揚光大之人。元好問十分重視文學傳統，他也十分重視對於中國文學根源的發掘與認識。以下這段文字就是最好的證明：

> 唐文三變，至五季，衰陋極矣。由五季而遼、宋，由遼、宋而為國朝，文之廢興可考也。……國朝因遼、宋之舊，以詞賦經義取

〔註 123〕（元）脫脫等：《元好問本傳》，《金史》卷一百二十六，第 2743 頁。
〔註 124〕（元）脫脫等：《元好問本傳》，《金史》卷一百二十六，第 2743 頁。
〔註 125〕見《四庫全書總目》卷五十。

士，預此選者，選曹以為貴科，榮路所在，人爭走之。傳注則金陵之餘波，聲律則劉鄭之末光，……及翰林蔡公正甫，出於大學大丞相之世業，接見宇文濟陽、吳深州之風流，唐、宋文派，乃得正傳，然後諸儒而和之。蓋自宋以後百年，遼以來三百年，若党承旨世傑、王內翰子端、周三司德卿、楊禮部之美、王延州從之、李右司之純、雷御史希顏，不可不謂之豪傑之士。〔註 126〕

在文學原理論方面，元好問是深受儒家詩學的影響，他強調「何謂本？誠是也」，修辭應「立其誠」，不誠則無物，這不僅是他詩學的基本出發點，也是他創作的依據：

故由心而誠，由誠而言，由言而詩也，三者相為一。情動於中而形於言，言發乎邇而見乎遠，同聲相應，同氣相求。……故曰:『不誠無物』。夫惟不誠，故言無所主，心口別為二物，物我邈其千里，漠然而往，悠然而來，人之聽之，若春風之過焉耳。其欲動天地，感神鬼，難矣！其是之謂本。〔註 127〕

可見，這一「誠」的旨歸，與王若虛求真求實的思想是統一的。在文學創作方面，元好問也與王若虛等人的理論相通：強調文章應以積學、養氣為根本，可以適度模仿，且需言之有物。只有創作達到了一定程度和水平，才可以去創新：

及讀之熟，求之深，含咀之久，則九經、百氏古人之精華所以膏潤其筆端者，猶可髣髴其餘韻也。〔註 128〕

因此，元好問既強調「文章出苦心」，同時還強調「論文貴天然」的志趣：

詩家所以異於方外者，渠輩談道不在文字，不離文字；詩家聖處，不離文字，不在文字。唐賢所謂情性之外，不知有文字云耳。〔註 129〕

元好問推崇杜甫、白居易、蘇軾等人，是因為他們詩文的妙處在於語出自然，不煩繩削而自合，正如皎然所說「情性之外，不知有文字」，這才是所謂創作上的「化境」。元好問這些理論，與王若虛所謂「論妙在形似之外，而

〔註 126〕（元）元好問：《閑閑公墓銘》，《元好問全集》（上冊）卷十七，第 478 頁。

〔註 127〕（元）元好問：《楊叔能小亨集引》，《元好問全集》（下冊）卷三十六，第 37 頁。

〔註 128〕（元）元好問：《杜詩學引》，《元好問全集》（下冊）卷三十六，第 24 頁。

〔註 129〕（元）元好問：《陶然集詩引》，《元好問全集》（下冊）卷三十七，第 45 頁。

非遺其形似」是有著異曲同工之妙的，也可以說，他是繼承了王若虛的這一理論來構築自己的創作理論的。

元好問的文學批評集中在其《論詩絕句三十首》中，其餘的則散見於他在《中州集》中為金源文人所著的小傳裏，並不集中，但同樣不可忽視。從這些文字可以概括出，元好問的文學批評強調了這幾點：首先，文學正統論。他強調風雅的文學傳統，直指復歸正體，同時偏好雄渾、自然的文體風格，如陶淵明的自然淳真（見《論詩絕句三十首》之四），李白的超脫俊逸（《論詩絕句三十首》之十五）；其次，他強調「誠」為文學之本，必須「言有所生」，「心口如一」，才能達到打動人心的目的。因此，「誠」不僅是文學的本質，更是文學批評的出發點。第三，對蘇軾的尊崇。從趙秉文開始，對蘇軾的景仰在金朝就不失為一股浪潮。王若虛對蘇軾的推崇更不用說，他提出了「文必歐蘇」的主張，認為歐、蘇才是文章的正派。元好問作為這一傳統的繼承者，也十分推崇東坡詩學。翁方綱就曾指出：

> 遺山接眉山，浩乎海波翻。效忠蘇門後，此意豈易言。〔註 130〕

此外，對於與自己風格不同的、追求奇譎怪異風格的李純甫、雷淵、李天英等人，元好問也有著較包容的心態，這在《中州集》內隨處可見。

元好問為王若虛撰寫《內翰王公墓表》，其對王若虛尊崇之情溢於言表。從文學理論和文學批評方面來看，元好問接踵金代文壇一代豪傑之士，繼承了趙秉文和王若虛這一派別的理論精華，加上自己的系統闡釋，建立了一套較完備的詩學體系，被後人奉為一代大宗。

七、與劉祁

劉祁，字京叔，號神川遁士〔註 131〕。《金史》在其父劉從益本傳之下只簡單介紹了劉祁「為太學生，甚有文名。值金末喪亂，作《歸潛志》以紀金事，修《金史》多採用焉。」〔註 132〕劉從益〔註 133〕，字雲卿，生於大定二十三年（1183 年），少時進入鄉校，後又進入太學，一直與雷淵是同學，二人感

〔註 130〕（清）翁方綱：《齋中與友論詩五首》之三，《復初齋詩集》卷六十六，《續修四庫全書》1455 冊，上海古籍出版社，2002 年（據清刻）影印本，第 299 頁。

〔註 131〕並未有資料直接證明，據王慶生《劉祁年譜》，劉祁有文集名《神川遁士集》，「神川遁士」乃劉祁之號，神川乃金亡之前陳州居住地。

〔註 132〕（元）脫脫等：《金史》卷一百二十六，列傳第六十四，第 2734 頁。

〔註 133〕除《金史》外，中州集卷六有《劉從益小傳》。趙秉文《滏水集》卷十二有《葉令劉君德政碑》，郝經《秋澗集》卷五十八有《渾源劉氏世德碑銘》。

情深厚，友情也持續了一生：「（雷淵）早與余先子交，嘗同鄉校、同太學，後同朝。先子歿，公寄挽詩有云：『鄉校連裾春誦學，上庠同榻夜論心。』余因請為墓誌。」〔註 134〕劉從益於大安元年（1209 年）中進士，並在京城與趙秉文相識相熟，得到了趙秉文的賞識，二人也成為了摯友。後來，他與趙秉文、李純甫等人經常一起聚首。興定四年（1220 年）元好問來京師應試，劉從益父子與其相識，而劉祁更是與元好問一同參加了預試。元光元年（1222 年），劉從益因彈劾失當被罷官，此後他回到了陳州，「閒居淮陽，與諸生講明伊洛學。」〔註 135〕同時也保持和趙秉文的書信來往，互相贈文和詩。正大三年（1226 年），劉從益在趙秉文和馮延登〔註 136〕的舉薦下進入翰林院，應奉翰林文字。因他性格好客隨和，所以經常邀請朝中諸公在家中宴飲，賦詩唱和，比如以杜詩「好雨知時節，當春乃發生」一句為韻，諸公皆歡，最後都「霑醉而歸」〔註 137〕。但不久，劉從益以疾卒於世，終年四十四歲。趙秉文十分傷心，為其寫祭文和挽詩，又「取諸朝上所作挽詞親書為一軸」〔註 138〕寄給了劉祁，劉祁於是又請趙秉文為其父撰寫了《神道碑》。由此可見劉從益與趙秉文的感情之深。此外，雷淵也撰寫了墓誌，朝中諸公也多寫詩哀挽。

劉祁在《歸潛志》書前序中寫道：「甲午歲……蓋年三十二矣。」甲午應是金天興三年（1234 年），則往前推三十一年，劉祁當出生於 1203 年，即金章宗泰和三年。劉氏為書香世家，是當地的望族，其曾祖劉撝就曾是天會年間的狀元。劉祁自然也是耳濡目染，自小就穎異過人，「為學能自刻厲，有奇童目。」〔註 139〕劉祁八歲（大安二年，1210 年）左右就跟隨其祖父開始「遊宦於大河之南。」〔註 140〕他從那時起開始誦讀詩書。貞祐年間，元兵入侵山西，他不得已與祖父躲進山中。從貞祐四年開始，劉祁跟隨父親到陳州上任，開始與文壇前輩們相識並交往。興定四年（1220 年），劉祁赴汴梁府進行

〔註 134〕（金）劉祁：《雷淵小傳》，《歸潛志》卷一，第 2 頁。

〔註 135〕（元）郝經：《渾源劉氏世德碑銘》，《秋澗集》卷五十八。（元）王惲，《秋澗先生大全文集》，四部叢刊本。下文《世德碑銘》亦指此文。

〔註 136〕劉祁在《歸潛志》卷四記載：「（馮延登）與余先子交最善，先子入翰林，公與趙閑閑所薦。」《歸潛志》，第 41 頁。

〔註 137〕押韻賦詩一事見（金）劉祁：《歸潛志》卷九，第 94 頁。

〔註 138〕（金）劉祁：《歸潛志》卷九，第 107 頁。

〔註 139〕（金）劉祁：《歸潛志》卷九，第 94 頁。

〔註 140〕（金）劉祁：《歸潛志》卷十四，第 171 頁。

府試，通過了初薦，其文才已經開始展露。此次考試，劉祁認識了元好問，成為好友。第二年，劉祁赴舉，但到了御試那關卻未通過，對他頗有打擊，「於是始大發憤，以著述自力。」〔註 141〕此次進京赴試，劉祁相識了王若虛、雷淵、李純甫等當時的文壇名流。其時，趙秉文為禮部尚書，王若虛任國史院編修，李純甫為翰林院文字。他於是從那時起，開始認真記錄這些人的舉止言行。劉從益罷官後，他並未跟隨父親回陳州，而是留在京師，與趙秉文、李純甫、王若虛等人交遊：「興定、元光間，余在南京，從趙閑閑、李屏山、王從之、雷希顏諸公遊，多論為文作詩。」〔註 142〕雖然與他交往的皆是文壇名士，但劉祁的才華仍然沒有被掩蓋，他「務窮遠大，涵蓄鍛淬，一放意於古文。」〔註 143〕他寫出的「古賦、雜說數篇」，被趙秉文、王若虛、李純甫等人看到後，皆呼：「異才也。」並倒屣相迎，交口稱讚。則劉祁在京師已有文名。後來，劉祁遊歷汴京，又回到陳州。正大元年（1224 年）及正大四年（1227 年），劉祁兩次進京赴試，卻屢告不捷。期間他認識了宋九嘉、楊宏道、完顏璹等人，結為好友。正大七年（1230）年，二十八歲的劉祁最後一次參加了科舉考試，卻仍是以失敗告終。他遂心灰意冷，著意於讀書、寫作中。其父卒後，劉祁在家中閒居，朋友們也會時常來訪，與他把酒言歡，為他紓解鬱鬱不得志的情懷。但雖為一介布衣，劉祁對於國事、政事一直十分關心。正大八年（1231 年），戰事頻繁，蒙古兵入侵，劉祁前往汴京，入太學，以太學生身份避難，並常去拜訪趙秉文等人。後來，劉祁多次上書欲言事，皆未成功。蒙古軍逼近汴梁城時，太學生們也被召入軍隊，成為防城的壯丁，號稱「太學丁壯」。這些太學丁壯主要負責「監送軍士飲食，視醫藥，書砲夫姓名。又令於城上放紙鳶，鳶書上語，招誘脅從之人，使自拔以歸，受官賞，皆不免奔走矢石間。」〔註 144〕當時，完顏璹臥疾，劉祁還曾去侍候他，二人論及國事時，完顏璹曾對劉祁說過：「敵勢如此，不能支，止可降，全吾祖宗。」〔註 145〕這個觀點應該是影響了劉祁，導致了後面的「為崔立立碑」事件的發生。

〔註 141〕（金）劉祁：《歸潛志》卷十四，第 171 頁。
〔註 142〕（金）劉祁：《歸潛志》卷八，第 88 頁。
〔註 143〕（元）郝經：《世德碑銘》。（元）王惲，《秋澗先生大全文集》卷五十八，四部叢刊本。
〔註 144〕（金）劉祁：《錄大梁事》，《歸潛志》卷十一，第 124 頁。
〔註 145〕（金）劉祁：《密國公璹小傳》，《歸潛志》卷一，第 4 頁。

天興二年（1233 年），崔立事件發生了。王若虛多次婉拒後，崔立等人就召元好問、劉祁（以太學生的身份）來撰寫功德碑。這個事件在《歸潛志》卷十二《錄崔立碑事》中有著較詳細的記載。當劉祁被召見後，他趕到學士院，去詢問王若虛的意見。據劉祁記載，王若虛當時是這樣說的：「此事議久矣，蓋以院中人為之，若尚書檄學士院作，非出於在京官吏、父老心；若自布衣中為之，乃眾欲也。且子未仕，在布衣，今士民屬子，子為之亦不傷於義也。」〔註 146〕劉祁聽了之後，心中不滿，認為王若虛這樣說是想自己避禍，把禍轉嫁到自己身上，心中不滿，卻也無可奈何，於是在催促下草定一稿，交給了元好問。可是當時諸公對這一草稿並不滿意。劉祁不願再撰寫，王若虛便勸解劉祁：「此事鄭王已知眾人請太學中名士作，子如堅拒，使王知諸生輩不肯作……是子以一人累眾也。且子有老祖母、老母在堂，今一觸其鋒，禍及親族，何以為智。子熟思之。」〔註 147〕劉祁思索再三，還是決定撰寫。同時，元好問也草擬一稿。後來，這些草稿經「信之欲相商評，王丈為定數字。其銘詞則王丈、裕之、信之及存予舊數言。其碑序全裕之筆也，」〔註 148〕提交了上去。所幸最後功德碑未能樹立，這件事也沒有引起太大的後果。但是，這起事件發生後，劉祁與元好問二人的關係瀕臨破裂，同時在歷史上，劉祁始終認為自己承擔了罪名。在後來的文章中，劉、元二人或二人的朋友也都曾以文明志，力圖證明自己當時所為確是迫不得已，也引起了學者們眾說紛紜。

但是在這個事件中，劉祁對王若虛的勸說之辭有所不滿，這是比較明顯的。其實從客觀的角度來看，王若虛當時身為超翰林侍制、翰林直學士，以他的身份出面撰寫功德碑，確實不合適。理由正如他所講的那樣，為官之人所寫，應當出於百官和民眾之心，那麼這篇文章就應該是一篇正式的、令人信服的文章。可是顯然這篇文章的內容並不能令官員或民眾信服。那麼若由布衣一族來撰寫的話，就不會有這樣應制的背景，也不至於會「傷義」。同時，王若虛在事件伊始就表達了「自分必死」的決心，本就不是因為貪生怕死才不願意去撰文，而是從大局出發考慮問題，才這樣勸解劉祁的。從當時環境看，以布衣身份來撰寫是最恰當的。同時，通過劉祁的記載，可以發現，最後的定稿其實也只是用了他所擬草稿的一部分，其餘文字則是有元好問等人

〔註 146〕（金）劉祁：《錄崔立碑事》，《歸潛志》卷十二，第 132 頁。

〔註 147〕（金）劉祁：《錄崔立碑事》，《歸潛志》卷十二，第 132 頁。

〔註 148〕（金）劉祁：《錄崔立碑事》，《歸潛志》卷十二，第 132 頁。信之，為麻九疇；王丈，為王若虛；裕之，乃元好問。

撰寫的。因此，劉祁的這個記載應是比較可信的。

從現狀來看，研究學者們對劉祁的指責，大多集中在認為劉祁之前就想投降，並且入元而仕。這些指責有些實屬有所偏頗，應與事實不合。

天興二年（1234 年）後，劉祁回到了家鄉，「躬耕自給，築室榜曰『歸潛』」〔註 149〕，開始撰寫《歸潛志》，來懷念夙昔與其交遊之人：「所與交遊，皆一代偉人。人物雖故，其言論、談笑，想之猶在目。且其所聞所見，可以勸誡規鑒者，不可使湮沒無傳。因暇日記憶，隨得隨書，題曰《歸潛志》。」這便是寫作《歸潛志》一書的由來。而此書也成為後來編寫《金史》時重要的文獻資料，在研究金史時是不可或缺的。

劉祁卒於海迷失後三年（1250 年），享年四十八歲。王磐為其撰寫墓誌銘，王惲、楊宏道等人皆作詩哀挽。除了《歸潛志》，據《世德碑銘》記錄，劉祁還著有《神川遁士集》二十二卷，《處言》四十三篇，已佚。

劉祁之弟劉郁，字文季，別號歸愚，也與王若虛有所往來。乃馬真後二年（1243 年），劉郁因為辦事到達東平，並與王若虛相約遊泰山，後王若虛卒於泰山萃美亭中。

《歸潛志》中輯錄了一些關於王若虛平日的言論，對於研究王若虛很有幫助，現摘錄幾條如下：

> 趙閑閑論文曰：「文字無太硬。之純文字最硬，可傷。」王翰林從之則曰：「文字無軟者，惟其是也。」余嘗以質諸先人，先人以趙論為是。〔註 150〕
>
> 興定、元光年間，余在南京從趙閑閑、李屏山、王從之、雷希顏諸公遊，多論為文作詩。……若王，則貴議論文字有體致，不喜出奇，下字止欲如家人語言，尤以助辭為尚，與屏山之純學大不同。嘗曰：「之純雖才高，好作險句怪語，無意味。」亦不喜司馬遷《史記》，云：「失支墮節多。」「韓退之《原道》，如此好文字，末曰人其人火其書，太下字。柳子厚肥皮厚肉，柔筋脆骨之類，此何等語？千古以來惟推東坡為第一。」〔註 151〕
>
> 王翰林從之貌嚴重若不可親，然喜於狎笑，酒間風味不淺。……

〔註 149〕（元）郝經：《世德碑銘》。（元）王惲，《秋澗先生大全文集》卷五十八，四部叢刊本。

〔註 150〕（金）劉祁：《歸潛志》卷八，第 88 頁。

〔註 151〕（金）劉祁：《歸潛志》卷八，第 88 頁。

故院中為之語曰：「崔伯善有肉不餐，王從之無花不飲。」[註152]

八、與劉遇

劉遇，字鼎臣，真定人。生卒年不詳[註153]。少年時即開始與王若虛、周嗣明等交遊，喜讀書，於文學及經義之學皆有所長，鄉里聞名。他於興定五年（1221 年）擢詞賦科狀元及第。擢第後，入為國史院書寫，應奉翰林文字。後遷往鄜州，任鄜州帥府經歷官。當時關內戰事頻繁，鄜州一地被蒙古軍圍困。當時的主帥紇石烈鶴壽奉命前去支持，上書請求讓劉遇為從事。因此劉遇便於興定六年（1222）奔赴鄜州。誰知到達之後不久鄜州城就宣告淪陷，而劉遇也不知所終。王若虛在二十年後，應劉遇家人的請求，為其作《故朝列大夫劉君墓碣銘》，現摘錄如下：

> 東垣劉君，……予之執友也。高才博學，以詞賦為名進士，興定五年舉天下第一，授應奉翰林文字。……君資可愛，幼而老成，接物溫溫，笑談有味，見者皆悅而親。初自以所業過人，意氣銳甚，謂當立取榮名，而數奇不偶，累舉未從。……繼遭喪亂，生理日艱，晚達汴梁，才試充史院書寫，不勝寂寞。……咸謂無科第分，君略通其說，亦以為然。一旦雄捷，喜出望外，方將馳騁快意，以償平生，而遽有是遘。所謂命者果何如哉？斯可哀而亦可怪也！君累遷朝列大夫，其從政之歲，蓋四十有七云。

從王若虛的這篇墓銘中，可以看出劉遇在興定五年（1221 年）時大概為四十七歲，則劉遇的生年應該為 1174 年或 1175 年，而他的卒年（按照鄜州城陷的時間）則應在興定六年（1222）年初[註154]。

九、其他有文字記載的交遊

王鶚，字百一，曹州東明（今山東省菏澤市東明縣）人[註155]。自幼聰悟，可日誦千餘言，長於詞賦。於金正大元年中進士狀元，後授應奉翰林文

[註152]（金）劉祁：《歸潛志》卷九，第 99 頁。

[註153] 具體生平可見王若虛《滹南遺老集》第四十一卷《故朝列大夫劉君墓碣銘》及劉祁《歸潛志》卷五中的小傳。

[註154] 劉遇應卒於興定五年閏十二月。見《金史．宣宗紀》記載：「興定五年閏十二月辛巳朔，大元兵徇鄜州，保大軍節度使完顏六斤、權元帥左都監紇石烈鶴壽、右都監蒲察婁室……皆死之。」

[註155] 具體生平可見《元史》卷一百六十《王鶚本傳》。

字，官至翰林學士承旨。金哀宗時，王鶚升為左右司員外郎，後來親眼目睹了金朝的滅亡，並著《汝南遺事》〔註 156〕，詳細記錄了金哀宗一朝亡國之史。後來《金史》亦大量直接引用該書內容，足可見其記錄之真實、詳盡。金亡後，王鶚降元，官至翰林學士承旨。早年自狀元及第後，王鶚進入翰林院，便結識了趙秉文、王若虛等當代鉅公。而當中「愛予最深，誨予最切，愈久愈親者，滹南先生一人而已。」〔註 157〕因此，在乃馬真後元年（1242 年），王若虛經過順天時曾在王鶚家中逗留數日，並將自己的文稿展示給王鶚，曰：「吾平生頗好議論，嘗所雜著，往往為人竊去，今記憶止此，子其為我去取之。」於是，王若虛便將自己的部分文稿交付與王鶚代為保管。王若虛卒後，王鶚將文稿交付給其子王恕，最終完成四十五卷本《滹南遺老集》的刊印。

趙椿齡，字壽卿。其父趙迪，真定藁城人士也，入元後官至湖北道宣慰使。趙椿齡幼時起跟隨王若虛學習，「少從金翰林學士王若虛學」，二十一歲時曾中元代「戊戌真定選」。「性孝友，高朗，尚氣節。」〔註 158〕

程良，字子美，「世家為鼓」。程良為人資稟純亮，於明昌末年中進士第，後因時不順，未能入仕，於是隱居於潑水〔註 159〕之上，以教書為業，「受學者甚眾」。他平日嚴謹自律，尚友論世，「與魏璠、麻九疇、王若虛為道義交」〔註 160〕。

董文炳，字彥明，真定藁城人〔註 161〕。元初入朝為官，立下戰功。心繫百姓，鞠躬盡瘁。董忠獻公自幼聰慧，善於記誦。平時好讀書，「延禮儒士，士雖賤，必接以禮。若金翰林學士滹南王若虛先生，真定提學，侍其先生軸，存則師尊之，沒則恤其孤。」對王若虛等人均禮遇有加。

王欝，又名青雄，字飛伯，大興府人也〔註 162〕。《金史》及《歸潛志》均有傳。劉祁稱其「與余交最深」。少時家道中落，遂發憤讀書，為文效柳宗

〔註 156〕《四庫全書總目》卷五十一，雜史類收錄此書。

〔註 157〕見《滹南遺老集序》。

〔註 158〕具體生平見元姚燧《牧庵集》卷二十八《中奉大夫荊湖北道宣慰使趙公墓誌銘》。（元）姚燧：《牧庵集》卷二十八，中華書局，1985 年《叢書集成初編》本，第 345～357 頁。

〔註 159〕潑，與瀍同。水名，在潁川，今河南省登封市。

〔註 160〕（元）郝經：《陵川集》卷三十五《程先生墓銘》，《郝文忠公陵川文集》，北京圖書館古籍珍本叢刊本。

〔註 161〕（元）蘇天爵：《左丞董忠獻公》，《元名臣事略》卷十四，中華書局，1996 年版，第 271 頁。

〔註 162〕具體生平可見《金史》卷一百二十六，列傳第六十四《王欝本傳》；（金）劉祁：《歸潛志》卷三《王欝小傳》。

元，詩歌則學習李白。正大五年（1228 年）來京赴試，未及第，但其出眾文采即被趙秉文等人賞識，遂時常一同出遊。據其自傳《王子小傳》，他「受知最深者」有趙秉文、劉從益、雷淵、李獻能、王若虛等人。

董瀛。字巨源，廉臺（今屬河北定州）人。曾經跟從王若虛問學，後為淮東按察使。〔註 163〕

劉德淵，字道濟，襄國中丘（今屬河北邢臺）人〔註 164〕。性格直爽，刻苦好學，曾遊歷王若虛門下，「思索辨惑登說，自是厭飫史學，為專門之業。」入元後，赴戊戌試，奪河北西路之魁。後授翰林侍制。

史天澤，字潤甫，大興永清（今屬河北廊坊）人，為元一代名將〔註 165〕。身高八尺，聲如洪鐘；善騎射，勇力過人。曾隨其父史秉直降蒙古軍，入元後，官至中書右丞相。他性喜交友，好善樂施，重視賢德。「北渡後，名士多流寓失所。知公好賢樂善，偕來遊依。若王滹南、元遺山、李敬齋……，為料其生理，賓禮甚厚。暇則與之講究經史，推明治道。」〔註 166〕王若虛曾為其作《恒山堂記》一文：「大元乙酉中，萬戶史公實來，公以妙齡貴顯，而居具慶之下……謂可以備燕息而資觀覽者，莫若堂也。……今既辱公知，嘗得預賓席之末，因之寓目以償夙心，亦殘年之一適也。於是乎書。」〔註 167〕

王玠，真定人，生平不可考。王若虛曾作《王氏先塋之碑》一文，文中提到：「兄詠早世，二孤玠、瑀，藐然可憐。公親撫視，以至成人，而玠為名進士。」又提到：「乃以其辭來請。予與玠為同舍生，於君為門下客，情親契厚，勢不得辭。」〔註 168〕可推知，王若虛少年時曾與王玠一同讀書、交遊。

李仝，字仲和，博州高唐（今屬山東聊城）人。王若虛曾為其作《李仲和墓碣名》〔註 169〕，曰：「若虛有心契曰李君，諱仝，字仲和，博州高唐人。

〔註 163〕（元）王惲：《秋澗集》卷五十九《碑陰先友記》，《秋澗先生大全文集》，四部叢刊本。

〔註 164〕（元）王惲：《秋澗集》卷六十一《故卓行劉先生墓表》，《秋澗先生大全文集》，四部叢刊本。

〔註 165〕詳細生平可見《元史》卷一百五十五《史天澤本傳》。

〔註 166〕（元）王惲：《秋澗集》卷四十八《史天澤家傳》，《秋澗先生大全文集》，四部叢刊本。

〔註 167〕《恒山堂記》，收於《滹南遺老集》卷四十三，第 526 頁。

〔註 168〕《王氏先塋之碑》，收於《滹南遺老集》卷四十一，第 501 頁。

〔註 169〕《李仲和墓碣名》，收於《滹南遺老集》卷四十一，第 503 頁。

孝於親，順於長，仁於僕妾。」王若虛與李仝應該是在他在高唐從師時相識的：「明昌間，予以從師客縣中，閉門索居，不妄應接，而思與跌宕不羈之士遊。既得仲和，語合意，豁然大適，為忘形交。久之益親，一日不見，相覓如求亡。」這些文字足可見二人情志相投、感情深厚。

總結

根據前文所敘，及憑藉對史書、文集和相關文獻的記載（其中尤以元好問所撰《內翰王公墓銘》及他所編《中州集》中的《王內翰若虛小傳》最為詳盡。《金史》中的本傳也多是依據此編寫而成），可以大致勾勒出王若虛的性格特點。瞭解了這一方面，才可以更好地推知其作為金一代著名文學評論家和學術集大成者的產生條件。

首先，王若虛「博學強記，誦古詩至萬餘首。」這一紮實的學術基礎，正是成為一代名家的必備條件。也因此才能達到「金元之間，學有根柢者，實無人出若虛右。」同時，家學的淵源使他自幼得到良好的啟智，有條件整日縱遊於經史詩文當中，因此他在日後積累下深厚的學識，可謂是事出有因。

其次，王若虛善於持論，有「辨」才。李純甫十分善辯，在酒席間常咄咄逼人，席間無人能敵。但王若虛即以三兩語對之，就能使其噤聲，不再繼續。可見王若虛不僅有辯論的才能，而且必能抓住言論的關鍵而進行辯駁，同時言簡意賅，不至於出言繁瑣。可見王若虛辯才之盛，但又不妄言。

第三，個性卓特，不諂媚，不趨炎附勢。此特點由其為官後不善於與上司交往而被冷落即可見端倪。或許此時還可稱他是不善與人交往。但在為崔立建功德碑一事中，大可瞭解到他誓死保衛自己名節的決心和性格。如果不是這種高潔、獨特、潔身自好的品格，其言論就很難做到不偏不倚、公正客觀。這也是其言論得以對後世有著巨大影響的原因之一。

第四，王若虛在進行文學評論時，能夠做到「不立崖岸」，同時「謙遜雅重」〔註 170〕。雖學識淵博，但王若虛並無門戶之見。在學術思想上，雖然他對於一些作家或學者的創作和理論持反對態度，但他依然能夠兼容並包，並不避忌與人交流和探討，也會無私地將自己的看法展露出來。而開放、包容、不自以為是、不武斷排斥，應該是文學批評家應該具備的基本素養了。

最後，王若虛平日「謀事詳審」，其言行多「出人意表」。謀事詳審，意

〔註 170〕張健：《宋金四家文學研究》，聯經出版事業公司，1975 年版，第 317 頁。

味著王若虛平時為人處世較為嚴謹；同時，因為不喜被傳統偏見所拘束，所以他常能發前人所未發之言，論前人所未論之點。因此才能提出真正屬於自己的見解。

至此，我們對王若虛其人已可大致做到勾其輪廓，明其心志。正是基於以上這些研究和探討，我們便可理解一代文壇領袖元好問為何對其如此推崇和讚賞了——「自從之沒，經、史學、文章、人物公論遂絕。不知承平百年之後，當復有斯人不也。」〔註 171〕

〔註 171〕（元）元好問：《王內翰若虛小傳》，《中州集》卷六，第 285 頁。

第二章　王若虛文學理論及批評成因

第一節　金代文學批評概述

金代文學，上接北宋，中通南宋，下啟元明，是中國文學史上極其重要的一環。金代文學的發展，通過《金史・文藝傳》前的序中，可略知大概：

> 金初未有文字。世祖以來漸立條教。太祖既興，得遼舊人用之，使介往復，其言已文。太宗繼統，乃行選舉之法，及伐宋，取汴經籍圖，宋士多歸之。熙宗款謁先聖，北面如弟子禮。世宗、章宗之世，儒風丕變，庠序日盛。士繇科第位至宰輔者接踵。當時儒者雖無專門名家之學，然而朝廷典策、鄰國書命，粲然有可觀者矣。金用武得國，無以異於遼，而一代制作能自樹立唐、宋之間，有非遼世所及，以文而不以武也。〔註1〕

由序言也可大概梳理出金代文學的分期：金代初期，即從金朝建國到海陵王末年（1115 年至 1160 年左右），乃金代著名的「借才異代」時期，代表作家是吳激、蔡松年等由宋入金的作家群體；從金世宗初期到衛紹王末期，歷經金世宗及金章宗兩朝，又可稱為大定、明昌時期，這時期為文學的較繁榮時期，此時作家群體數量眾多，文學作品也達到了一定的高度，將金代文學推向了一個新高度；而從金王室「貞祐南渡」到金代滅亡（1213 年至 1234 年），則為金代文學的後期，此時作家們經歷了亡國之痛，多書寫個人情懷，或懷念故國。這個時期因為出現了元好問這樣一位傑出人物，而為金代文學

〔註 1〕（元）脫脫等：《文藝傳》，《金史》卷一百二十五，第 2713 頁。

的發展畫上了一個璀璨的句號。

同文學史的發展不同，金代的文學批評在初期還是比較「冷落」，其原因「一是缺少批評的大家，二是缺少分門別戶的流派。」〔註2〕從現存文獻來看，除了王若虛、元好問等幾位作家曾經撰寫過一些文學批評的專著外，其他作家關於文學批評的闡述或記載多散見於一些詩文序跋中，多是一些有感而發的點評話語。但是，若是將這些散落的文獻資料都整合起來，從「反映文學思潮的角度，廣收博取」〔註3〕的角度來看，依然可以大概梳理出金源一代文學批評的脈絡，從而可以發現，金代文學批評不僅上承宋代，下啟元明，有承上啟下之功；同時內涵豐富，有著時代及作家個人的鮮明特色，「乃是中國文學批評發展中不可或缺的一環。」〔註4〕

金代文學批評對北宋的繼承，主要集中在對蘇軾和黃庭堅（及江西詩派）的接受與批評上。其中最主要的影響來源於蘇軾。

> 程學盛於南，蘇學盛於北，如蔡松年、趙秉文之屬，蓋皆蘇氏之支流餘裔。遺山崛起黨、趙之後，器識超拔，始不盡為蘇氏餘波沾沾一得，是以開啟百年後文士之脈。
>
> 爾時蘇學盛於北，金人之尊蘇，不獨文也，所以士大夫無不沾丐一得。然大約於氣概用事，未能深入底蘊。〔註5〕

翁方綱作為清代推崇蘇學的學者，這些記載或許有少許誇大的成分，但是應該是對金代文壇較真實的反映。虞集在《廬陵劉桂隱存稿序》中也提到：「中州隔絕，困於戎馬，風聲習氣，多有得於蘇氏之遺，其為文亦曼衍而浩博矣。」〔註6〕可以說，蘇軾對於金代文學的影響是深遠及深刻的，主要表現在對蘇軾在文學史的地位給予極高評價，對於蘇軾的文學創作方法及模式的推崇及肯定：一方面，金代文人們在文學理論和思想上認同並借鑒蘇軾，另一方面在詩詞文等實際創作上也是著力於模仿。因此才有「蘇學行於北」的局面。在金源開國之初，由宋入金的一批文人志士，如宇文虛中、吳激、

〔註2〕王運熙、顧易生主編：《中國文學批評通史》第四冊《宋金元卷》，上海古籍出版社，2011年版，第817頁。

〔註3〕王運熙、顧易生主編：《中國文學批評通史》第四冊《宋金元卷》，第817頁。

〔註4〕王運熙、顧易生主編：《中國文學批評通史》第四冊《宋金元卷》，第818頁。

〔註5〕（清）翁方綱：《石洲詩話》卷五，《石洲詩話》，人民文學出版社，2001年版，第153頁。

〔註6〕（元）虞集：《廬陵劉桂隱存稿序》，《道園學古錄》卷三十三，四部叢刊本。

蔡松年、高士談等人成為當時文壇的主力及推動者。其中，蔡松年及其子蔡珪更是其中的中流砥柱，他們二人對於蘇軾的追隨可謂「寸步不離」，蔡珪也是「國朝文派」的奠定者。而從「借才異代」到初現金源自己的「國朝文派」，可以說蘇軾的文學思想及創作一直貫穿始終，甚至可謂是當時文壇創作的範式。

以蔡松年為例。蔡松年以其「蕭閒詞」為最長，有著北方特有的剛健、質樸之風，同時又可窺見蘇軾的豪放派詞風。他曾自言：「追和老坡韻，寸步不離。」〔註7〕因此，他的詩詞中多透出一股超然曠達之氣，並且崇尚以詩為詞，在詞體風格、創作技巧及遣詞造句方面更是追隨蘇詞，也因此創造了別具一格的「蕭閒詞」，與吳激的詞並稱「吳蔡體」，對金源文壇的詞風等方面有著巨大的影響。

從文學思想來看，王運熙先生曾在《中國文學批評通史》中指出，蘇軾的「常行於所當行，常止於所不可不止」的創作觀曾得到金代文壇的廣泛響應。其中，「趙秉文論文主『達意』，李純甫主『各言其志』，王若虛主『辭達理順』，元好問主『學至於無學』等，均與之有一定的關係。」〔註8〕

而從王若虛來看，他的文學思想、文學批評、文學創作風格的形成及創立，主要有以下幾個因素的影響：首先，宋人帶來的影響，主要是對蘇軾文學思想的認可及借鑒。不過這也是在金代文壇「宗蘇」的大環境下形成的，對於金代文人們普遍有著很大的影響；第二，對趙秉文和周昂等人理論的繼承與創新，這個原因就是王若虛理論觀得以系統建立的直接原因，也是最重要的原因；第三，對李純甫、雷淵等人文學理論的批判與否定，在雙方文學觀念的對比研究中，可以更加明確地看出王若虛的理論傾向。

第二節　宋人思辨風氣（以蘇軾為主）帶來的影響

陳寅恪在《鄧廣銘宋史職官志考證序》中稱：「華夏民族之文化，歷數千年之演進，造極於趙宋之世。」〔註9〕宋代文化成就斐然，尤其是學術形成了可與漢學頡頏的宋學。宋學在中國學術史上是一個轉折點，漢唐學術重家法，宋代學術善於發表己見。這種學術風氣形成了宋學特殊的面貌，其中疑經惑

〔註7〕董慧：《從蔡松年看「蘇學北行」》，文教資料，2012年第3期。
〔註8〕王運熙、顧易生主編：《中國文學批評通史》第四冊，《宋金元卷》，第840頁。
〔註9〕陳寅恪：《金明館叢稿二編》，里仁書局，1981年，第245頁。

古是其顯著特徵。宋代的疑古思潮大約形成於慶曆之後，陸游曾論及這種風氣的興起：「唐及國初，學者不敢議孔安國、鄭康成，況聖人乎？自慶曆以後，諸儒發明經旨，非前人所及。然排《繫辭》、毀《周禮》、疑《孟子》、譏《書》之《胤征》《顧命》、黜《詩》之序，不難於疑經，況傳、注乎？」〔註 10〕可見，宋人疑古之大膽，不僅懷疑漢唐經師的注疏，甚至對經典本身都提出疑義。但疑經、惑古並不是宋學的終極目的，他們對前代舊說的懷疑是為了恢復經典的本義和辨明歷史真實。所以，必然要從疑古走向對經典與歷史的辨正，以期除虛妄、顯本真。

而一代名家歐陽修則是疑古思潮的開風氣者，他所撰《毛詩本義》對子夏、毛公作大、小《詩序》提出懷疑，《易童子問》提出《易》之《繫辭》、《文言》、《說卦》非孔子作，《集古錄跋尾》則以地下金石文字證傳世史料的訛缺。蘇軾繼歐陽修之後，以其對儒家經典的深入研究作出大膽自由的議論，在這一思潮中扮演了重要角色。

對王若虛影響最大的，要屬蘇軾思想中的「辨惑」特點了。這個影響直接體現在他對《滹南遺老集》的編目上——每個章節的題目都有個「辨」字。而蘇軾「疑古」、「辨古」大致體現在兩方面。一是對儒家經典的懷疑與辨正，二是對前代歷史的懷疑與辨證。

首先，對儒家經典的懷疑與辨正。蘇軾撰《書傳》對《尚書》提出了大膽的質疑。如針對《康誥》中「群公既皆聽命，相揖趨出，王釋冕」〔註 11〕，認為當時成王崩而未葬，君臣應該皆冕服，在凶禮中有吉禮，是不合聖人之旨的失禮之舉。再如以《史記》、《春秋》為依據辨《胤征》為羿篡位時事，認為《胤征》內容不足為信。

蘇軾非議《周禮》，認為《周禮》「言五等之君，封國之大小，非聖人之制，戰國之文也。」〔註 12〕並指出鄭玄注文中的諸多可疑之處，進而認為「先儒以《周禮》為戰國陰謀之書，良有以也」〔註 13〕，從而否定《周禮》的地位。

〔註 10〕（宋）王應麟，（清）翁元圻注：《困學紀聞》，世界書局，1937 年，第 512 頁。

〔註 11〕（漢）孔安國傳、（唐）孔穎達疏：《尚書正義》，北京大學出版社，第 520 頁。

〔註 12〕（宋）蘇軾：《東坡續集》，卷九，清光緒重刊明成化本。

〔註 13〕（宋）蘇軾：《東坡續集》，卷九，清光緒重刊明成化本。

蘇軾不僅對儒家經典本身懷疑與辨正，對於傳注也不死守「疏不破注」的原則，對不合理處，敢於質疑，並加以糾正。如《尚書·呂刑》篇中有「王享國百年耄荒度作刑以詰四方」〔註14〕。舊注荒為荒忽之意，所以以「耄荒」為句，而蘇軾引《益稷》篇「荒度土功」作為證據，將荒訓為大，以「荒度」為句。

其次，對前代歷史的懷疑與辨證。蘇氏一門重視史學，蘇軾秉承家風，留心史事。蘇軾常對歷史成說提出質疑，多能提出獨到的看法與觀點。他一生寫過不少史論，其中有不少是對歷史成說提出異議。如《宋襄公論》，認為宋襄公實乃王莽之流。《東坡志林》卷五「論古」有史論十三首，解析歷史的視角獨特，得出的觀點新奇，其中甚至有像《武王非聖人》《司馬遷二大罪》這樣頗為駭俗的言論。這些新奇觀點並非為標新立異而發，在這些觀點背後，蘇軾總能找到合理的理由，並做出令人信服的解釋。

《蘇文忠公全集》卷六十五有史評一卷，其中不少是為辨《史記》與《漢書》而作。辨《史記》之作如《宰我不叛》，司馬遷載宰我與田常作亂，因而被夷族，而孔子以之為恥，遂爾使宰我為叛臣成為千古定論。蘇軾則從李斯上秦二世的諫書中找出證據，證明宰我非叛臣。認為司馬遷「固陋承疑，使宰我負冤千載」〔註15〕。同卷《司馬穰苴》則以司馬穰苴不見於《左傳》，疑司馬穰苴非春秋時人，認為司馬遷記載有誤。蘇軾不僅對《史記》中史實懷疑與辨正，還對史記舊注進行辨正。如《陳平全兵》，《史記》李奇注認為「全兵」意為「惟弓矛，無雜仗也」，蘇軾則從實際出發，對此注質疑，並提出自己的解釋，認為「全兵」乃「言匈奴自戰其地，不致死，不能與我行此危事也」〔註16〕。辨《漢書》如《酈寄幸免》，蘇軾認為班故為酈寄賣友所作辯解並未抓住要害，酈寄賣友為形勢所逼，原因在其父未禁其與國賊遊。

綜上所述，蘇軾的疑古、辨古行為產生於宋學疑古潮流中，不論對經典的懷疑，還是辨正，都是從它們本身出發，找出最合理的解釋，目的是為了廓清經典的真實含義與歷史的真相，避免當世之人被不合理的解釋與不實的史實所誤導。

〔註14〕（漢）孔安國傳、（唐）孔穎達疏：《尚書正義》，第534～535頁。
〔註15〕（宋）蘇軾著，孔凡禮點校：《蘇軾文集》，中華書局，2011年，第2001頁。
〔註16〕（宋）蘇軾著，孔凡禮點校：《蘇軾文集》，第2006頁。

第三節　趙秉文和周昂的文學理論

一、趙秉文的文學批評

趙秉文〔註17〕身為金源文壇一代盟主，他的文學創作及思想的高度是毋庸置疑的。元好問曾贊曰：「周旋於正廣道〔註18〕、宗平叔〔註19〕之間，而獨能紹聖學之絕業；斂避於蔡無可〔註20〕、黨竹溪〔註21〕之後，而竟能推為斯文之主盟。」〔註22〕

所謂「一時代有一時代之文學」。金朝文壇在「借才異代」時期，由於宇文虛中、蔡松年、吳激等文人均是由宋入金，因此他們的文學創作及思想大多是承襲北宋，甚至可說是毫無新意，缺少創新。這一現狀使得金初文壇表現出了一絲空虛、死氣沉沉的氣息。正是這個原因，加上文人們自我意識的覺醒，接下來的蔡珪、党懷英等文壇領袖們都有了要改變現狀，自創風格的意識。這也正符合了王國維曾說過的：「蓋文體同行既久，染指遂多，自成習套。豪傑之士，亦難於其中自出心意，故遁而作他體，以自解脫。一切文體所以始盛中衰者，皆由於此。」〔註23〕這段話也正好解釋了一個文學傳統的興起及衰落的緣由。

從蔡珪開始，「國朝文派」可算是開創了金代文學自己的「正傳之宗」，他的作品貫融唐宋詩歌，又兼具古雅的文學風格。接著便是以北方剛健豪邁文風見長的党懷英，趙秉文認為只有他可稱得上是「得古人之正脈者」〔註24〕，即是指党懷英的文學以皈依傳統風雅文學為旨歸。而郝經也推崇党懷英對於金代文壇啟發性的影響：「中間承旨掌絲綸，一變至道尤沉雄。……自此始為

〔註17〕具體生平見第一章王若虛交遊部分。

〔註18〕《文校注》注曰：「正廣道：其人不詳。四庫本《全金詩．趙秉文》末附《趙閑閑真贊》作王廣道，王去非字廣道，《金史．本傳》載其大定二十四年卒，年八十四。」

〔註19〕宗端修，字平叔，《金史》有傳。趙秉文曾為其作墓誌及小傳。

〔註20〕即金初文壇領袖蔡松年。《金史》列傳第六十六有本傳。

〔註21〕即金朝中期文壇盟主党懷英，也是著名書法家。字世傑，號竹溪，後因官至翰林學士承旨，世稱「党承旨」。曾跟隨蔡松年學，與辛棄疾為同門。《金史》列傳第六十六有本傳。

〔註22〕（元）元好問：《趙閑閑真贊》，《元好問全集》（下冊）卷三十八，第70頁。

〔註23〕王國維：《人間詞話疏證》，彭玉平疏證，中華書局，2011年版，第403頁。

〔註24〕（金）趙秉文：《中大夫翰林學士承旨文獻黨公神道碑》，《閑閑老人滏水集》卷十一，四部叢刊本。

金國文，崑崙發源大河東。」〔註 25〕

從繼承關係來看，趙秉文可謂是得到党懷英「真傳」的繼承者，同時也是將金代文學傳統推到了一個新的高度。與党承旨相同，他十分重視文學傳統——即崇尚風雅。他嚮往李杜，推崇蘇黃，同時也十分肯定當朝王庭筠、趙渢等前輩。總的來說，他開啟了金代文壇復歸風雅的文學運動，並努力為金代文學尋找到屬於自己的獨立的文學風格。

趙秉文並沒有專門的文學理論或文學批評的著作。他的文學思想及批評大多是以文章形式散見於他的文集中。其中，篇幅較大或較為集中的論述文章有《答李天英書》、《中說》、《竹溪先生文集引》、《跋東坡四達齋銘》等〔註 26〕。據《中國文學批評文獻學》〔註 27〕一書記載，陶秋英所編的《宋金元文論選》〔註 28〕收錄了趙秉文兩條詩論；林明德編的《金代文學批評資料彙編》〔註 29〕，收錄了趙秉文二十三則詩論。從這些文獻中可以推究出趙秉文的文論及詩學觀念。

首先，趙秉文強調「師古」，又強調師古與創新並不矛盾。相反，二者是密不可分的。《周易・繫辭下》有云：「窮則變，變則通，通則久。」因此，只有「通變」，才可以無窮。劉勰也曾在《通變》篇中說道：「望今制奇，參古定法。」〔註 30〕趙秉文就是參透了這句話，才提出了自己的想法：以師古為方法，來達到創新，最終達到自創一格的目標。他在《答李天英書》〔註 31〕中曾這樣說道：

> 嘗謂古人之詩各得其一偏，又多其性之似者。若陶淵明、謝靈運、韋蘇州、王維、柳子厚、白樂天，得其沖澹；江淹、鮑明遠、李白、李賀，得其峭峻；孟東野、賈閬仙又得其幽憂不平之氣；若老杜可謂兼之矣。然杜陵知詩之為詩，未知不詩之為詩；而韓愈又以古文之渾浩溢而為詩，然後古今之變盡矣。太白詞勝於理，樂天

〔註 25〕（元）郝經：《陵川集》卷九，《讀党承旨集》，《郝文忠公陵川文集》，北京圖書館古籍珍本叢刊本。

〔註 26〕皆收於《閑閑老人滏水集》。

〔註 27〕孫立，《中國文學批評文獻學》，廣東人民出版社，2000 年版。

〔註 28〕陶秋英，《宋金元文論選》，人民文學出版社，1984 年版。

〔註 29〕林明德編：《金代文學批評資料彙編》，成文出版社印行，1979 年版。

〔註 30〕（梁）劉勰著，范文瀾注：《通變篇》，《文心雕龍注》卷六，人民文學出版社，2017 年版，第 521 頁。

〔註 31〕（金）趙秉文：《答李天英書》，《閑閑老人滏水集》卷十九，四部叢刊本。

> 理勝於詞。東坡又以太白之豪、樂天之理合而為一，是以高視古人，然爾不能廢古人。足下以唐宋詩人得處，雖能免俗，殊乏風雅，過矣。……足下立言措意，不蹈襲前人一語，此最詩人妙處。然爾從古人中入，譬如彈琴不師譜，稱物不師衡，工匠不師繩墨，獨曰師心，雖終身無成，可也。故為文當師《六經》、左丘明、莊周、太史公、賈誼、劉向、揚雄、韓愈；為詩當師《三百篇》、《離騷》、《文選》、《古詩十九首》，下及李杜……盡得諸人所長，然後卓然自成一家。非有意於專師古人，也亦非有意於專擯古人也。自書契以來，未有擯古人而獨立者。

此番言論，可謂清晰明確地指出了「師古」的本質。從具體實踐來說，他強調「師古」要專意於學習古往今來之大家，思索古人行文的法則，學習其本質。等到體悟出為文為詩的精髓之處，便可在創作時通過遣詞造句的變化，來達到所謂的創新，最終做到從古人中來、又能自成一家的目的。

其次，趙秉文強調了「積學」的重要性。劉勰曾云「積學以儲實」、「文章由學」，都明確指出了學術積累是一切文藝創作的基礎。趙秉文在文學和書法方面均有著很高的造詣，雖然書法與文學不同，但二者實有許多相通之處，這也與他的思想原則有關。同樣，在《答李天英書》一文中，他也強調了這一點：

> 足下來書，自言近日欲作文字，然滯於藏鋒，不能飛動。詩欲古體，然僻於幽隱，不能豪放。足下自知之，僕尚何言。然藏鋒，書之一端，所貴徧學古人，昔人謂之法書，豈是率意而為之也。又須真積力久，自楷法中來。前人所謂未有未能坐而能走者。

文學創作上，要積學；書法上也應做到「積力」，二者乃異曲同工。而王若虛對於「積學」的重要性也是反覆強調的。這不僅表現在王若虛的文論和詩論中，更是貫穿於他的經學及理學思想中。

第三，趙秉文強調「文以意為主，辭以達意而已」〔註 32〕。他認為，詩詞文賦這些文學作品，應是暢述心志，「形吾心之所欲言」的產物。因此對待文學作品，應該抱著「因事遣辭」的態度，而不應著意於辭藻的華麗，或一味追奇求險。這也與他的「師古」主張相契合，他這個想法正是源自《毛詩序》中的「詩者，志之所之也。在心為志，發言為詩。」如果「達意」是對

〔註 32〕（金）趙秉文：《竹溪先生文集引》，《閑閑老人滏水集》卷十五，四部叢刊本。

內容及形式上的追求，那麼「豐而不餘一言，約而不失一辭」就是文章在遣詞造句方面應努力做到的。這一觀點與周昂不謀而合，也是王若虛文論中最突出的一個觀點。

最後，趙秉文崇尚平易沖淡的文風，不喜衝突激烈的文風。他「於文頗麤，止論氣象大概」〔註 33〕，與以李純甫為代表的求奇求險派可謂是大相徑庭的。而這也與他的「中和」之說相通。他以圓融通達的儒家思想為指導思想，認為不偏不倚的「中」才是「天下之正理」，「喜無過喜，喜所當喜；怒無過怒，怒所當怒。」〔註 34〕這個思想體現在創作中，即是指平淡的文風，以「達意」為目的來運用語言文字即可，若一味追求新奇，就會因「偏倚」而「不中」。

總的來說，趙秉文的文學思想是以「師古」為指歸，在風格上則以傳統儒學「中和」之美為尚，強調「達意」即可。可以看出，趙秉文是儒家傳統詩學的維護者。從承上啟下的作用來看，他可謂是金代「中流砥柱的文學理論家」，「儼然為一代宗主。」〔註 35〕

二、周昂的文學批評

周昂〔註 36〕的文學批評除了被王若虛記載在《滹南遺老集》中，還體現在他的詩文中。元好問編《中州集》中收錄了一百零二首周昂的詩，其中涉及到其文學理論的主要有《讀陳後山詩》、《讀柳詩》、《醉經齋為虞鄉麻長官賦》和《弔張益之》這幾篇〔註 37〕。

周昂對於王若虛在文學理論及批評方面的影響是巨大的。這從王若虛在《滹南遺老集》中幾次較長篇幅地引用周昂的理論觀點這一點就可以看出來。從根本上說，周昂的思想也是追步蘇軾，貶抑黃庭堅及江西詩派的。如他的《讀陳後山詩》：

> 子美神功接混茫，人間無路可升堂。
> 一斑管內時時見，賺得陳郎兩鬢霜。

周昂在此詩前兩句指出杜甫的詩歌美妙，贊其寫詩的筆力神功可謂是上

〔註 33〕（金）劉祁：《歸潛志》卷八，第 88 頁。
〔註 34〕（金）趙秉文：《中說》，《閑閑老人滏水集》卷一，四部叢刊本。
〔註 35〕林明德：《中國傳統文學探索》，臺灣巨流圖書公司，1981 年版，第 485 頁。
〔註 36〕具體生平見第一章王若虛的交遊。
〔註 37〕這幾篇同樣被收錄在林明德編：《金代文學批評資料彙編》中。

接混茫的宇宙，普通人是無法追趕和比擬的。後兩句則是直率而一針見血地點出了以陳師道為首的江西詩派作詩的弊端之一：只學其骨，未見其神。江西詩派以杜甫為宗，只關注到其詩中「無一字無來處」的特點，認為這便是作詩的得道成功之處。這樣做的結果就是亦步亦趨，盲目模仿，最後只落得「兩鬢霜」的下場。短短四句詩，褒貶立見，卻又含有一絲幽默調侃的意味。

在《滹南遺老集》卷三十八的《詩話上》篇，王若虛在第二條中記錄了周昂兩個最重要的詩論觀點，並在自己的闡釋下將這兩個思想命名為貫穿自己學術思想的兩個理論觀點。

首先，就是「文章以意為之主，字語為之役。」「以意為主」這個論點並非周昂首提。南朝范曄曾在《獄中與甥侄書》〔註38〕中較明確地提到：「常謂情志所託，故當以意為主，以文傳意。以意為主，則其旨必見。以文傳意，則其詞不流。然後抽其芬芳，振其金石耳。」他認為文章是用來表達情志的，作品的立意是最重要的，文辭則是傳達「意」的工具和手段。只有以意為主，才能更好地把文章的主旨呈現出來。達到這點後，再用文辭準確地去表達，就可以避免文不達意的缺點。〔註39〕後來，唐代詩人杜牧深化了這一理論，並明確了這個觀點：「凡為文以意為主，以氣為輔，以辭采章句為之兵衛。未有主強盛而輔不飄逸者，兵衛不華赫而莊整者。」「文以意為主」，與周昂的觀點如出一轍，是強調文章的思想內容應該是文章的重中之重，而命辭遣意則是服務者，兵衛不應搶去主人的風頭。由此顯示出杜牧的文論觀點也是重視文章之意，而較為反對空洞的內容或華而不實的文字風格。而周昂的觀點則是在前人的基礎上進一步強調了「意」的作用。他用「主」「役」二字明確指出了文章旨意是起統領作用的，而文辭則是被「意」統率的。只有達到「主強而役弱」，就能夠「無使不從」，達到一定的境界。但是，他又指出，當時文壇最大的弊病恰恰就是「驕其所役，至跋扈難制，甚者反役其主」，即由推

〔註38〕見南北朝沈約《宋書》卷六十九列傳第二十九。本文以書信體記載於《宋書·范曄傳》中。

〔註39〕更早時，摯虞在《文章流別論·總論》中提出過相似的觀點：「古詩之賦，以情義為主，以事類為佐。」這裡的「情義」可以認為是「情志」，即文章的「意」；而「事類」主要指文章中引用的典籍或事例，後劉勰在《文心雕龍》中專闢《事類》篇加以論述，後來亦可引申為文章的言辭用字等，範圍有所加大，但這樣一來便與范曄所論更加接近。

崇黃庭堅和江西詩派所導致的注重於文字的修飾，而忽略了文字的功用——適當地表達作者之意——這一現狀，從而造成「反役其主」。這裡既點明了周昂的觀點，也表現了他對江西詩派文人的批評。

其次，周昂強調了「巧」與「拙」的關係，認為「以巧為巧，其巧不足」，並進而提出了「巧拙相濟」、「就拙為巧」這兩個概念。這兩個詞，可謂妙而傳神也。從古迄今，關於「巧」與「拙」的討論在文論領域、繪畫和書法領域從未間斷過。最早可見老子所論「大巧若拙」〔註 40〕，在美學領域對這二字進行了闡釋，體現了他「無為與無不為」的思想，也分析了巧拙二者的辯證關係：在審美角度來說，一切美的事物都應該是自然的、不多加修飾的，應該順自然之意而為。在藝術審美領域，與其近似的觀點還有清代著名書法家、思想家傅山提過的「寧拙毋巧」〔註 41〕，他認為：「寫字無奇巧，只有正拙。正極奇生，歸於大巧若拙已矣。」表面上看來也許略「拙」，但實際卻是「巧」。這個對巧與拙的辯證的詮釋，與老子的觀點相吻合：從藝術審美傾向來看，應反對華麗雕飾，提倡返璞歸真。這個觀點貫穿了傅山最為人推崇的「四寧四毋」〔註 42〕的藝術主張之中，這個觀點應該是來自於陳師道所謂「寧拙毋巧，寧樸毋華，寧粗毋弱，寧僻毋俗」的詩論觀。他強調的是文章的表現手法與字句運用方面，核心是應向杜甫學習「用典」及「無一字無來處」的創作方法。同時，陳師道的觀點也是在繼承了黃庭堅詩論觀點的基礎上形成的，只是黃庭堅並未直接點出「巧」與「拙」的關係：「……巧於斧斤者，多疑其拙……淵明之拙與放，豈可為不知者道哉。」〔註 43〕前文提到，周昂對於杜甫是非常推崇的，這一點與黃庭堅、陳師道二人的理論主張是如出一轍的。區別在於，黃庭堅注重的是「法度」、「繩墨」之拙，強調平淡自然之拙；陳師道追求的則是語言的樸素無華，但是一旦過度，就會使詩文變得佶屈聱牙、晦澀難懂。也使得以二人為首的江西詩派因過於刻意雕刻文辭、強調用典從而忽略詩文整體美感而被人們詬病。周昂就是反對的代表。在周昂

〔註 40〕出自《老子》四十五章：「大直若屈，大巧若拙，大辯若訥。」一句。

〔註 41〕雖然傅山此論主要用於書法領域，但他在《作字示兒孫》中已經引申到了整個藝術領域內的審美高度。清傅山著：《霜紅龕集》卷四，山西人民出版社，1985 年（據清宣統三年丁寶銓刊本）影印本，第 92 頁。

〔註 42〕同樣在《作字示兒孫》中提出：「寧拙毋巧，寧醜毋媚，寧支離毋輕滑，寧直率毋安排。」

〔註 43〕見（宋）黃庭堅，劉琳等校點：《題意可詩後》、《黃庭堅全集》，第 665 頁。

看來，「藏巧於拙」才是最高妙的境界。所謂「以巧為巧」，就是巧妙精準的表現形式，將文章優美高妙的藝術內涵表達出來。而第一個「巧」並不是指精巧華麗的文字，而是恰到好處、自然流露的文字。所謂「藏巧於拙」，也點出了人們恰恰應該用看起來平和自然、樸實無華的字眼來表達出高超的藝術境界。因此，「巧」與「拙」既是對立的，又是互相包容，互相轉化的。

此外，王若虛還記錄了另一條關於周昂論「巧與拙」的觀點：「凡文章，巧於外而拙於內者，可以驚四筵而不可適獨坐，可以取口稱而不可得首肯。」這裡的「巧」則與前文不同，指代的是浮靡、華麗的字詞，而「拙」就是指文章缺少內涵。這種只重形式、忽視內在的文章，也許可以得到部分人口頭的誇讚，取得「譁眾取寵」的效果；卻經不起人們在「獨坐」時的回味和推敲。這也可以體現周昂對於詩文高妙與否的判別標準：是「口稱」還是「首肯」，是「驚四筵」還是「適獨坐」。這個觀點不僅對王若虛影響深遠，也被清代著名詩論家趙執信所推崇〔註 44〕。

第四節　李純甫和雷淵的文學批評

前文所論趙秉文與周昂的文學批評思想，意在梳理出王若虛理論基礎建立的來源之一。而王若虛文學批評思想得以系統化和成熟化的另一個原因則是針對以李純甫為代表的創新求奇派文學理論的批判的言論。

一、李純甫的文學批評

關於李純甫的文學理論，由於他的文集大都亡佚，目前可看到的文獻有文七篇，詞一首，詩二十九首。因此對於考查他的文學理論研究來說，有些鉤沉不易，難以窺探全貌。現就以一些散落的資料及他人著述來進行分析。綜觀這些文獻，可以看出李純甫的文學批評觀念主要可以概括為四點：第一，文章貴「真」，強調真情實感是創作之源；第二，強調「文無定體」，「惟意所適」；第三，強調詩歌的創新，應「自成一家」；第四，追求奇險怪譎的文學風格，並以此為批判標準。

提到李純甫的文學理論，不得不提到的就是他為劉汲所作的《西巖集序》

〔註 44〕趙執信在《談龍錄》中曾提到自己讀完周昂這些詩論後的感受：「余不覺俯首至地。蓋自明代迄今，無限鉅公，都不曾有此論到胸次。嗟乎，又何尤焉！」對周昂的詩論給予了極大的肯定。

〔註 45〕這篇序可看作是他在文學理論方面觀點的一個總論：「人心不同如面，其心之聲，發而為言，言中理謂之文，文而有節為〔註 46〕之詩。」這句話點出了李純甫文論觀念的一個基礎——詩文應發自「心聲」，只有從心底裏發出的真情實感，才能在幻化為文字或語言後去打動人心。這也就是《詩經》中所謂的「詩言志」。對於「志」的解讀，自古有許多闡釋，當然不可否認的是「志」應該是情志並重，並且是真率的「情」與「志」。因此，李純甫所謂「言自心聲」，必定是建立在「真」的基礎上——即指真實、真率的情感流露。然後才能達到「情動於中而形於外」的境界。這其實可看作是對「詩言志」這一理論的深化和發展。

在這篇序言裏，李純甫也提到了《詩經》：「故《三百篇》，什無定章，章無定句，句無定字，字無定音。大小長短，險易輕重，惟意所適，雖役夫、室妾悲憤感激之語，與聖賢相雜而無愧，亦各言其志也已矣。」《詩經》三百篇，確實沒有定體，因為詩歌是為了言志而抒發的，因此才會出現各種風格特徵或體裁格式，不應該拘泥於某種特定的範式，只需「惟意所適」即可。從內容和形式的關係來看，內容決定形式。只要是合適的，無論大小長短，也無論言志之人是「役夫」還是「室妾」所發出的「悲憤感激之語」，都可以達到與「聖賢相雜而無愧」的程度，一切只因為「適意」二字。李純甫這裡強調的「惟意所適」、內容大於形式的觀點，與前文所論趙秉文及周昂提出的「文章以意為主」實有異曲同工之妙，也契合了王若虛曾提到的「惟適其宜而已」〔註 47〕，以及「夫文豈有定法哉？意所至則為之，題意適然，殊無害也。」〔註 48〕可見，對於當時文壇自金王室南渡後日趨華麗浮豔的文風，李純甫與王若虛等人的基本態度都是一致的：反對此種文風，同時師古、尚古。只不過，以趙秉文為首的文人更趨近於傳統儒學，而李純甫則是更專重於自成一家。

黃庭堅曾提出：「聽他下虎口著，我不為牛後人。」〔註 49〕對李純甫影響頗巨。此句的意義正如同陸機的「謝朝華於已披，啟夕秀於未振」〔註 50〕，

〔註 45〕收錄於《中州集》卷二《劉西巖汲小傳》。劉汲，字伯深，南山翁劉撝（《歸潛志》卷八有小傳）之子。號西巖老人，有《西巖集》傳世。

〔註 46〕為，應是「謂」字的誤寫。同上句中的「謂之」。

〔註 47〕見（金）王若虛：《滹南遺老集》，卷三十六《文辨》第十九條。

〔註 48〕見（金）王若虛：《滹南遺老集》，卷三十六《文辨》第二十四條。

〔註 49〕（宋）黃庭堅，劉琳等校點：《贈高子勉四首》，《黃庭堅全集》，第 201 頁。

〔註 50〕（晉）陸機著，（梁）蕭統編、李善注：《文賦》，《文選》，上海古籍出版社，2011 年版，第 762 頁。

韓愈的「惟陳言之務去」〔註 51〕，都是開創新之風氣的一家之言，對於當世與後世皆有著重要的作用。李純甫在詩學方面深受黃庭堅影響，從他的觀點中得到了啟發。因此在教學後生時，便提出「欲自成一家」，就要「當別轉一路，勿隨人腳跟。」〔註 52〕此可謂將李純甫詩歌創新的決心表現得淋漓盡致。由此可見，李純甫在詩歌創作上追求發前人未發之言，用前人未用之字，雖達到了創新、樸素、擺脫浮靡文風的目的，卻也顯得矯枉過正，使得他的詩文讀起來只覺詭怪奇異，甚至有艱澀難懂的毛病。但從整體風格來說，李純甫依然還是堅持著文追莊、左、柳、蘇，詩學李賀、盧仝。這使得他的詩文充滿著豪放雄奇的氣概。晚期的李純甫喜愛楊萬里之詩，認為他開創的「誠齋體」達到了推陳出新的境地。其後，李純甫自出機杼，以奇險為自己的特色，並以此使得當時名士如雷淵、李經、宋九嘉諸人都投入其門下，追隨他進行學習。

由此，由李純甫領導的追求奇險詩風的創新派形成了規模，與當時主集成、尚平實、崇古的趙秉文等人在金代文壇分庭抗禮，使金代文壇呈現出一派欣欣向榮、多彩多姿的面貌。而趙李二人，平日對對方的文學理論也多加批判，如趙秉文曰：「文字無太硬，之純文字最硬，何傷？」〔註 53〕而李屏山則認為趙秉文詩歌「多犯古人語」，詩中「往往有李太白、白樂天語，某輒能識之。」〔註 54〕言中暗含一絲譏諷之意。也可看出雙方在審美情趣、創作手法上可謂大相徑庭。劉祁評論趙秉文屬於論詩細而論文粗，李純甫正相反。

雖然王若虛繼承了趙秉文一派的文學主張，但不可否認李純甫創新求變的文學理論對金代文壇巨大的影響力。而趙李二人的文學紛爭，也延續到了王若虛與雷淵之間。

二、雷淵的文學批評

雷淵並未有專門的文學理論傳行於世，據今只能從他人的著述中窺探一二。因與劉從益為同校生，因此他與劉從益、劉祁父子二人關係較熟。劉祁在《雷翰林淵小傳》中就提到，雷淵在為官時就有威譽，時人稱其為「雷半

〔註 51〕（唐）韓愈：《答李翊書》，《韓昌黎全集》卷十六，中國書店，1998 年版，第 246 頁。

〔註 52〕（金）劉祁：《歸潛志》卷八，第 87 頁。

〔註 53〕（金）劉祁：《歸潛志》卷八，第 87 頁。

〔註 54〕（金）劉祁：《歸潛志》卷八，第 87 頁。

千」〔註 55〕。他傲岸清厲的性格特點反映在文學方面，就表現為寫文作詩追求新奇，文學創作風格則是不拘一格、豪邁灑脫、剛勁雄奇。他做文章專法韓愈，詩歌方面則是雜糅了蘇黃二人，但在字詞的運用上因為強調獨特性，則更傾向於黃庭堅的詩風。

無論從性格方面來看，還是從文學主張的角度來考量，雷淵和王若虛有紛爭是必然的。王若虛極為推崇蘇軾。他的文學主張甚至可以簡單概括為尊蘇抑黃。而在史學思想方面，王若虛則攻擊司馬遷和《史記》的記敘手法。金哀宗正大年間，王若虛在國史館主持編史事宜。其時，雷淵為應奉尊編修官。二人因此有機會共事，同修《宣宗實錄》。但是，由於關於文學原理和文體創作的觀點大有出入，因此二人多有爭論。這一點王若虛與雷淵的分歧很大。王若虛曾提到：「凡文章須是典實過於浮華，平易多於奇險。」他認為司馬遷的《史記》為了追求字句的雕琢，而失去了史書應該具備的真實之特點。其觀點正好與雷淵相對立。雷淵本人性格直率，為人處世喜實事求是，平時也是暢所欲言，有時不免讓人覺得不留情面。比如為李純甫作《墓銘》一事，他就在文中描寫了李純甫「浮堪於酒，其性厭怠，有不屑為」等語句。劉祁認為雷淵「其疵短亦互見之」。〔註 56〕但是他這種秉筆直書、無所顧忌的筆法，則正與司馬遷撰寫《史記》所採用的敘事手法相似。在雷淵看來，這是作為史學家最為可貴的品質。可是在王若虛眼中，這卻是很不專業的，不是撰史應該運用的手法。

總結

綜上所述，王若虛的文學理論，可謂是遠紹蘇軾，從根源上來說受了蘇軾尚疑好辨的思想的影響，具備了一雙善於發現問題的眼睛。而從理論建構上來說，他上承趙、周，以「積學」為目標，博覽全書，尤擅通經辨史，使自己的學術積累到了一定的高度；又吸收了二人的「文意說」、「巧拙說」、「尚平易」等文學觀念，加入自己的思考，融合成為具有自己特點的文學理論。而從間接原因來看，王若虛在與李純甫、雷淵等人的思想辨爭中，不斷地明確自己的好惡，一步步將自己的觀點鮮明地樹立起來。

〔註 55〕（金）劉祁：《歸潛志》卷一，第 10 頁。
〔註 56〕（金）劉祁：《歸潛志》卷八，第 89 頁。

第三章　王若虛的文學理論

王若虛，可以稱得上是金代最著名的文學批評家，他的《滹南遺老集》在文學批評史上也有著不可替代的重要作用。但是，他的理論來源和基礎，卻是離不開前文提到的兩位師長輩：趙秉文及周昂；也離不開與自己同輩的文壇領袖：李純甫與雷淵。綜合來看，王若虛的文論觀念是在繼承和批駁的基礎上，以自己底蘊深厚的學術思想為輔助，從自身博學善辨的性格特徵出發，從而形成的。

從現存四十五卷本《滹南遺老集》來看，前面三十三卷都是對於經、史、子的辨惑（其中《史記辨惑》就佔了十一卷）。足可見其在經學、史學等領域確實是根柢深厚，當時當代「無可出其右者」。同時，無論是在文學方面，還是在經學、史學等學術方面，王若虛都善於「破」與「立」——能在一反前人理論的基礎上，以自己冷靜客觀的學術視角進行評論與批判，因此《四庫全書提要》也稱許他的理論「頗足破宋人之拘攣」。

王若虛將自己的文學理論和文學批評的相關內容命名為《文辨》，可謂意味深遠。一個「辨」字，既暗合了集中前幾十卷的「辨惑」之意，又符合了自己一貫的性格特點——對於一切觀念都會用「辨」的眼光去看待。在《滹南遺老集》四十五卷的卷帙中，雖然《文辨》只佔了四卷，部頭不大，卻已經足夠讓王若虛在文論史上留下濃墨重彩的一筆。

第一節　《文辨》探析

《滹南遺老集》（四十五卷本）的第三十四至三十七卷是《文辨》。顧名思義，這四卷所敘內容就是王若虛自己的文學理論及文學批評。從寫作形式上看，王若虛是採用分條記錄的方法，每條文字數有長有短；上下條之間也無連續性或相關性，多是隨心而至，無事先規劃。這也可以從他對其學生王鶚的描述中看出:「吾平生頗好議論，嘗所雜著，往往為人竊去。今記憶止此，子其為我區取之。」〔註 1〕可見，這是王若虛在老年將自己多年來的觀點雜記集合而成的一部著作，有學術筆記的意味。

寫作形式的自由、無拘束，也給這四卷內容提供了豐富多彩、涵泳闊達的土壤。王若虛對於文學方面進行了多方面的考辨、研究，比如對文字正誤的校勘、對語言繁簡的辨證、對文義解讀的創新等等。下面就從不同方面來探析王若虛在《文辨》中表現出的「辨」之思想。

一、辨文字之正誤

文字是否冗餘、使用是否正確、有否脫文等等，這些都是屬於文獻學的範疇。而王若虛在《文辨》中使用最多的恰恰就是文獻學之中的校勘法。任訪秋曾在文集中提到，王若虛這種文學批評方法可稱之為「考訂辨誤式」的批評法，實是再準確不過了。由此也可以看出王若虛的學術積纍之深厚，在文獻學領域也是頗有造詣的。

比如，在第三十四卷第四條〔註 2〕中，王若虛提到劉禹錫的《問大鈞賦》中「楚臣天問不酬」一句脫了兩字，而《何卜賦》〔註 3〕中「淹兮孰捨操」一句從上下文看應該是脫了三字。據此，王若虛認為所載此二文的《唐文粹》〔註 4〕所收版本並非善本。從今本《劉禹錫集》來看，《何卜賦》那句應為「淹淹兮孰捨孰操」，王若虛所見版本確實有誤，而王若虛也一針見血地準確提出了錯誤。他還提到在翻閱「秘府所藏」的蘇軾文集中，其《杞菊賦》〔註 5〕中本來是「或糠核而瓠肥，或粱肉而墨瘦」，而此版本卻少了「瓠」、「墨」二字，王若虛卻認為沒有這兩個字更好，「固當勝也。」

〔註 1〕（金）王若虛：《滹南遺老集》，前王鶚之序，第 4 頁。

〔註 2〕（金）王若虛：《滹南遺老集》，卷三十四，第 380 頁。

〔註 3〕（金）王若虛：《滹南遺老集》，卷三十四，第 380 頁。

〔註 4〕《唐文粹》，宋姚鉉撰。姚鉉，字寶之，盧州（今安徽合肥）人。登太平興國八年進士第，解褐大理評事，後三任殿中丞職，通判簡州、宣州、升州三州。在為官期間，姚鉉藏書至多，且頗有異本。後，他採唐代文章，編纂為百卷，名其曰《文粹》，後稱《唐文粹》。他效法蕭統，崇尚韓、柳文風，去取嚴謹，使此書成為一部唐代文學總集，對後世有極大影響。

〔註 5〕（金）王若虛：《滹南遺老集》，卷三十四，第 381 頁。

第三十六卷中，王若虛在第一條文中評論了杜牧的《阿房宮賦》〔註6〕。從文字使用角度來看，他認為「棄擲邐迤」應該寫為「邐迤棄擲」，才可成語。而尾句「亦使後人而復哀後人也」一句是有語病的。毛病在於前有「使」字，後面不應再云「後人」，應該將「使」字刪去。

此外，他還認為歐陽修經常錯用、濫用「其」字〔註7〕。如《唐書·藝文志》中「故其愈久而益明」;《德宗贊》中「故其疑蕭復之輕己」;《蘇子美墓誌》中「故其雖短章醉墨，落筆爭為人所傳」等等，王若虛認為其中所有「其」字在句中的使用是不妥的，都應當去掉。這是王若虛從字義和句義上判斷的結果。

類似對於文字脫衍或使用不當的論述還有許多，可以看出王若虛的基本態度：在文字使用方面應當嚴謹，選用文集應選擇善本。雖然王若虛的論述並不盡準確，也有考慮失當之處，但這種從校勘角度出發作出的文學批評，在當時實屬獨一無二。

二、辨語言之簡繁

王若虛論文，有一個顯著的特點，就是喜簡潔。在第三十五卷中，王若虛主要以韓愈的文章為例，認為韓愈作文多贅言，文勢多拖滯。他舉了許多例子。

第三十五卷第二條〔註8〕，金代崔伯善〔註9〕認為韓愈《送李愿歸盤古序》中「粉白黛綠」一節應當刪去，王若虛也同意。但他認為應該刪去的原因是韓愈為了追求「雅正之累」而使得文章拖滯。例如文中「其於為人賢不肖何如也」一句中，「於」字就是多餘的，應該刪掉。而韓愈的這個問題也是一直為王若虛詬病的。另外，他還提到韓愈《原道》中的「曷不為葛之之易」及「曷不為飲之之易」中，「葛之」「飲之」後面的「之」字都屬冗餘，應該去掉；《送石處士序》中，有一句中用了兩次「節度」，王若虛認為不妥，可用「至鎮、到官」等詞語代替；還有一句云「先生起拜祝辭」，王也提出應當

〔註6〕（金）王若虛：《滹南遺老集》，卷三十六，第405頁。
〔註7〕（金）王若虛：《滹南遺老集》，卷三十六，第411頁。
〔註8〕（金）王若虛：《滹南遺老集》，卷三十五，第393頁。
〔註9〕崔禧，字伯善，衛州人。與李純甫乃同年進士。擅長史學，精通歷代典故。南渡後，任翰林侍制，曾與趙秉文、李純甫同在翰林院，與趙、王、李等人多有來往。（金）劉祁：《歸潛志》卷四有小傳。

刪去「祝辭」二字〔註 10〕。

第十七條中，王若虛提到《貓相乳說》一文，認為毛病極多〔註 11〕。如末一句：「既已，因敘之以為《貓相乳說》云爾。」此句中，「既已」二字的使用是不恰當的，「爾」字使用則是多餘的。「有兒子飲於其母，母且死，其鳴咿咿」一句中，「母且死」三字是「贅而害理」，因為「且」字應訓為「將」字之義。這樣一來，此句就文義不通了。

此外，王若虛推崇左氏文章，但也認為左丘明在撰寫《左傳》時，犯了「狀物論事，辭或過繁」的錯誤。

由此可見，王若虛認為，在作文時應當儘量做到刪繁就簡，不要為了追求文勢而導致語言拖沓，能用一個字描述就不要用兩個字。在不傷害文義的情況下，王若虛所言自是不錯。可也應該看到，有時候作家用某些字詞，其實是有著自己的用意所在的，追求簡潔固不可一概而論。

三、辨文理、文義之通適

儘管王若虛十分強調文章宜簡不宜繁，但是判斷繁簡有一個重要的原則性前提——文理是否通順，是否傷害文義。因此，他強調作文不可一味追求簡潔而傷害文義。如蘇東坡《詩論》中出現過兩次同樣的話：「嗟夫，天下之人，欲觀之於詩，其必先知夫興之不可與比同。」這十六字的重複，不僅在語言上讀來冗贅，從上下文來看，也是可以刪去的。但是諸版本皆沿承下來，沒有進行改動，實屬「承其誤而未嘗細考也。」〔註 12〕這就是「冗贅害理」的例子。

但是過簡也同樣會「害義」。如《左傳・宣公十二年》中所記載「晉敗於邲，軍士爭舟，舟中之指可掬。」〔註 13〕此事記敘太過簡略，前後事因都未交代清楚，就犯了「太簡」的問題，王若虛認為「意終不完」。這也是不可取的。

另外，有時語句不順也會造成文義不通。如揚雄在《解嘲》中云：「為可為於可為之時，則從；為不可為於不可為之時，則凶。」王若虛認為此話「不

〔註 10〕（金）王若虛：《滹南遺老集》，卷三十五，第 394、395 頁。

〔註 11〕（金）王若虛：《滹南遺老集》，卷三十五，第 398、399 頁。

〔註 12〕（金）王若虛：《滹南遺老集》，卷三十四，第 381 頁。

〔註 13〕（金）王若虛：《滹南遺老集》，卷三十四，第 382 頁。此事具體可見《後漢書・董卓傳》及《資治通鑑》。王若虛在此條內容中概引之：「帝渡河，不得渡者皆爭攀船，船上人以刃擽斷其指，舟中之指可掬。」

成義理」，應該將前半句分為兩句來敘，如可改為「為於可為之時，為於不可為之時」，或者是「可為而為之，不可為而為之」，如此，文義才通。

四、辨評論之失當

王若虛對於文學評論有著自己的原則，他不僅評論文學作品，還著眼於其他批評家的文學評論，並會對這些評論進行二次批評。用他的話說，面對失當的評論，「予不得不辨。」〔註 14〕

（一）邵博之論

邵博在《邵氏聞見錄》裏曾論司馬遷《史記》中的《伯夷傳》，認為其中有些用語使用不恰當，從而認為司馬遷「膽智甚薄」。王若虛雖對司馬遷及《史記》持否定態度，卻認為邵博此話有失偏頗：「為文者亦論其是非當否而已，豈徒以膽智為貴哉？遷文雖奇，疏拙亦多，不必皆可取也。邵氏之言太高而過正，將誤後學，予不得不辨。」即使對於《史記》不甚欣賞，王若虛仍然認為不應該將「為文」與「膽智」相提並論，因此直斥邵氏之說。

邵博還曾經論「意不在似」，指出其中佳者乃「太史公之於文，杜少陵之於詩也。」王若虛也是十分不贊同。他認為：「使文章無形體邪，則不必似；若其有之，不似則不是。」因此，可以稱讚對方是「不主故常，不專蹈襲」，但不應該說「意不在似」。這裡也表明了王若虛「文無定法，但有大體」的觀點。

邵氏在《聞見錄》卷一四曾說：「韓退之之文自經中來，柳子厚之文自史中來。」有讚賞之意。王若虛則反駁曰：「定自妄說。恰恨韓文皆出於經，柳文皆出於史。」二人觀點實有天壤之別。

（二）洪邁之論

王若虛曾援引多條洪邁在《容齋隨筆》中的文論，並與其大多持相反的態度。

如洪邁論《漢書・溝恤志》中賈讓《治河策》〔註 15〕時，使用了五次「石堤」一詞，認為雖然看起來冗複，但使用恰當，後人所不能及。王若虛認為此說實在不妥：「予謂此實冗複，安得不覺？」雖然王若虛在言論中是十分推重班固及《漢書》的，但此時也不得不感慨洪邁「過愛而妄為高論耳」了。

〔註 14〕（金）王若虛：《滹南遺老集》，卷三十四，第 383 頁。
〔註 15〕（金）王若虛：《滹南遺老集》，卷三十四，第 386 頁。

這是王若虛尚簡的原則體現。

洪邁在《容齋隨筆》卷八《沐浴佩玉》中論到：石駘仲卒，其六子被告知沐浴佩玉則有吉兆，其中五人如之，而祁子則不可，曰：「孰有執親之喪而若此者乎？」洪邁認為祁子此舉雖然「以盡其事，然古意衰也。」王若虛認為，不可一味追求「存古意」，因為「古今互有短長，亦當參取，使繁省輕重得其中。」在此條中，王若虛還點出了他文論觀念中至關重要的一點：「夫文章惟求真是而已，須存古意何為哉？」〔註16〕

（三）陳師道之論

陳師道在《後山詩話》中提到：「退之之記，記其事耳。今之記，乃論也。」王若虛不同意他的看法：「予謂不然。……蓋文之大體，固有不同，而其理則一。……且宋文視漢唐百體皆異，其開闊橫放，自一代之變，而後山獨怪其一二，何邪？」〔註17〕前文提到，王若虛認為「文無定法，但有大體」，因此論文時不會拘於一隅，而是持論較為開擴。一代有一代之文章，要自文章的時代變化立言，此真乃王若虛卓識之論。

王若虛對陳師道乃至江西詩派的創作和文論都持否定態度，原因之一就是他認為陳師道等人「喜為高論而不中理。」〔註18〕

陳師道嘗云：「黃詩韓文，有意故有工，左杜則無工矣。然學者必先黃韓，不由黃韓而為左杜，則失之拙易。」〔註19〕這裡陳師道論的是如何取法之理。陳師道自然是推崇黃韓二人，但在取法之理上，王若虛認為他所言是「顛倒語也」。王若虛認為，「左杜冠絕古今，可謂天下之至工而無以如之矣。黃韓甚美，曾何可及，而反憂學者有拙易之失乎？」在王若虛看來，取法古人應該得道，如取法自上，那麼或可學得中等；可是如果只取法中等，那麼得到的也不過就是下等了。類似觀點同時期的嚴羽也曾提過。因此，如果只去學仿黃韓二人，那到頭來失之拙易是極有可能的。但若是只學左、杜，那麼或可學到此二人「至工」之法。

接下來，王若虛繼續評論道：「黃韓與二家亦殊不相似，初不必由此而為彼也。」這句話點出了王若虛一直持有的對推黃庭堅為尊的江西詩派的看法：

〔註16〕（金）王若虛：《滹南遺老集》，卷三十四，第383頁。
〔註17〕（金）王若虛：《滹南遺老集》，卷三十五，第400頁。
〔註18〕（金）王若虛：《滹南遺老集》，卷三十四，第401頁。
〔註19〕（金）王若虛：《滹南遺老集》，卷三十四，第400頁。

黃庭堅學杜，只學得杜甫的一個方面，並未學到其精髓，並且將這一個方面往偏的方向引導，所以可謂「殊不相似」；而韓愈學左氏，也有同樣的問題。所以，學黃韓二人，並不代表踏入左杜二人的門檻。王若虛的這番言論，可謂一針見血，十分中肯。

（四）其他

晉代張輔〔註 20〕評價司馬遷和班固時說道：「遷敘三千年事，止五十萬言。固敘二百年事，乃八十萬言。繁省不同，優劣可知。」張輔推崇簡省，這本與王若虛原則一致，可是他所舉理由卻有失偏頗。王若虛因此評論道：「此兒童之見也。遷之所敘，雖號三千年，其所列者幾人，所載者幾事，寂寥殘缺，首尾不完，往往不能成傳。……此正獲疏略之譏者，而反以為優乎？且論文者求其當否而已，繁省豈所計哉？」王若虛雖尚簡，但此標準應放在順應文義及文理的範圍內。如果因追求簡省，而導致內容寂寥殘缺，那實是得不償失。而這也是司馬遷最為王若虛詬病的地方。

雖然在第三十五卷的《文辨》中，王若虛針對韓愈提出了十幾條的批駁類評論，但是和柳宗元相比，王若虛是揚韓抑柳的，他對柳宗元的文章始終不甚欣賞。「柳子厚謂退之《平淮西碑》猶有帽子頭〔註 21〕，使已為之，便說用兵伐叛。此爭名者忌刻，妄加詬病耳，其實未必如是論。而今世人往往主其說，凡有議論人者，輒援是以駁之，亦已過矣。」〔註 22〕此條記載的是柳宗元對於韓愈文章的疵議。但是，由於對柳宗元歷來有偏見，王若虛所發關於柳宗元的議論或許不可避免有不妥之處。從柳宗元的議論來看，雖然對韓愈的批評略失公允，但也並無刻意為爭名而去詆毀韓愈之意。不過王若虛能夠提出柳宗元此言論的不當之處，也是眼光精準，嚴謹認真的體現。

接著，下一條依然是評論《平淮西碑》。唐代劉禹錫評論時翰林學士段文昌所撰《平淮西碑》〔註 23〕，云：「碑頭便曰『韓弘為統，公武為將。』用左

〔註 20〕張輔具體生平見《晉書．張輔傳》。

〔註 21〕「帽子頭」：據阮閱《詩話總龜》卷五記載：「劉夢得曰：『柳八駁韓十八《平淮西碑》云「左餐右粥」何如我《平淮西雅》之云「仰父俯子」。柳云：韓碑兼有帽子，使我為之，便說用兵伐叛矣。』」

〔註 22〕（金）王若虛：《滹南遺老集》，卷三十五，第 401 頁。

〔註 23〕韓、段二人作《平淮西碑》一事可見《舊唐書．韓愈傳》記載：「淮、蔡平，十二月隨度還朝，以功授刑部侍郎，仍詔愈撰《平淮西碑》，其辭多敘裴度事。時先入蔡州擒吳元濟，李愬功第一，愬不平之。愬妻出入禁中，因訴碑辭不實，詔令磨愈文。憲宗命翰林學士段文昌重撰文勒石。」

氏『欒書將中軍，欒黶佐之』文勢也。又是仿班固《燕然碑》樣，別是一家之美。」〔註 24〕韓愈所撰《平淮西碑》，規模《尚書》，直是謨誥文字，筆力雄偉，內容準確，章法有序，實為一代名文，後李商隱有《韓碑》長詩、蘇軾有《平淮西碑》絕句，皆對韓愈此文給予了較高的評價，也肯定了此文在歷史上的地位。段文昌後來所作碑文，自是不及韓愈的。但是劉禹錫所給評價，也有他的道理。但是王若虛卻十分直接地表達了對劉禹錫所言的批評：「嗚呼，劉、柳當時譏病退之，出於好勝而爭名，其論不公，未足深怪。至於文昌之作，識者皆知其陋矣，而禹錫以不情之語，妄加推獎，蓋在傾退之，故因而為之借助耳，彼真小人也哉！」王若虛認為，劉禹錫對段文昌所撰碑文的推崇，完全是欲打壓韓愈而為。從這一點來看，王若虛認為評論家的私人情感或恩怨是不應該代入到評論中去的，因此劉禹錫的評論有溢美之嫌，實屬「小人也哉」。

第三十七卷第十一條，乃論「西崑體」詩人楊億之論：「舊說楊大年不愛老杜詩，謂之村夫子語。而近見《傳獻簡嘉話》云：『晏相常言大年尤不喜韓、柳文，恐人之學，常橫身以蔽之。』嗚呼，為詩而不取老杜，為文而不取韓、柳，其識見可知矣。」從楊億言論來看，王若虛的批評實是中肯準確。楊億之見識確屬鄙陋，他只看到杜甫詩歌樸實、天然的一面，便臆斷稱為「村夫子語」，這是遺其精華的表現，可謂「察其微瑕而不見美玉」。由此可以看出，西崑體詩人的審美鑒賞力是不足取的。因此，王若虛對於西崑體及西崑體詩人一直持強烈的批判態度。

對於本朝文人，王若虛也有批判。「趙周臣云：黨世傑嘗言：『文當以歐陽子為正，東坡雖出奇，非文之正。』定是謬語。歐文信妙，詎可及坡？坡冠絕古今，吾未見其過正也。」〔註 25〕此條中所引趙秉文及党懷英之語均未考到出處，不過王若虛對蘇軾推崇之情溢於言表。

第二節　情真、適宜、平實、創新——王若虛的文學原理論

身為北方文人，王若虛的文學理論與同時代的南宋文學批評家嚴羽相比，是非常務實和質樸的。他在進行評論時不喜故作玄虛之詞，也不會含糊、

〔註 24〕（金）王若虛：《滹南遺老集》，卷三十五，第 401 頁。
〔註 25〕（金）王若虛：《滹南遺老集》，卷三十六，第 413 頁。

曖昧地表達自己的觀點，而是一針見血、直接明瞭。這與嚴羽的所謂「羚羊掛角，無跡可求」、「如金鳷擘海，香象渡河」等等之類的語言，是截然相反的。同時，他在評論中並不會借用禪家語言，而是用質樸的語言記敘，這點與趙秉文、元好問等金代北方文人是相同的。

一、情真

王若虛的文學理論最顯著的一點，也是他比較看重的一點，就是文章應是出自真情實感，發自肺腑之言，絲毫不可假借。

> 荊公謂王元之《竹樓記》勝歐陽《醉翁亭記》，魯直亦以為然，曰：「荊公論文，常先體制而後辭之工拙。」予謂《醉翁亭記》雖淺玩易，然條達迅快，如肺肝中流出，自是好文章。《竹樓記》雖復得體，豈足置歐文之上哉？〔註26〕（卷三十六）
>
> 慵夫曰：邁論固高，學者不可不知。然古今互有短長，亦當參取，使繁省輕重得其中，不必盡如此說也。沐浴佩玉，字實多兩處。夫文章惟求真是而已，須存古意何為哉？〔註27〕（卷三十四）

王若虛認為，作文應語出真心，即使言詞稍嫌淺顯、平易，也不失為一篇佳作。若是只考慮「得體」，就有可能失去真情實感帶來的妙處。《文心雕龍．神思篇》曾說過：「神居胸臆，而志氣統其關鍵」，而「陶鈞文思，貴在虛靜，疏瀹五藏，澡雪精神。」〔註 28〕此真乃點出真情實感之文所帶來的佳處。文章只有出自肺腑，流出胸臆，才可達到條達暢快之快感。《文心雕龍．明詩篇》中所謂「感物吟志，莫非自然」〔註 29〕，也是同樣的道理。而蘇洵對於為文的動機，則有著更加直白的描述：「非能為文，而不能不為文也。」至此，才可能稱得上是「天下之至文」。〔註30〕蘇軾也繼承了其父的主張，認為「夫昔之為文，非能為之為工，乃不能不為之為工也……故軾與弟轍為文至多，而未嘗敢有作文之意。」〔註 31〕文章應該是自然流露感情的產物，而

〔註26〕（金）王若虛：《滹南遺老集》，卷三十六，第 409 頁。
〔註27〕（金）王若虛：《滹南遺老集》，卷三十四，第 383 頁。
〔註28〕（梁）劉勰著，范文瀾注：《神思篇》，《文心雕龍注》卷六，第 493 頁。
〔註29〕（梁）劉勰著，范文瀾注：《明詩篇》，《文心雕龍注》卷二，第 65 頁。
〔註30〕（宋）蘇洵著，曾棗莊、金成禮箋注：《仲兄字文甫說》，《嘉祐集》卷十四，上海古籍出版社，2001 年版，第 412 頁。
〔註31〕（宋）蘇軾著，（宋）郎曄編：《江行唱和集敘》，《經進東坡文集事略》卷五十六，四部叢刊本。

不是刻意為之的。「非能為之為工」，即指作者感情應是勃發湧出，不必借助於文字技巧，如此便是好文章。而王若虛也在《文辨》中提到：「東坡自言其文如萬斛泉源，不擇地而出，滔滔汩汩，一日千里無難。」〔註 32〕

而蘇軾在《文與可畫篔簹谷偃竹記》〔註 33〕中所論，可謂是對王若虛啟發最大之理論：「故畫竹必先得成竹於胸中，執筆熟視，乃見其所欲畫者，急起從之，振筆直遂，以追其所見，如兔起鶻落，少縱則逝矣。」作畫與作文相通，真情實感的流出乃自然而順勢為，需及時捕捉，才可得其所成。這便是王若虛心中為文的基礎。王若虛生平最尊崇之人，正是蘇軾。王若虛的文學理論可以說是在蘇軾的理論基礎上塑造出來的。而王若虛的「情真」說在當時文壇也得到了廣泛的認可和呼應。如陳師道就曾提到：「詩非力學可致，正須胸度中泄耳。」〔註 34〕與王若虛觀點相同。「力學」雖可得文，但所作必然不會是佳作。嚴羽也曾用「渾然天成，絕無痕跡，如蔡文姬肝肺間流出」一句來形容王安石集句詩《胡笳十八拍》的高妙。可見，「肝肺間流出」已是當時期文壇對於作文的一個要求，若符合此要求，才可論是否是上乘之文；若為文有強出之意，則必是以中下等文論之。

二、適宜

「適宜」乃王若虛心中文章之正理。所謂適宜，即是指文章文字繁簡、用語、用典應做到適宜恰當，一切以「適其宜」為準。因此，這應是文章的最高境界。

> 《湘山野錄》云：謝希深、尹師魯、歐陽永叔各為錢思公作《河南驛記》，希深僅七百字，歐公五百字，師魯止三百八十餘字。歐公不伏在師魯之下，別撰一記，更減十二字，尤完粹有法。師魯曰：「歐九真一日千里也。」予謂此特少年豪俊一時爭勝而然耳。若以文章正理論之，亦惟適其宜而已，豈專以是為貴哉？蓋簡而不已，其弊將至於儉陋而不足觀也已。〔註 35〕

〔註 32〕（金）王若虛：《滹南遺老集》，卷三十六，第 417 頁。

〔註 33〕（宋）蘇軾著，孔凡禮點校：《文與可畫篔簹谷偃竹記》，《蘇軾文集》，第 365 頁。

〔註 34〕（宋）陳師道，（清）何文煥輯：《後山詩話》，《歷代詩話》，中華書局，1981 年版，第 302 頁。

〔註 35〕（金）王若虛：《滹南遺老集》，卷三十六，第 412 頁。

「適其宜」三個字，言簡意賅又精準地指出了為文應遵循的原則——恰到好處，這與韓愈「豐而不餘一言，約而不失一辭，其事信，其理切」〔註 36〕之論相同。說易行難，要做到「適其宜」，需要才學兼備——才力、學力缺一不可。若是一味追求簡潔，就可能造成文章淺陋之貌；而言語拖沓，行文繁冗更是不可取。決定文章長短、文字多寡的因素就是是否適宜文題、文體等，因此需要多方面考量，才可達到「適其宜」之目的。歐陽修的《五代史論》作為一部史籍，應該符合史籍的規範，平實敘事，不過多添附文才與修飾，可是歐陽修文風尚古，所作皆崇尚典雅，行文不免過多修飾，因此被王若虛批評為「曲折太過，往往支離蹉跌，或至渙散而不收」〔註 37〕。

「適其宜」的另一個要求，是王若虛在自己的集中反覆提及的「辭達理順」四個字。「辭達」最早由孔子提出：「辭達而已矣。」後人的解讀是文辭應該「尚實」〔註 38〕。在王若虛看來，語言文辭應為「文理」服務，不可因文而害理。為文時應止論其是否得當而已，不應以追求彰顯自己才智為目的。例如，王若虛認為司馬遷文才雖高，但《史記》卻疏拙較多，因此不可取。而他的這個主張直接來源於蘇軾的「辭達說」。在蘇軾看來，「意得辭達」可謂是論文的至高標準。這個觀點的提出與當時的歷史背景分不開。時在王安石新政改革的影響下，文風為之一變。蘇軾認為「王文之文，未必不善」，但是害處卻在於「好使人同」。當眾人撰寫觀點相同的文章時，文辭使用勢必會有雷同、相近的問題。蘇軾正是在這個環境下提出的「辭達」說。他提出「辭達，止矣，不可以有加矣。」〔註 39〕要求極高。也因此將「辭達」說歸為最高標準，也成為北宋詩文理論中一個非常重要的觀點。而關於蘇軾在創作實踐中所達到的「辭達理順」，王若虛是這樣描述的：

> 東坡自言其文如萬斛泉源，不擇地而出，滔滔汩汩，一日千里無難。及其與山石曲折，隨物賦形，而不自知。所知者，當行於所當行，而止於不可不止。……夫以一日千里之勢，隨物賦形之能，

〔註 36〕（唐）韓愈：《上襄陽於相公書》，《韓昌黎全集》卷十五，第 235 頁。

〔註 37〕（金）王若虛：《滹南遺老集》，卷三十六，第 412 頁。

〔註 38〕孔安國在《論語集解》裏說道：「凡事莫過於實，辭達則足矣，不煩文豔之辭。」司馬光在《答孔文仲司戶書》中論：「孔子曰：辭達而已矣。明其足以通意斯止矣，無事於華藻宏辯也。」

〔註 39〕（宋）蘇軾：《與王庠書》，《東坡後集》卷十四，中國書店，1986 年版，第 619 頁。

而理盡輒止，未嘗以馳騁自喜，此其橫放超邁而不失為精純也邪？

此條先是肯定了蘇軾文章來自於胸臆，如泉水噴湧，乃「情真」之至；又能使泉水行止適當，理盡輒止，則是做到了「適其宜」。盡顯王若虛對蘇軾文章的推崇與讚美。

但是，王若虛的「辭達理順」又與蘇軾「辭達」說略有不同。他在《詩話》中寫到：

> 宋人之詩，雖大體衰於前古，要亦有以自立，不必盡居其後也。遂鄙薄而不道，不已甚乎？少陵以文章為小技，程氏以詩為閒言語，然則凡辭達理順，無可瑕疵者，皆在所取可也。其餘優劣，何足多較哉？〔註40〕

可見王若虛在論文時，雖言語直白，但是包容度較高。無論所持觀點高下，只要達到了辭達理順，文章就有所可取。這句評論較客觀，也顯示出王若虛的謙遜和低調，與黃庭堅之謂「理得而辭順，文章自然出類拔萃」〔註41〕這類斬釘截鐵式的評論略有不同。因此，雖然在駁斥他人觀點時，王若虛略顯不留情，但在立自己言論時，卻秉持著一種謙遜態度來立論。

三、平實

王若虛提倡一種平實的文風，這當然與「情真」和「辭達」是分不開的。關於平實，他的具體主張是「凡為文章，須是典實過於浮華，平易多於奇險，始為知本求末。」對平實的要求具體表現在以下幾點。

首先，文章不可有陋語。陋語，顧名思義，乃是指淺陋、粗俗之語。雖然王若虛論文不求辭藻華麗，但卻堅持應做到雅正。這與他尚古之主張有關。在《文辨》中，他就因為「陋語」而對許多作家提出批判，如：

> ①馬才子《子長遊》一篇……其言弔屈原之魂云「不知魚腹之骨尚無恙者乎」，讀之令人失笑。雖詩詞詭激，亦不應爾，況可施於文邪？蓋《馬氏全集》，其浮誇多此類也。（卷三十四，第十七條）
>
> ②庾信《哀江南賦》堆垛故實以寓時事，雖記聞為富，筆力亦壯，而荒蕪不雅，了無足觀。如「崩於鉅鹿之沙，碎於長平之瓦」，

〔註40〕（金）王若虛：《滹南遺老集》，卷四十，第494頁。

〔註41〕黃庭堅所論可見（宋）胡仔纂集，廖德明點校：《苕溪漁隱叢話》前集卷十三，人民文學出版社，1962年版，第84頁。

此何等語！至云「申包胥之頓地，碎之以首」，尤不成文也。（卷三十四，第二十六條）

③張融《海賦》，不成文字，其序云：「壯哉水之奇也，奇哉水之壯也。」何等陋語！（卷三十四，第二十八條）

④《捕蛇者說》云：「叫囂乎東西，隳突乎南北」，殊為不美，退之無此等也。子厚才不減退之，然而令人不愛者，惡語多而和氣少耳。（卷三十五，第三十五條）

⑤王義方彈李義府章云：「貪冶容之好，原有罪於淳于；恐漏泄其謀，殞無辜之正義。雖挾山超海之力，望此猶輕；回天轉日之威，方斯更劣。金風戒節，玉露啟塗，霜簡與秋典共清，忠臣將鷹鸇並擊。請除君側，少答鴻私，碎首玉階，庶明臣節。」其辭蕪陋，讀之可笑。而林少穎《觀瀾集》顧選取之。何其濫也！（卷二十六，第二條）

從以上例子可看出，王若虛對於有陋語的文章，批評起來是不留情面的。他屢屢用「荒蕪」、「陋語」、「惡語」等詞來形容，可見在他眼中，這種文章是不具有可讀性，也沒有任何價值的。

其次，為文平實，應做到「巧構形似」，即「求似」。寫文章應講求平和、實際，描摹景物或抒寫感情，都要做到形似，見文如身臨其境般。在中國文學發展的過程中，「巧構形似之言」是一個具有時代性的現象，它普遍出現於六朝的文學時期。如晉宋時期的元嘉詩壇，謝靈運、鮑照、顏延之三位詩人的作品就是「巧構形似」的典範。而劉勰在《文心雕龍》中也多次提到「形似」：

自近代以來，文貴形似。窺情風景之上，鑽貌草木之中。吟詠所發，志唯深遠；體物為妙，功在密附。故巧言切狀，如印之印泥，不加雕削，而曲寫毫芥。故能瞻言而見貌，印字而知時也。（《物色》篇）〔註42〕

劉勰也提到了「巧構形似」的原因：

宋初文詠，體有因革，莊老告退，而山水方滋，儷采百字之偶，爭價一字之奇，情必極貌以寫物，辭必窮力以追新，此近世之所競也。（《明詩》篇）〔註43〕

〔註42〕（梁）劉勰著，范文瀾注：《物色篇》，《文心雕龍注》卷十，第694頁。
〔註43〕（梁）劉勰著，范文瀾注：《明詩篇》，《文心雕龍注》卷二，第67頁。

而同時期的鍾嶸，在《詩品》中，將謝靈運和顏延之都放入了上品，將鮑照放入了中品，都提到了他們「尚巧似」。此外，鍾嶸最為推崇張協，他是這樣評論的：「文體華淨，少病累。又巧構形似之言，雄於潘岳，靡於太沖。風流倜儻，實曠代之高手。」〔註44〕

在王若虛看來，「求似」就是追求一種篤實、平易、踏實的文風。這與他樸實的性格有關。他並沒有將「求似」置於最高的文學批評的準則，而是在強調文貴求似之外，又強調了一點：「不主故常」：

> 邵公濟嘗言：「遷史、杜詩，意不在似，故佳。」此謬妄之論也。使文章無形體邪，則不必似；若其有之，不似則不是。謂其不主故常，不專蹈襲，可矣，而云意不在似，非夢中語乎？〔註45〕

王若虛強調在一定的文體內，「不似」則意味著「不是」。趙秉文也有類似觀點：「古之人不尚虛飾，目事遣詞，形吾心之所欲言耳。」〔註46〕「目事遣詞」，即是客觀地描摹，「不尚虛飾」，即是素樸平實的敘述。可見，「求似」在當時以北方質樸文風為主的金代文壇也是一個普遍的現象。

最後，由「平實」可知，王若虛為文「不尚奇」。若一味求奇，則必是無法做到「形似」，此二者是無法共存的。梅聖俞所謂「狀難寫之景如在目前」即是此意。

因此，王若虛認為，凡是好文章，就應該是「典實過於浮華，平易多於奇險」〔註47〕，這才是文章之本。若追求奇險和浮華，則實屬本末倒置也。

四、創新

在王若虛所處時期，百年之前以尊杜崇黃為宗旨的江西詩派所帶來的影響，在當時文壇引領了一股流弊之風——他們只看到了杜甫詩歌「語不驚人死不休」的特點，以及「字字有出處」的典故，便使得當時文壇在「求似」思想的影響下，出現許多刻意模仿、毫無新意之作。這也使得以趙秉文為首的金代文人們不得不進行反思。因此，趙秉文提出了「文章不蹈襲前人，

〔註44〕（梁）鍾嶸著，曹旭箋注：《詩品箋注》，人民文學出版社，2009年版。「張協」見第84頁。

〔註45〕（金）王若虛：《滹南遺老集》，卷三十四，第385頁。

〔註46〕（金）趙秉文：《竹溪先生文集引》，《閑閑老人滏水集》卷十五。四部叢刊本。

〔註47〕（金）王若虛：《滹南遺老集》，卷三十七，第427頁。

最是不傳之妙。」〔註 48〕元好問則以詩言志：「我詩有凡骨，欲換金無丹」〔註 49〕；又說「作文以抄襲剽竊為恥」〔註 50〕。

王若虛是一個有著辯證觀的文學理論家，他看待問題不極端，十分辯證。在強調「求似」的同時，他就已經看到「求似」可能帶來的後果——為文容易流向蹈襲和模仿。因此，他才提出要「不主故常」，以提倡文人們要有創新之舉。因此，他用「適其宜」來約束大體，以避免盲目模仿之舉，以「不主故常」來強調重視創新，至於此，則可達到既「巧構形似」，又不會流於瑣屑與蹈襲。

另一方面，王若虛也了悟到，推陳出新不可走向極端。古往今來無數作者，亦有無數篇章，不應該苛求今人所作每一字、每一句皆是創新之語，這是無人能做到的。因此，他又提出了另一個主張：

> 李翱《與朱載言書》論文云：「義雖深，理雖當，辭不工不成為文。陸機曰：『怵他人之我先』，退之曰：『惟陳言之務去』。假令述笑哂之狀，曰莞爾，則《論語》言之矣；曰啞啞，則《易》言之矣；曰粲然，則穀梁子言之矣；曰逌爾，班固言之矣，曰囅然，則左思言之矣。吾復言之，與前文何以異？」予謂文貴不襲陳言，亦其大體耳，何至字字求異？如翱之說，且天下安得許新語邪？甚矣，唐人之好奇而尚辭也。〔註 51〕

李翺年輕時跟隨韓愈學習古文，後又追隨韓愈進行古文運動，始終視韓愈為師。韓愈曾大力提倡「惟陳言之務去」，因此李翺才發出以上的言論。但縱觀韓愈文集，集中也不免會出現一些模仿之作。如李翺文中所論，「辭不工不成為文」，那麼如何能一方面做到「辭之工」，一方面又完全的「與前文異」呢？況且，陸機所言「怵他人之我先」也只是提出一個相對的概念，在解讀時不可偏激。若一味求新求異，就容易走入「尚奇」的歪路，而無法做到「平實」和「適其宜」。

對於文學理論，王若虛一向喜歡採取中和之道，他既不像李翺、元好問那樣極端地認為「作文以抄襲剽竊為恥」，也不會捨棄創新這一作文準則；雖

〔註 48〕（金）趙秉文：《跋山穀草書》，《閑閑老人滏水集》卷二十。四部叢刊本。
〔註 49〕（元）元好問：《寄英禪師師時住龍門寶應寺》，《元好問全集》卷二，第 63 頁。
〔註 50〕（元）元好問：《楊公神道之碑》，《元好問全集》卷二十一，第 37 頁。
〔註 51〕（金）王若虛：《滹南遺老集》，卷三十六，第 407 頁。

然「文貴不襲陳言」，但只是大體上做到即可，不需「字字求異」。這也體現了他對於各家文學理論包容的態度。也正是如此，王若虛才可稱為金代影響力最鉅的文學理論家。

王若虛繼承了蘇軾、趙秉文、周昂等人的文學理論傳統，同時融匯了古今的文學和詩學理論，最終形成了具有個人特色的文學理論。他的觀點公正客觀，不偏不倚，對於各派觀點均可寬容看待，因此對於後世來說有著實際性的意義。

第三節　定體則無，大體須有——王若虛的文體論

文體，指文章的風格或結構、體裁。對此概念的闡釋最早見於曹丕的《典論・論文》〔註 52〕：

> 文非一體，鮮能備善，是以各以所長，相輕所短。
>
> 夫文本同而末異，蓋奏議宜雅，書論宜理，銘誄尚實，詩賦欲麗。此四科不同，故能之者偏也，唯通才能備其體。

本，指文章的基本規則，這是文章的共同特點；末，則是指不同文體各自的特點。曹丕將文體分為四類：論事的奏議，辨理的書、論，即是晉以後所謂的「無韻之筆」，特點則對應著宜雅、宜理；而述事的銘、誄，抒情的詩、賦，則是後人所謂「有韻之文」，特點分別是尚實和欲麗。在文學批評史上，曹丕首先提出了文體本末及分類的概念，促進了後來的文體學研究。

後來，陸機將曹丕的文體之論進一步發展，在《文賦》〔註 53〕中論道：

> 體有萬殊，物無一量。
>
> 詩緣情而綺靡，賦體物而瀏亮。碑披文以相質，誄纏綿而悽愴。銘博約而溫潤，箴頓挫而清壯。頌優游以彬蔚，論精微而朗暢。奏平徹以閑雅，說煒曄而譎誑。雖區分之在茲，亦禁邪而制放。要辭達而理舉，故無取乎冗長。

陸機先強調「體有萬殊」，說明文章有體制之別。接著，他羅列了十種文體，並通過體式和特點，對每種文體加以區分，是對曹丕之論的一個發展。

〔註 52〕（三國）曹丕著，（梁）蕭統編、李善注：《典論・論文》，《文選》，第 2271、2272 頁。

〔註 53〕（晉）陸機著，（梁）蕭統編、李善注：《文賦》，《文選》，第 767、770 頁。

但是，他仍未涉及到各體文章在體裁、性質方面的差別，也沒有指出它們的作用的異同。後來，直到劉勰的《文心雕龍》，才解決了這些問題。劉勰首先在《序志篇》闡明了文章的淵源及宗統：

> 蓋《文心》之作也，本乎道，師乎聖，體乎經，酌乎緯，變乎騷，文之樞紐，亦云極矣。〔註54〕

然後，他依此提出了五類共二十體的觀點：

> 故論、說、辭、序，則《易》統其首；詔、策、章、奏，則《書》發其源；賦、頌、歌、贊，則《詩》立其本；銘、誄、箴、祝，則《禮》總其端；紀、傳、盟、檄，則《春秋》為根。並窮高以樹表，極遠以啟疆，所以百家騰躍，終入環內者也。〔註55〕

劉勰以《詩》、《書》、《禮》、《易》、《春秋》為文學體類的根源，堪稱前所未有的卓見。而其中提出的二十體概念，可以說是奠定了中國文學批評史上的文體論的概念基礎。

與王若虛同時期的嚴羽，則開創先河，在《滄浪詩話》中專門單闢《體制》為一章，從句法、風格、韻律等方面闡述了詩歌的體制特徵。他將詩體以不同標準劃分：以時而論，分十六體；以人而論，分三十六體；以來源分，計十體；以形式分，計六類；以特殊技巧分，可分為五類〔註 56〕。因此凸顯了論詩辨體的重要性。

而王若虛在文體論的主張方面，則與嚴羽迥然不同——他並不是一個偏愛分類學的理論家。王若虛所關注的是文體的純正與否，是否合度。因此可稱為「文體純正論」：

> 或曰：「文章有體乎？」曰：「無。」又問：「無體乎？」曰：「有。」「然則果何如？」曰：「定體則無，大體須有。」〔註57〕

王若虛認為文章雖無定體，但必須有「大體」。何謂「大體」？大體，應是指文章的性質與其名稱應該兩相符合。通過這個主張，可以顯見王若虛在文學理論及文學批評方面有著不拘泥於故舊的、通達的文論觀。

對於文章的大體，王若虛有著如下的理論：

〔註54〕（梁）劉勰著，范文瀾注：《序志篇》，《文心雕龍注》卷十，第727頁。
〔註55〕（梁）劉勰著，范文瀾注：《宗經篇》，《文心雕龍注》卷一，第22頁。
〔註56〕這個分類標準參考張健《滄浪詩話研究》一書。《滄浪詩話研究》，五南圖書出版股份有限公司，1966年版。
〔註57〕（金）王若虛：《滹南遺老集》，卷三十七，第427頁。

退之評伯夷止是議論散文，而以「頌」名之，非其禮也。〔註58〕

陳後山云：「退之之說，記其事耳，今之記乃論也。」予謂不然。唐人本短於議論，故每如此；議論雖多，何害為記？蓋文之大體，固有不同，而其理則一。殆後山妄為分別，正猶評東坡以詩為詞也。且宋文視漢唐百體皆異，其開廓橫放，自一代之變，而後山獨怪其一二，何邪？〔註59〕

從這兩條內容可以比對看出王若虛的理論是折衷而又通達的。雖無定體，但議論文和有韻之頌應該區分清楚，兩者不只是內容不同，也是散文和韻文的區別。韓愈尚奇，喜發前人所未發之語，因故不曰《伯夷論》，而是名之為《伯夷頌》。但文中如「士之特立獨行，適於義而已，不顧人之是非，皆豪傑之士信道篤而自知明者也」之類的句子，絲毫未有頌這個文體的特點，而是充滿了議論文的意味。因此，王若虛認為退之是「失體」的。但是，也應該看到，在唐代中後期，已經出現過一些在散、韻之間的文章，可稱為議論文，也可稱為記。到了宋代，這個現象更為普遍。蘇軾所謂「以詩為詞」，也可以這樣理解。因為詩、詞雖文體不同，但「詞」這種文體一直被稱為「詩餘」，這說明兩者其實在淵源和性質上是相同的，只是在表達形式上有差異而已。因此，就能更好地明白王若虛所論「文之大體，固有不同，而其理則一」了。

而對於某些特定文體，應有著特定的要求，若其中稍雜蕪陋之言，則為失格：

宋人稱胡旦喜玩人，嘗草江仲甫升使額制云：「歸馬華山之陽，朕雖無愧；放牛桃林之野，爾實有功。」江小字忙兒故也。又行一巨璫誥詞云：久淹禁署，克慎行藏。由是宦豎切齒。夫制誥，王言也，而寓穢雜戲侮之語，豈不可罪哉？〔註60〕

孫覿《求退表》有云：「聽貞元供奉之曲，朝士無多；見天寶時世之妝，外人應笑。新豐甕右臂已折，杜陵叟左耳又聾。」夫臣子陳情於君父，自當以誠實懇惻為主，而文用四六，既已非矣，而又使事如此，豈其體哉？宋自過江後，文弊甚矣。〔註61〕

〔註58〕（金）王若虛：《滹南遺老集》，卷三十七，第395頁。
〔註59〕（金）王若虛：《滹南遺老集》，卷三十七，第400頁。
〔註60〕（金）王若虛：《滹南遺老集》，卷三十七，第423頁。
〔註61〕（金）王若虛：《滹南遺老集》，卷三十七，第424頁。

這兩條內容顯示了王若虛對於「文體純正」的重視。其一，內容方面來看，制誥應該端莊恭敬，不可夾雜狎侮之言，否則便是失格。這與曹丕在《典論・論文》中的主張類似。其二，討論了文體宜用何種形式。在他看來，表章之作，應該追求誠實、懇切，但凡舞文弄墨，亂用典實，都不可取之。同時，從偏好來看，王若虛針對當時文壇弊端，提倡改革，因此，王若虛對四六體是非常批判的。

> 邵氏云：「楊、劉四六之體，必謹四字六字律令，故曰四六，然其弊類俳可鄙，歐、蘇力挽天河以滌之，偶儷甚惡之氣一除，而四六之法則亡矣。」夫楊、劉惟謹於四六，故其弊至此。思欲反之，則必當為歐、蘇之橫放。既惡彼之類俳，而又以此為壞四六法，非夢中顛倒語乎？且四六之法，亦何足惜也！〔註62〕

> 四六，文章之病也。而近世以來，制誥、表章率皆用之，君臣上下之相告語，欲其誠意交孚，而駢儷浮辭，不啻如俳優之鄙，無乃失體耶？後有明王賢大臣一禁絕之，亦千古之快也。〔註63〕

這兩條內容都是攻擊西崑體——即四六之文的，王若虛一向反對駢儷的文風，他在《詩話》中也曾說過「用西崑體工夫，必不能造老杜之渾全」這類話。他對於四六體的批判，主要集中於「駢儷浮辭」，「類俳優之鄙」，以及它的「失體」。所以，當「歐、蘇力挽天河以滌之」的時候，四六之法為之蕩然，文壇一片清淨之色，他覺得絲毫不足為惜，有著「千古之快」的心情。

而對於一些特定的文體，王若虛有著具體的要求和呼籲，希望在當下引起人們的重視：

> 凡人作文字，其他皆得自由，惟史書實錄、制誥王言，決不可失體。世之秉筆者，往往不謹，馳騁雕鐫，無所不至，自以為得意，而讀者亦從而歆羨，識真之士，何其少也！〔註64〕

王若虛認為，「凡人作文字」是可以自由發揮的，文體沒有限制，文筆也可馳騁。但是，像史書、實錄、制誥、王言等特定文體，是絕對不可以失體的。以制誥、表章、史書、實錄、王言這些文體看來，作文時文風應力求平實、誠懇，不可以駢儷浮辭為之，那樣就落入追求辭藻華麗、而置文體於不

〔註62〕（金）王若虛：《滹南遺老集》，卷三十七，第425頁。
〔註63〕（金）王若虛：《滹南遺老集》，卷三十七，第426頁。
〔註64〕（金）王若虛：《滹南遺老集》，卷三十七，第426頁。

顧的境地。

王若虛的「文體純正」觀，以及「定體則無，大體須有」的理論，對於後世有著一定的影響。其中劉祁就曾經根據王若虛的這一主張，發展並完善後提出了自己的文體論：

> 文章各有體，本不可相犯，故古文不宜蹈襲前人成語，當以奇異自強。四六宜用前人成語，復不宜生澀求異。如散文不宜用詩家語，詩句不宜用散文言，律賦不宜犯散文言，散文不宜犯律賦語，皆判然各異。如雜用之，非惟失體，且梗目難通。然學者闇於識，多混亂交出，且互相詆誚，不自覺知此弊，雖一二名公不免也。〔註65〕

顯然，劉祁是受了王若虛文體論的影響，在繼承了他的基本觀點之後所形成的文體論。而且，劉祁的論述更為具體和清晰。王若虛和劉祁的這些觀點，大都是為抨擊抵制當時金代文壇追求尖新奇詭的文風而闡發的，在金代文學批評史上，都屬於難能可貴的真知灼見。

第四節　文無定法，意文相濟——王若虛的創作方法論

對於文學創作方法的討論，陸機、劉勰皆有所涉及。到了宋人，歐陽修、蘇軾、黃庭堅、陳師道等也有所注意，但只有瑣屑幾語，無完密的說法。其中，蘇軾的「新詩要淘鍊，乃得鉛中銀」一句算是比較言簡意賅的點出了作詩之法。王若虛受歐、蘇影響較多。他接受了前人傳統的一些理念，然後形成了屬於自己的一套創作之法，可以說是超越了前人的成績。

一、創作的基本原則

王若虛在創作時，主張「文無定法」：

> 荊公謂東坡《醉白堂記》為韓白優劣論，蓋以擬倫之語差多，故戲云爾，而後人遂為口實。夫文豈有定法哉？意所至則為之，題意適然，殊無害也。〔註66〕

創作時的靈感應該如江河之行，順流而下而已。因為其得而無心，所以

〔註65〕（金）劉祁：《歸潛志》卷十二，第138頁。

〔註66〕（金）王若虛：《滹南遺老集》，卷三十六，第414頁。

可做到意之所至則為之。

在這裡，王若虛一方面強調「意」的重要性，另一方面則注意了「意」的適切性，這與他「適其宜」的文學理論主張是彼此呼應的。雖然他的宗旨是「文豈有定法」，但王若虛並非真的不屑於談論作文之法。這個理論主張的提出，主要是針對當時江西派詩人所過於拘泥的「句中眼」、「句法」、「奪胎換骨」等創作方法而提出的。他不希望學文者舍本求末，流入刻削造作之途。

在卷三十二《雜辨》中，王若虛曾引黃庭堅之語：「魯直與其弟幼安書曰：『老夫之書，本無法也。』」來論證，黃庭堅之所謂「無法」，乃是因為他未達無心之境。可見「無定法」是由於「無意為文」才達到的，也即前面曾提到過的「不能不為之為工」也。元好問在《閑閑公墓銘》中論趙秉文是「不以繩墨自拘」〔註 67〕，已是極高的稱譽，也恰好與王若虛之觀點相呼應。可見王若虛的理論在當時已有一定影響。

二、創作的具體實踐

「文無定法」只是一個基本的原則，一個呼籲破除繩墨之拘的心理建設。對於作文的具體實踐，王若虛著眼於以下幾個方面：第一，意重於文；第二，巧拙相濟；第三，繁簡適中；第四，辭精、意明、勢傾。

首先，王若虛強調內容應重於形式。這個觀點來源於他的舅舅周昂之論「文章以意為主，字為輔」：

> 吾舅嘗論詩云：「文章以意為主，字語為之役。主強而役弱，則無使不從。世人往往驕其所役，至跋扈難制，甚者反役其主。」可謂深中其病矣。」〔註 68〕

以意為主，則強調了為文的源頭應該是來自於真情實感的內容；語言文字是要為內容服務的。可以說，這個主張來源於他對風雅文學的識悟。文章本就以「述志為本」，所以在創作的時候，應該秉持著感情決定內容，內容高於文字的原則；所謂情者，乃是「文之經」；辭者，「理之緯」，「經定而後緯成，理正而後辭暢，此立文之本源也。」〔註 69〕所以，作文者必定要認識到，語言、文字只是一種表情達意的輔助工具而已。只要情志被觸動，靈感迸發

〔註 67〕（元）元好問：《閑閑公墓銘》，《元好問全集》卷十七。
〔註 68〕（金）王若虛：《滹南遺老集》，卷三十八，第 437 頁。
〔註 69〕（梁）劉勰著，范文瀾注：《情采篇》，《文心雕龍注》卷七，第 538 頁。

之後，隨物賦形，此後高妙之文自是唾手可得。若是把精力放在藻繪、好奇尚辭，則會反役其主，那麼文章就失去了它的意義和價值。

其次，王若虛主張為文時不過於求工求巧，而是巧拙相濟。這個主張依然來源於周昂的文學理論：

> 以巧為巧，其巧不足，巧拙相濟，則使人不厭。唯甚巧者，乃能就拙為巧。所謂遊戲者，一文一質，道之中也。雕琢太甚，則傷其全。經營過深，則失其本。〔註 70〕

> 吾舅周君德卿嘗云：「凡文章，巧於外而拙於內者，可以驚四筵而不可適獨坐，可以取口稱而不可得首肯。」至哉！其名言也。杜牧之云：「杜詩韓筆愁來讀，似倩麻姑癢處抓。」李義山云：「公之斯文若元氣，先時已入人肝脾。」此其巧於外者之所能邪？〔註 71〕

從上兩條所引文可以看出，王若虛推崇的是文章「巧於外而工於內」。這個實踐主張說起來容易，做起來頗有難度。

工拙問題一直是江西派詩人關注的理論點。王若虛主張以意為主，又主張「辭達理順」和「尚古」，所以十分反對人們追求刻意雕琢之作。他主張「因事出奇」，而這一個觀點則是來自於陳師道所論：

> 陳後山曰：「揚子雲之文好奇，而卒不能奇，故思苦而辭艱。善為文者，因事出奇，江河之行，順下而已。至其觸山赴谷，風搏物激，然後盡天下之變。子雲惟好奇，故不能奇也。」此論甚佳，可以為後學之法。〔註 72〕

此外，他還曾通過黃庭堅來表達自己的看法：

> 荊公謂王元之《竹樓記》勝歐陽《醉翁亭記》，魯直亦以為然，曰：「荊公論文，常先體制而後辭之工拙。」〔註 73〕

儘管王若虛對江西詩派的詩文和理論一向持反對和批駁的態度，但是在這個問題上卻是對陳師道大加讚賞，可謂一大例外。他和陳師道觀點相同，都反對「思苦而辭艱」得來之文。過於求工之作，是絕對不可取的。從這一點上，他對蘇軾的推崇之情可謂溢於言表，比如他曾稱許東坡的文章是「楚

〔註 70〕（金）王若虛：《滹南遺老集》，卷三十八，第 437 頁。
〔註 71〕（金）王若虛：《滹南遺老集》，卷三十七，第 425 頁。
〔註 72〕（金）王若虛：《滹南遺老集》，卷三十四，第 386 頁。
〔註 73〕（金）王若虛：《滹南遺老集》，卷三十六，第 409 頁。

辭則略依仿其步驟，而不以奪機杼為工」〔註74〕。

因此，王若虛認為文章和詩都忌諱用工太過。如果強調鍊字，那麼文章之「意」就會被掩蓋；語言文字過於求工而意又不足的話，文章的格力則必弱，那就無法達到「述志」的文學功用。但是，他並沒有像江西詩派那樣十分刻意地去避免工拙的問題。

同時，在巧拙的問題上，王若虛也提到了適當地運用俗語，這也是使文章存真趣的一個方法：

> 古人文字中時有涉俗語者，正以文之則失真，是以寧存而不去；而宋子京直要句句變常，此其所以多戾也。〔註75〕

宋祁追求工整，所以王若虛給了他「多戾氣」的評價。因為只有存真，才可以得自然之趣；而使用俗語，可以為文章帶來拙態，比使用常語更親切質樸。對於俗語的使用，他又舉了例子：

> 史傳中間，有不避俗語者，以其文之則失真也。齊後主欲殺斛律光，使力士「劉桃枝自後撲之，不倒。」《通鑒》改為「不僕」，僕亦倒也，然「撲」字下便不宜用。〔註76〕

在這裡，不宜用「僕」字的原因，除了讀音上「撲」「僕」二字同，讀時聲調不佳以外，還有便是用比較通俗的「倒」能與前文「撲」相對應，讀來形象，有拙態。

總的來說，為文注重只有巧拙相濟，才可得到平實之文風，也才可使內容去主導形式。這一點他與江西詩派的理論有相同之處。

第三，王若虛主張創作文章時，雖要力求簡潔，卻又不可流於過分的簡略，應做到繁簡適中：

> 前人文字，言「騷動」、「騷然」者有矣。《安祿山傳》云：「百姓愈騷。」《裴冕傳》云：「大眾一騷。」《馬燧傳》云：「天下方騷。」無乃太簡乎！〔註77〕
>
> 簡而不已，其弊將至於儉陋，而不足觀也已。〔註78〕
>
> 作史與他文不同，寧失之質，不可至於蕪靡而無實；寧失之繁，

〔註74〕（金）王若虛：《滹南遺老集》，卷三十六，第417頁。
〔註75〕（金）王若虛：《滹南遺老集》，卷二十四，第207頁。
〔註76〕（金）王若虛：《滹南遺老集》，卷三十七，第433頁。
〔註77〕（金）王若虛：《滹南遺老集》，卷二十三，第253頁。
〔註78〕（金）王若虛：《滹南遺老集》，卷三十六，第412頁。

不可至於疏略而不盡。〔註 79〕

左氏文章，不復可議，惟狀物、論事，辭或過繁，此古今之所知也。〔註 80〕

歐公散文自為一代之祖，而所不足者，精潔峻健耳。〔註 81〕

由以上幾條引文來看，其實王若虛的觀點可分為兩個層次。一般文章，繁冗固然是缺點，但是過於簡略則會有「儉陋」之失；因此必須恰到好處，不冗一字，不缺一詞，達到言簡而意盡的效果。而對於歷史文章來說，則是寧繁勿簡，敘述事情應以明瞭為要務，否則給人迷惑之感。如上文所舉將「騷動」簡寫為「騷」，僅是將字或詞省略；若是將內容也進行淘洗，那麼就有可能造成意終不完，「疏略而不盡」之感。因此，他才提出作文應以「適其宜」作為指導原則，根據文體來決定文字的繁簡。

最後，王若虛對於文學創作有著較系統的全面性主張，就是文章應達到辭精、意明和勢傾。在《送呂鵬舉赴試序》一文中，他曾明確闡述他的創作論：

夫經義雖科舉之文，然不盡其心，不足以造其妙。辭欲其精，意欲其明，勢欲其若傾。故必探《語》、《孟》之淵源，擷歐、蘇之菁英，削以斤斧，約諸準繩。斂而節之，無乏作者之氣象；肆而馳之，無失有司之度程。勿怪，勿僻，勿猥。而並若是者，所向如志，敵功無勁，可以高視而横行矣。〔註 82〕

雖然此序篇幅並不長，但是內容卻非常的充實，可謂面面俱到。說到文章的做法，王若虛的觀點十分地圓融和系統化。表面上看，這篇序是討論經義文章的做法，但是實際上是以經義文章為例來泛論文章的創作。首先，作文章，要達到理想的境界，必須要「盡心」，才能造妙。其次，文章要達到「辭精」、「意明」、「勢傾」的標準。

從詞義來看，「辭精」比「辭達」要求高，而「意明」則近似於「理順」，「勢傾」則是由「所在皆可取」上升到「造其妙」的關鍵點。因此，在王若虛看來，「辭達理順」是完成一篇文章的必要條件，而「辭精」、「意明」、「勢傾」則是一篇一流上乘文章的充分條件。

〔註 79〕（金）王若虛：《滹南遺老集》，卷二十二，第 232 頁。
〔註 80〕（金）王若虛：《滹南遺老集》，卷三十四，第 382 頁。
〔註 81〕（金）王若虛：《滹南遺老集》，卷三十六，第 412 頁。
〔註 82〕（金）王若虛：《滹南遺老集》，卷四十四，第 538 頁。

劉勰曾在《文心雕龍．神思篇》中說過：「神居胸臆，而志氣統其關鍵；物沿耳目，而辭令管其樞機。」〔註 83〕「勢傾」必先要氣勢足，因此就要先養其氣，使其居於胸臆之中耳。《文辨》中，王若虛將東坡之文置於最高妙之境地，就是引東坡自述其為文如萬斛泉源，行於所當行之處，可見這個標準並不是王若虛誇張之辭。而王若虛對東坡的評價：「以一日千里之勢，隨物賦形之能，而理盡輒止，未嘗以馳騁自喜，此其橫放超邁，而不失為精純也邪！」〔註 84〕正是對「勢傾」一次最好的注解。

文章若想要做到以上三點，那麼就應該「尚古」，吸取古聖前賢作文之法的精華。如王若虛提倡的「探《語》、《孟》之淵源，擷歐、蘇之菁英」。這既契合了劉勰的「積學以儲實」，「研閱以窮照」，及「參古定法」的主張，也與趙秉文所論「從古中人入」相呼應。可見王若虛雖然是一位載道論者，卻又不拘於一家之言。他既載儒家之道，如[illegible]朱二程，又貫自然之道，如劉勰和蘇軾等。王若虛「尚古」的本意也是「求似」，認為應該由模仿古文入手，才能推陳出新，另闢蹊徑。

同時，王若虛還強調了「削以斤斧」　剪裁的重要性。輔之以剪裁之工，才能適度，奔放而不失其度，收斂而不挫其氣。這是使文章創作臻於理想的技巧之一。這與劉勰強調的「裁則蕪穢不生，熔則綱領昭暢，譬繩墨之審分，斧斤之斫削矣」；「舒華布實，獻替節文，繩墨以外，美材既斫，故能首尾圓合，條貫統序」〔註 85〕如出一轍。同樣，王若虛的理論也應是受了歐陽修的影響：「初欲奔馳，久當收節，使簡重嚴正，或時肆放以自舒，勿為一體。」〔註 86〕但是王若虛之論更加地周密，最後也補上了「勿怪癖」，「勿卑凡」二語，也是以風格來限制了創作的範圍。

總結

王若虛的文學理論主要集中在《滹南遺老集》的第三十四至三十七卷的《文辨》當中。卷名的「辨」字就點出了王若虛理論的呈現方式——以辨析為主。因此，在四卷《文辨》中，他對文字、語言、文理、他人的文學批評

〔註 83〕（梁）劉勰著，范文瀾注：《神思篇》，《文心雕龍注》卷六，第 493 頁。

〔註 84〕（金）王若虛：《滹南遺老集》，卷三十六，第四一七頁。

〔註 85〕（梁）劉勰著，范文瀾注：《熔裁篇》，《文心雕龍注》卷七，第 543 頁。

〔註 86〕（宋）歐陽修：《與澠池徐宰無黨》，《歐陽修全集》書簡卷七，中國書店，1998 年（據世界書局 1936 年版）影印，第 1295 頁。

等幾個方面進行了辨析，提出了很多前人未發現的問題。

在具體的文學理論方面，他追隨著趙秉文和周昂的腳步，認為文章應當以情真、適宜、平實、創新為基本原理。這四個觀念也是他文學理論最重要的四個原則和討論一切問題的出發點。而在創作時，作者無需死板地對文體進行框定，或讓文體去限制文章內容的創作。他認為，應該讓創作時的靈思來「統領」文章的流向，如江河之行，順流而下，完成自己的創作即可。只有在創作時「得而無心」，才有可能做到「意之所至」，形成一部整體流暢、出自天然的作品，從而打動讀者。

具體到創作實踐的時候，他又提出，作者應該注意到雖然「文無定法」，但寫作時仍然有一定的原則要遵循，如應做到內容重於形式，讓文意來統領文法；而文章的語言，則應做到巧拙相濟並且繁簡適中；只有這樣，才能最終達到辭精、意明、勢傾的效果，成就一篇上等的文章。

第四章　王若虛的詩歌理論

在《滹南遺老集》中，第三十八卷至第四十卷是王若虛的《詩話》。雖僅占三卷，但是在文學批評史上可以說意義重大。因此，王若虛的文集著作流傳至今的許多版本仍是以三卷本《滹南詩話》的形式被人們熟知的。而且這三卷本的《詩話》也一直是學界研究的重點。

從內容和撰寫體例上看，《詩話》與《文辨》的考辨方式一致，主要是以訓詁、批評的方式闡述詩歌理論及創作方法。從批評對象來看，王若虛主要是以唐、宋時期文人的詩和詞為對象，如韓愈、白居易、黃庭堅、蘇軾等。評論涵蓋的範圍雖然不如《文辨》的廣，但是關於詩歌的理論，卻闡述得十分深刻和全面。

從整體結構和內容上看，第三十八卷《詩話（上）》散記前人言論，並對一些作品進行點評；第三十九卷《詩話（中）》中大半篇幅用來闡述或評論蘇軾的作品和理論思想；第四十卷《詩話（下）》則集中批判江西詩派的理論，中間夾雜對蘇黃二人的對比研究。

前文也曾經指出，王若虛一直在文獻學方面頗有功力，見解獨到而深刻；他繼承了北宋始興的校勘、考據學派的思想，擅長用考據、校勘或訓詁的方法來進行文學批評。這從《文辨》中考辨的內容數目眾多就可以看出來。這在當時期的文人中，實屬獨一無二。後來直到清代，在考據之學最盛時期，這種以考辨為主要方法進行文學評論的現象也隨之真正達到了鼎盛時期。可以說，王若虛是「以考辨述文論」的先驅者。同樣，在《詩話》三卷裏也有一些涉及校勘、考據之學的條目。

如第三十八卷第一條，王若虛就以較長篇幅記錄了周昂所論關於《千注杜詩》的版本問題，並以此引出「辨」詩之心得：

世所傳《千注杜詩》，其間有曰新添者四十餘篇。吾舅周君德卿嘗辨之云：「唯《瞿塘懷古》、《呀鶻行》、《送劉僕射惜別行》為杜無疑，自余皆非本真，蓋後人依仿而作，欲竊盜以欺世者，或又妄撰，其所從得，誣引名士以為助，皆不足信也。」……吾舅自幼為詩，便祖工部，其教人亦必先此。嘗與予語及新添之詩，則頻蹙曰：「人才之不同如其面焉，耳目鼻口相去亦無幾亦，然諦視之，未有不差殊者。」公之持論如此，其中必有所深得者，顧我輩未之見耳，表而出之，以俟明眼君子云。〔註1〕

詩如其人，人面有不同，其詩也會有差異。正是周昂的這些明辨之道，給王若虛帶來了深遠的影響，從而使他以「善辨」而著稱。

同卷第八條，王若虛辨用字的正誤，也取周昂的意見為是：

老杜《北征》詩云：「見耶背面啼」，吾舅周君謂「耶」當為「即」字之誤，其說甚當。前人詩中亦或用「耶娘」字，而此詩之體，不應爾也。〔註2〕

王若虛曾在集中提到過，周昂十分推崇杜詩，對於杜詩的研究也是很有心得的。

還有從句義上來辨別字的用法是否正確，如以下幾個例子：

退之《雪》詩有云：「隨車翻縞帶，逐馬散銀盃。」世皆以為工。予謂雪者，其先所有，縞帶銀盃，因車馬而見耳，「隨」「逐」二字甚不妥。〔註3〕

退之《謁衡嶽》詩云：「手持杯珓導我擲，云此最吉余難同。」「吉」字不安，但言靈應之意可也。〔註4〕

山谷詩云：「羅幃翠幕深調護，已被遊蜂聖得知。」此「知」字何所屬耶？若以屬蜂，則「被」字不可用矣。〔註5〕

由《詩話（下）》可以看出，王若虛對於以黃庭堅為首的江西詩派是有著諸多不滿的。因此，他對於江西派詩人的詩歌作品，常常以較嚴厲的態度進行細緻地批判，有時甚至不免有些嚴苛了。

〔註1〕（金）王若虛：《滹南遺老集》，卷三十八，第435頁。
〔註2〕（金）王若虛：《滹南遺老集》，卷三十八，第442頁。
〔註3〕（金）王若虛：《滹南遺老集》，卷三十八，第443頁。
〔註4〕（金）王若虛：《滹南遺老集》，卷三十八，第444頁。
〔註5〕（金）王若虛：《滹南遺老集》，卷三十八，第445頁。

從王若虛詩論的整體來看，一定程度上仍是受到其舅周昂的影響。除了前文提到的關於考據之學是以周昂的觀點為是之外，直接借鑒周昂之理論以闡發自己態度的例子在《詩話》三卷中有以下幾處：

> 吾舅嘗論詩云：「文章以意為主，字語為之役。主強而役弱，則無使不從。世人往往驕其所役，至跋扈難制，甚者反役其主。」可謂深中其病矣。又曰：「以巧為巧，其巧不足，巧拙相濟，則使人不厭。唯甚巧者，乃能就拙為巧。所謂遊戲者，一文一質，道之中也。雕琢太甚，則傷其全。經營過深，則失其本。」又曰：「頸聯頷聯，初無此說，特後人私立名字而已。大抵首二句論事，次二句猶須論事；首二句狀景，次二句猶須狀景，不能遽止。自然之勢，詩之大略，不外此也。」其論篤實之論哉。」〔註6〕

> 史舜元作吾舅詩集序，以為有老杜句法，蓋得之矣，而復云由山谷以入，則恐不然。吾舅兒時便學工部，而終身不喜山谷也。若虛嘗乘間問之，則曰：「魯直雄豪奇險，善為新樣，固有過人者。然於少陵初無關涉，前輩以為得法者，皆未能深見耳。」舜元之論，豈亦襲舊聞而發歟，抑其誠有所見也？更當與知者訂之。〔註7〕

> 或謂論文者尊東坡，言詩者右山谷，此門生親黨之偏說，而至今詞人多以口實，同者襲其跡而不知返，異者畏其名而不敢非。善乎吾舅周君之論也，曰：「宋之文章至魯直，已是偏仄處。陳後山而後，不勝其弊矣。人能中道而立，以巨眼觀之，是非真偽，望而可見也。」若虛雖不解詩，頗以為然。〔註8〕

由以上幾條記載可以看出，王若虛的基本理論，如「以意為主」說、「巧拙相濟」說、「宗杜」說等，均來源於周昂的理論學說。更有甚者，周昂對江西詩派的批判，也對王若虛產生了極其重要的影響，也因此「於山谷詩吹毛索瘢，大而判斷，小而結裹，皆深不與之。」這就是家學淵源對王若虛的影響。但是，若是從詩學理論的架構來看，對王若虛來說，影響最重大、最直接的，還是蘇軾的詩論，此外還夾雜著歐陽修、白居易等人的理論。

在《滹南遺老集》中，三卷的《詩話》篇幅不多，但是理論的闡發十分

〔註6〕（金）王若虛：《滹南遺老集》，卷三十八，第437頁。
〔註7〕（金）王若虛：《滹南遺老集》，卷三十八，第437頁。
〔註8〕（金）王若虛：《滹南遺老集》，卷三十九，第464頁。

準確、到位，在當時乃至對後世都有著巨大的影響。由此，我們可以歸納出王若虛詩歌理論的一些基本特徵。

第一節　王若虛詩歌理論的基本原理

一、貴在天全

論詩主正理一說，是王若虛詩歌理論的基本點，也是他始終關注的焦點。具體主張有「天全」、「本色」、「自得」等，同時輔之以「發乎性情」。論詩主「天全」，乃是強調詩歌作品是作者與自然的一個自然感應，是詩人在一定的自然環境中受到一定的觸發（這個觸發可能是客觀事物造成的，也有可能是由人的主觀造成的）而自覺生成的。這可以看做是源出於《毛詩序》中所云：「詩者，志之所之也。在心為志，發言為詩，情動於中，而形於言。」後來，鍾嶸在《詩品序》中也闡述過詩人之情發自自然之境的觀點：「若乃春風春鳥，秋月秋蟬，夏雲暑雨，冬月祁寒，斯四候之感諸詩者也。」劉勰也在《文心雕龍》的《物色篇》中詳細闡述了「文章乃是自然之流露」的主張：

> 春秋代序，陰陽慘舒，物色之動，心亦搖焉。蓋陽氣萌而玄駒步，陰律凝而丹鳥羞，微蟲猶或入感，四時之動物深矣。若夫珪璋挺其惠心，英華秀其清氣，物色相召，人誰獲安？是以獻歲發春，悅豫之情暢；滔滔孟夏，鬱陶之心凝；天高氣清，陰沉之志遠；霰雪無垠，矜肅之慮深。歲有其物，物有其容；情以物遷，辭以情發。一葉且或迎意，蟲聲有足引心。況清風與明月同夜，白日與春林共朝哉。〔註9〕

這些都強調了文辭乃是在自然環境中情有所動的結果。

天全，從某種角度來看，也可以理解為渾全，或者天然、自然。葛洪在《抱朴子》中云：「至真貴乎天然。」皎然《詩式》中提到：「取由我衷，我得若神表，至如天真挺拔之句，與造化爭衡。」「不欲委曲傷乎天真。」沈約說：「天機啟則六情自調。」司空圖在《二十四詩品》中提到：「俯拾即是，不取諸隣，俱道適往，著手成春。」而對此理論提到較多的則屬蘇軾：「人言辭語出天然」（《李行中秀才醉眠亭》）「醉筆得天全」（《試筆》）「鞭箠刻烙傷

〔註9〕（梁）劉勰著，范文瀾注：《物色篇》，《文心雕龍注》卷十，第693頁。

天全，不如此圖近自然。」(《書韓幹牧馬圖》)，等等。

從上面舉例即可看出，影響王若虛最大的當屬蘇軾了。蘇軾是最早在文學批評中使用「天全」一詞的，這為王若虛在建設詩歌理論的體系時帶來了很大的啟發。但是，他也並沒有「唯東坡之論是瞻」。前文說過，王若虛尚疑而好辨，因此，他對於蘇軾的部分作品也曾不留情地指出「不能天全」的缺點。

比如說，蘇軾的文集中有多首次韻之作，而王若虛對於「次韻詩」是非常反對的。在《滹南遺老集》中，王若虛對蘇軾的推崇之情溢於言表，書中僅有兩處對於蘇軾的反對或批判，而這兩處都與「次韻」有關。王若虛認為，次韻實乃「作者之大病也」:「詩道至宋人，已自衰弊，而又專以此相尚。才識如東坡，亦不免波蕩而從之，集中次韻者幾三之一。雖窮極技巧，傾動一時，而害於天全多矣。使蘇公而無此，其去古人何遠哉？」這裡可以看出，王若虛反對次韻之作的原因，正是因為這種創作方式是「害於天全」的；次韻創作的詩，不屬於王若虛一貫推崇的「不能不為之」的發乎真心之作。其實蘇軾為文也是主張出自胸臆，次韻等應制詩也是偶而為之，並不為過。如因為極其喜愛陶淵明的《歸去來辭》，蘇軾就次其韻，作了《和陶歸去來兮辭》；又將文體變為長短句，作《稍遍》詩；或裂為集字詩，寫出了《集歸去來詩》十首〔註 10〕。王若虛認為蘇軾這種做法實在不可取:「陶文信美，亦何必爾，是亦未免近俗也。」

其實，「作次韻詩」實在並非蘇軾一人的「陋習」。但是王若虛認為，正是這一做法，就使得蘇軾「去古人何遠哉」，不能上追古之作者了。一方面可以看出王若虛在理論批評方面是非常嚴苛的；另一方面也表現出，王若虛心中「天全」之說實是一位作家能否成為第一流詩人、直追漢魏的關鍵標準所在。

此外，王若虛對「天全」的要求十分嚴格。他不會只拘泥於詩歌作品表面的字眼，而是透過現象看本質，抓住其根本。如他評價謝靈運的詩歌：

> 謝靈運夢見惠連而得「池塘生春草」之句，以為神助。《石林詩話》云:「世多不解此語為工，蓋欲以奇求之耳。此語之工，正在無所用意，猝然與景相遇，藉以成章，故非常情所能到。」冷齋云：「古人意有所至，則見於情，詩句蓋寓也。謝公平生喜見惠連，而

〔註 10〕以上作品收錄於《東坡全集》中。

夢中得之，此當論意，不當泥句。」張九成云：「靈運平日好雕鐫，此句得之自然，故以為奇。」田承君云：「蓋是病起忽然見此為可喜，而能道之，所以為貴。」予謂天生好語，不待主張，苟為不然，雖百說何益。李元膺以為反覆求之，終不見此句之佳，正與鄙意暗同。蓋謝氏之誇誕，猶存兩晉之遺風，後世惑於其言而不敢非，則宜其委曲之至是也。〔註 11〕

前人皆認為謝靈運詩中「池塘生春草，園柳變鳴禽」一句乃是得之自然的典範。尤其是葉夢得在《石林詩話》中，將此詩句理解為是「發乎自然」的佳句。若葉夢得所論是正確的，那麼這句詩必然應該符合王若虛心中的「天全」、「自然」之旨。但是王若虛卻並不這麼認為，而是即使在「反覆求之」之後，仍然認為此詩脫胎於魏晉誇誕之文風，並不能符合「天生好語」這一標準。他的這一批判可謂與其他文論家大為不同。

而在「天全」說的評論實踐中，王若虛最為稱許的則是白居易。他曾說過「詩學白樂天」，就是因為白居易的作品除了通俗易懂之外，更是出乎天然。他在《詩話》中多次正面讚賞白居易之詩：

樂天之詩，情致曲盡，入人肝脾，隨物賦形，所在充滿，殆與元氣相侔。至長韻大篇，動輒數百千言，而順適愜當，句句如一，無爭張牽強之態。〔註 12〕

公詩雖涉淺易，是大才，殆與元氣相侔。〔註 13〕

……樂天如柳陰春鶯，東野如草根秋蟲，皆造化中一妙，何哉？哀樂之真，發乎情性，此詩之正理也。〔註 14〕

另外，他在《高思誠詠白堂記》一文中更是直接點出白居易詩歌是發乎自然的：「樂天之詩，坦白平易，直以寫自然之趣，合乎天造，厭乎人意，而不為奇詭以駭末俗之耳目。」由上可知，王若虛用「自然」、「合乎天造」、「與元氣相侔」、「哀樂之真，發乎情性」之語句，來描述白居易詩歌中的自然之趣，點出了這就是白居易詩篇的不朽之處。正是有了以上的特點，白居易的詩歌才稱得上深得「天全」之意，故此能夠「入人肝脾」。

由白居易推而廣之，王若虛提出了古之詩人成為名家的要求：「古之詩

〔註 11〕（金）王若虛：《滹南遺老集》，卷三十八，第 438 頁。
〔註 12〕（金）王若虛：《滹南遺老集》，卷三十八，第 448 頁。
〔註 13〕（金）王若虛：《滹南遺老集》，卷四十，第 489 頁。
〔註 14〕（金）王若虛：《滹南遺老集》，卷三十八，第 449 頁。

人，雖趣尚不同，體制不一，要皆出於自得。至其詞達理順，皆足以名家，何嘗有以句法繩人哉？」古代的詩人之所以成為名家，主要在於兩點：一是「出於自得」，一是「詞達理順」。

「自得」說是「天全」說的一個延伸。王若虛的這個主張也可說是受了蘇軾的啟發。蘇軾在《書黃子思詩集》後曾提到「蘇、李之天成，曹、劉之自得」，這裡的「天成」、「自得」，皆屬於「天全」的範疇。魏慶之在《詩人玉屑》卷十中專論「自得」，提出「要到自得處方是詩」，並引用《漫齋語錄》中的話：「詩吟函得到自有得處，如化工生物，千花萬草，不名一物一態。若摸勒前人，無自得，只如世間剪裁諸花，見一件樣，只做得一件也。」〔註 15〕文中所述「如化工生物，千花萬草，不名一物一態」的境界，就是王若虛「天全」說所謂的化境、妙境了。與此類似的描述，還有「信手拈來，頭頭是道者」〔註 16〕，論杜詩為「天然自在」〔註 17〕等等，這些都是對於「自得」和「天全」的闡釋。王若虛因此將「自得」看得十分重要。

除了上文提到的古人是否為名家要以是否「出於自得」之外，王若虛在《詩話》中還提到了一次「自得」，此條意在辨析黃庭堅所主張的「奪胎換骨」實為「剽竊之黠耳」：

> 物有自然之理，人有同然之見，語意之間豈容全不見犯哉？蓋昔之作者，初不校此（指黃庭堅奪胎換骨之說），同者不以為嫌，異者不以為誇，隨其所自得，而盡其所當然而已。〔註 18〕

這兩處「自得」的含義是一致的。王若虛更是在詩中直接提出了「文章自得方為貴」的主張，以此來論述黃庭堅與蘇軾二人的高下區別。黃庭堅因為好勝心切，以「出於前人」為恥，因此提出這個主張。這與「自得」、「天然」是衝突的。所謂「同者不以為嫌，異者不以為誇」正是這個道理。趙秉文也曾提出作文應「非有意於專師古人也，亦非有意於專擯古人也」〔註 19〕，正與王若虛所論是如出一轍。而王若虛在《高思誠詠白堂記》一文中除了強調白居易的詩是「合乎天造」之外，也提到了「返乎自得之場」這一點，認

〔註 15〕（宋）魏慶之：《詩人玉屑》卷十，上海古籍出版社，1978 年版，第 220 頁。

〔註 16〕（宋）嚴羽著，郭紹虞校釋：《滄浪詩話．詩法篇》，《滄浪詩話校釋》，人民文學出版社，1983 年版，第 131 頁。

〔註 17〕（宋）蔡居厚：《蔡寬夫詩話》，收於（宋）魏慶之所著《詩人玉屑》卷六，第 135 頁。

〔註 18〕（金）王若虛：《滹南遺老集》，卷四十，第 479 頁。

〔註 19〕（金）趙秉文：《答李天英書》，《閑閑老人滏水集》卷十九。

為是白詩的又一優點。

王若虛的「天全」與「自得」之說，對後來的詩論也有影響。明代胡應麟在《詩藪》中論述杜甫詩歌時，提到其詩的變化是「化則神動天隨，從心所欲」〔註20〕；清代徐增所謂「有佳句者，氣多不全」等，都是提倡「天全」、「自得」之說。

若詩歌乃發乎天然，則其語言文字必不至雕琢過甚。因此，古之名家的詩文皆屬「淳致」，不會有「俗忌」之嫌。而「淳致」就是王若虛強調「天全」說的另一個說法。

> 雕琢太甚，則傷其全；經營過深，則失其本。〔註21〕

這條主張雖然字數簡短，但是卻簡明扼要，王若虛將自己的主張闡述得十分清楚：其中，「全」與「本」合起來就是所謂的「天全」。而這也是他推崇蘇軾詩文的一個原因：

> 東坡，文中龍也，理妙萬物，氣吞九州，縱橫奔放，若遊戲然，莫可測其端倪。〔註22〕

與這條相對應的，則是他對於黃庭堅的批評。他提出，山谷詩「有奇而無妙，有斬絕而無橫放，鋪張學問以為富，點化陳腐以為新。而渾然天成，如肺肝中流出者不足也。此所以力追東坡而不及歟」〔註23〕「渾然天成」乃是「天全」的延伸。渾然天成之不足，正是黃庭堅直欲為東坡之邁往而不能的主要原因。也正因如此，黃庭堅只能在雕琢字句上用力，務求旁出一道，卻仍不免居東坡之下。明代唐順之曾提到：「近來覺得詩文一事，只是直寫胸臆。如諺語所謂開口見喉嚨者，使後人讀之如真見其面目，瑜瑕俱不容掩，所謂本色，此為上乘文字。揚子雲閃縮譎怪，欲說不說，不說又說，此最下者。」〔註24〕這一理論應是受了王若虛的影響，連對揚雄的看法也如出一轍，可見王若虛這一理論對後世之影響。

由此可見，「天全」、「自然」、「自得」、「淳致」乃至「哀樂之真，發乎情性」等理論，奠定了王若虛詩歌理論的基礎。王若虛亦以這些理論為基本的

〔註20〕（明）胡應麟：《內篇》，《詩藪》卷五，上海古籍出版社，1979年版，第90頁。

〔註21〕（金）王若虛：《滹南遺老集》，卷三十八，第437頁。

〔註22〕（金）王若虛：《滹南遺老集》，卷三十九，第461頁。

〔註23〕（金）王若虛：《滹南遺老集》，卷三十九，第463頁。

〔註24〕（明）唐順之：《荊川先生文集》卷七，四部叢刊景明本。

詩歌原理，從而展開更深層次的討論。

二、主意役文

主意役文之說最早可遠溯至曹丕所論「文以意為主」〔註25〕。陸機在《文賦》中的首段便提到：「每自屬文，尤見其情，恒患意不稱物，文不逮意，蓋非知之難，能之難也。」可見，「意」應是一篇詩文的主腦。范曄曾說：「當以意為主，以文傳意」〔註26〕；顏之推曰：「文章當以理致為心腎，氣調為筋骨，事義為皮膚」〔註27〕，其中「理致」即指「意」。白居易則在《與元九書》中為「詩」下了一個定義：「詩者，根情，苗言，華聲，實義。」此處的「義」通「意」。從表面看來，「意」是詩的果實，但實際上，廣義的「意」已經將「情」包含在內。唐代齊己在《風騷旨格》〔註28〕的論「詩有三格」時提到：「一曰上格用意」，「二曰中格用氣」，「三曰下格用事」，將「用意」放在首位。皎然《詩式》曰：「詩之立意，變化無有依傍，得之者懸解其間」，又說「前無古人，獨生我思……於其間或偶然中者，豈非神會而得也？」〔註29〕他的「立意」說已與王若虛的「主意」之論相近。而劉攽的《中山詩話》中說得更加明確：「詩以意為主，文詞次之。」這些理論可謂是王若虛立論的先河。

說到「主意」說，就不得不提到蘇軾「達意說」對王若虛的影響。蘇軾曾在教授俞延之作文之法時這樣說到：「作文亦然：天下之事，散在經子史中，不可徒得，必有一物以攝之，然後為己用。所謂一物者，意是也。……不得意不可以用事，此作文之要也。」〔註30〕另一段論「意」的言論見《答謝民師書》：「夫言之達意，則疑若不文，是大不然……是之謂辭達，詞至於能達，則文不可勝用矣。」由此兩處言論，可以知道，蘇軾把「意」當做文章的統攝者——靈魂；作文的醞釀過程，便是由解意、攝事到達意的過程。

〔註25〕曹丕此論不見於《典論・論文》，乃見於陳師道《後山詩話》所引，原文云：「魏文帝曰：『文以意為主，以氣為輔，以詞為衛。』」

〔註26〕見（清）王世貞，羅仲鼎校注：《藝苑卮言》卷一，第2頁。

〔註27〕（齊）顏之推撰，王利器集解：《文章篇》，《顏氏家訓集解》卷四，上海古籍出版社，1980年版，第249頁。

〔註28〕（唐）齊己著，（清）丁福保編：《風騷旨格》，《歷代詩話續編》，中華書局，1983年版，第111、112頁。

〔註29〕（唐）皎然著，李壯鷹校注：《詩式》卷五，人民文學出版社，2003年版，第359頁。

〔註30〕（宋）葛立方著，（清）何文煥輯：《韻語陽秋》卷三，《歷代詩話》，第509頁。

這個理論高度，實是歐陽修、黃庭堅等人所未能企及的。而王若虛的「主意說」也受到他的極大影響。

不過，從前文所引《詩話》中對周昂理論的記載來看，王若虛的理論實質則是脫胎於周昂所謂「文章以意為主，字語為之役；主強而役弱，則無使不從」一說。他因此而建立了「主意說」。周昂所論除了強調「主意役文」之外，還可以分兩方面來看：首先，是主張不要過分弄巧，而要巧拙相濟，這與江西詩派巧拙相濟的主張略顯相契。而一文一質之論，也可謂是深得歐、蘇之遺風。

其次，周昂強調了「驕其所役，至跋扈難制，甚者反役其主」。由此展開，則西崑體、江西詩派等刻意雕琢的文學作品，都屬於周昂評判的對象了。王若虛認為其舅周昂的理論為至上嘉言，其實並不為過。古往今來，因為善於玩弄文字技巧而成為千古大家者，幾乎沒有。

因此，「主意役文」說可謂是王若虛詩論中的「正理」之說。以至於他曾在集中這樣總結：「揚雄之經，宋祁之史，江西諸子之詩，皆斯文之蠹。」〔註 31〕在王若虛看來，正是因為揚雄、宋祁、江西派詩人在行文作詩時過於注重辭藻的修飾，而走入一味尚奇尚怪的誤區，導致他們的詩文都是「反役其主」，所以他們的詩文都了無詩意，更不要提生趣、生機了，只能是「斯文之蠹」了。

王若虛關於詩文中「字」與「意」的理論闡述，是非常具有意義的。他闡述的出發點是極其平實和樸素的，因此也相當的客觀。在平時的作詩寫文中，若非應制需要或強求的話，語言和文字所起的作用只是傳情達意的工具而已：「故情者，文之經；辭者，理之緯，經正而後緯成，理定而後辭暢，此文本之本源也。」〔註 32〕雖然劉勰在這裡強調的是情（內容）和辭（形式）二者缺一不可之理，但是其實在劉勰看來，「情」在重要性上是應該排在「辭」之前的。王若虛之論，與劉勰遙相呼應。文章的情理（或內容、內涵）應是靈魂，而辭采只是外包裝。若是文章有著豐富的內涵、真摯的情感，那文章就已經有了足以打動讀者、感動人心的前提，這一切也是在文章創作時最應該考慮的前提。這一先決條件確立之後，作者便可以考慮創作的具體形式和方法了。若能達到「情真、理正、辭實」，則此詩文必是上佳之作。

〔註 31〕（金）王若虛：《滹南遺老集》，卷三十七第四十條，第 433 頁。
〔註 32〕（梁）劉勰著，范文瀾注：《情采篇》，《文心雕龍注》卷七，第 539 頁。

「意」乃文章主役，這也是王若虛對蘇軾詩文的肯定。雖然王若虛不贊同蘇軾的一系列和陶之作，但是他對於蘇軾在這些作品中體現出的「主意役文」理論的實踐，卻是讚不絕口：

> 東坡和陶詩，或謂其終不近，或以為實過之，是皆非所當論也。渠亦因彼之意，以見吾意云爾，曷嘗心競而較其勝劣耶？故但觀其眼目旨趣之何如，則可矣。〔註33〕
>
> 東坡《薄薄酒》兩篇，皆安分知足之語，而山谷稱其憤世嫉邪，過矣。或言山谷所擬勝東坡，此皮膚之見也。彼雖力加奇險，要出第二，何足多貴哉？且東坡後篇自破前說，此乃眼目，而山谷兩篇，只是東坡前篇意，吾未見其勝之也。〔註34〕

從這兩條可以看出，王若虛所謂「眼目旨趣」和「眼目」，其實皆是指文章之「意」。意是主，也是眼目，二者含義相同。蘇軾在作和陶詩的時候，能做到「因彼之意，以見吾意」，可見蘇東坡也是借和陶詩來抒發自己的心意，這才是和詩的珍貴價值。若是只在文字上用力，使文字著力於奴役文意，那和詩之作就會落入「面合心不合」之境地。上面第二條更是指出，東坡所作兩篇文中，第二篇可以在立意上推翻第一篇的命意而成為「眼目」，點出了「意」其實具有多樣性、多層含義，二者正是黃庭堅在作和陶詩時所沒有醒悟到的。而陶淵明在作《形影神》三首時已經達到了這個境界。這正是上乘詩人在「主意役文」的要旨下，對於「意」和「文」的巧妙安排。

王若虛繼承了趙秉文的詩文理論，因此有尚古、崇古之心。他就認為，古之人作詩就是秉持了「主意說」：

> 李師中《送唐介》詩，雜壓寒、刪二韻，《冷齋夜話》謂其落韻，而《緗素雜記》云「此用鄭谷等進退格」，《藝苑雌黃》則疑而兩存之。予謂皆不然。謂之落韻者，固失之太粗，而以為有格者，亦私立名字，而不足據，古人何嘗有此哉？意到即用，初不必校，古律皆然，胡乃妄為云云也？但律詩比古稍嚴，必親鄰之韻乃可耳。〔註35〕

〔註33〕（金）王若虛：《滹南遺老集》，卷三十九第十條，第454頁。

〔註34〕（金）王若虛：《滹南遺老集》，卷三十九第十三條，第456頁。蘇軾曾作《薄薄酒二首並引》，後黃庭堅作《薄薄酒二章並引》，具體內容可見蘇黃二人詩集。

〔註35〕《滹南遺老集》卷四十第二十四條，第483頁。現將文中所提相關內容列舉

王若虛點出了「意到即用」，這四個字可謂是精練而準確。只要意能達到，那麼遣文用字就是順其自然、水到渠成之事，根本不必斤斤計較。而「落韻」、「進退格」等事，古之人何嘗有此哉？

但是王若虛這些理論的闡釋，很容易令人誤讀為是他主張在創作詩文中不要去重視文辭的地位。其實王若虛並非這樣主張，他所主張的這種以意役文的做法，是一種比較性的——若實在不得已，只可取其一的話，則去文存意，正是「當論意不當泥句」視野。若並非非要去其一，那麼當然應該是文質並重了。

王若虛提出這一主張，旨在能去除尚奇求險的弊端，這並非只針對江西詩派作家而言。當時金代文壇風氣衰弊已久，劉祁曾說：「雷淵論文尚簡古，全法退之，詩亦喜韓，兼好黃魯直之新巧。」〔註 36〕表明當時以雷淵為首的作家直以黃庭堅為作詩典範，追求尖新奇險。這當然與宗蘇的王若虛在文學創作和文學理論上是大相徑庭的。因此王若虛的批評對象其實包括以李純甫、雷淵為代表的這一派，而且立場極為鮮明，用意也非常明顯。

但是，我們也應該看到，與王若虛持相同觀點的也大有人在。比如宋代陳正敏在《遯齋閒覽》中就有「凡詩之詠物，雖平淡巧麗不同，要能以隨意造語為工。」〔註 37〕一句。「隨意造語」中的「隨」字可謂神來之筆，將意與文二者的主從關係一下子點透了。後來，元好問也繼承了王若虛的這一理論，在王的闡釋基礎上，將此有關意與文的理論做了一番生動的比喻：

> 麻信之、杜仲梁、張仲經，正大中同隱內鄉山中，以作詩為業。人謂東南之美，盡在是矣。予嘗竊評之：仲梁詩如偏將軍將突騎，

如下：《冷齋夜話》卷四寫到：「昔李師中作《送唐介謫官》詩曰：『去國一身輕似葉，高名千古重於山。並遊英俊顏何厚，未死奸諛骨已寒。』云云。已而聞介赴月首上官李大敬以書索其詩。唐公笑曰：『吾正不用此無寸馬落顏詩。』遂以還之。李大敬久之乃悟。一身千古非挾對，與荊公措意異矣。」又，《苕溪漁隱叢話》前集卷三一引《緗素雜記》曰：「鄭谷與僧齊己、黃損等共定今體詩格云：凡詩用韻有數格：一曰葫蘆，一曰轆轤，一曰進退。葫蘆韻者，先二後四；轆轤韻者，雙出雙入；進退韻者，一進一退。失此則繆矣。……按《韻略》，難字第二十五，山字第二十七，寒字又在二十五，而還字又在二十七。一進一退，誠合體格，豈率而為之哉？近閱《冷齋夜話》載當時唐、李對答語言，乃以此詩為落韻詩，蓋渠伊不見鄭谷所定詩格有進退之說，而妄為云云也。」《詩人玉屑》卷二亦引此內容。

〔註 36〕（金）劉祁：《歸潛志》卷八，第 88 頁。

〔註 37〕（宋）胡仔纂集，廖德明點校：《苕溪漁隱叢話》前集卷二十七，第 189 頁。

利在速戰，屈於遲久，故不大勝則大敗；仲經守有餘而攻戰不足，故勝負略相當；信之如六國合從，利在同盟而敝於不相統一，有連雞不俱棲之勢，雖人自為戰，而號令無適從，故勝負未可知。光弼代子儀軍，舊營壘也，舊旗幟也，光弼一號令而精彩皆變。第恐三子者不為光弼耳。〔註 38〕

元好問以三位詩人（麻革、杜仁傑、張仲經）和一位大將軍（李光弼）作比，來討論「意」的重要性：杜仁傑之詩的問題在於「意」不穩定，不能「遲久」；張仲經之詩的「意」稍嫌不足，導致不出彩；麻革之詩的「意」則屬於無法貫穿和前後統一。此三人之意，若是與李光弼將軍的帶兵相比，則明顯居於下位。因為若是將李光弼帶兵打仗比喻為作詩的話，那麼其實他是以文辭為從役，居於次要地位（舊營壘和舊旗幟）；而是以意（即發號指令）為主，因此元好問認為此三人不如光弼耳。

元好問所指的意不穩、意不足、意不貫穿的問題，正好與周昂及王若虛所論是互相補充的。同時，元好問在其詩論中常常提及「深入理窟」幾個字，正是他強調用意要深穩和貫穿的表現。明代李東陽也曾在自己的詩話集中提到「詩貴意」的說法，這都是與王若虛之論遙相呼應。

宋之後，沿用王若虛之論的人越來越多。王夫之在《薑齋詩話》中說道：「無論詩歌與長行文字，俱以意為主，意猶帥也。」〔註 39〕沈德潛則強調了「文以意勝而不以字勝」〔註 40〕的主張。黃子雲說：「身置題內而意達於外，雖縱橫馳鶩，不離個中。」〔註 41〕也是受其影響。而袁枚在《續詩品》中說道：「意似主人，辭如奴婢。」〔註 42〕則更是非常直接地沿用了王若虛的話來論詩。

而由王若虛的「主意役文」之說，可以看出他在詩文理論方面的另一個傾向：偏愛條理清晰、意思明確的詩，而對於那些比較晦澀深迂的作品則比較排斥，比如他之所以喜愛白居易的詩歌，就是因為白樂天之「俗」。這與他要求文章平實、通順、易懂等要求是分不開的。

〔註 38〕（元）元好問：《麻杜張諸人詩評》，《元好問全集》卷三十九，第 85 頁。

〔註 39〕（清）王夫之：《薑齋詩話》卷二，人民文學出版社，2012 年版，第 146 頁。

〔註 40〕（清）沈德潛：《說詩晬語》卷下，鳳凰出版社，2010 年版，第 120 頁。

〔註 41〕（清）黃子雲著，（清）丁福保編：《野鴻詩的》，《清詩話》，上海古籍出版社，1978 年，第 855 頁。

〔註 42〕（清）袁枚著，（清）丁福保編：《續詩品》，《清詩話》，第 1029 頁。

三、論妙在形似之外

王若虛曾提出：「妙在形似之外，而非遺其形似。」

> 東坡云：「論畫以形似，見與兒童鄰。賦詩必此詩，定非知詩人。」〔註43〕夫所貴於畫者，為其似耳。畫而不似，則如勿畫。命題而賦詩，不必此詩，果為何語！然則坡之論非歟？曰：論妙在形似之外，而非遺其形似，不窘於題，而要不失其題，如是而已耳。世之人不本其實，無得於心，而藉此論以為高。畫山水者，未能正作一木一石，而託雲煙杳靄，謂之氣象。賦詩者，茫昧僻遠，按題而索之，不知所謂，乃曰格律貴爾。一有不然，則必相嗤點，以為淺易而尋常，不求是而求奇，真偽未知，而先論高下，亦自欺而已矣，豈坡公之本意也哉？〔註44〕

王若虛的這段話可謂是不厭其詳地將世人對東坡論詩的誤讀一一進行辯解。蘇軾論詩主張詩境的高妙和超凡脫俗，王若虛則是在平實中追求超遠，二人之論本來不盡相同。因此，這段話就可以理解為是王若虛對於自己「形似觀」的詳細詮釋了。所謂「妙在形似之外，而非遺其形似」之言，實乃一代文學理論大家的真知灼見。這和呂本中在《童蒙訓》中所謂「不待分明說盡，只髣髴形容，便見妙處」的言論可以互相闡發、詮釋。「髣髴從容」正是指不遺形似而妙在形似外之意。而明代謝榛則同樣闡述道：「務新奇則太工，辭不流動，氣乏渾厚。」〔註45〕他的這句話，旨在強調若求奇務新，則不能得妙於形似之外，這是不可取的。陸時雍也受到了王若虛的影響，他在《詩境總論》裏有兩處闡發：「詩之真趣，又在意似之間，認真，則又死矣。」「夫詠物之難，非肖難也，惟不局局於物之難。」

此外，王若虛又有一段駁斥邵博的論述：

> 邵公濟嘗言：「遷史、杜詩，意不在似，故佳。」此謬妄之論也。使文章無形體邪？則不必似；若其有之，不似則不是。謂其不

〔註43〕此詩為蘇軾《書鄢陵王主簿所畫折紙二首》之一：「論畫以形似，見與兒童鄰。賦詩必此詩，定非知詩人。詩畫本一律，天工與清新，邊鸞雀寫生，趙昌花傳神。何如此兩幅，疏澹含精勻。誰言一點紅，解寄無邊春。瘦竹如幽人，幽花如處女。低昂枝上雀，搖盪花間雨。雙翎決將起，眾葉紛自舉。可憐採花蜂，清蜜寄兩股。若人富天巧，春色入毫楮。懸知君能詩，寄聲求妙語。」

〔註44〕（金）王若虛：《滹南遺老集》，卷三十九，第455頁。

〔註45〕（明）謝榛：《四溟詩話》卷三，人民文學出版社，2006年版，第93頁。

主故常，不專蹈襲可矣。而云「意不在似」，非夢中語乎？〔註 46〕

予謂文貴不襲陳言，亦其大體耳，何至字字求異？如翱之說，且天下安得許新語邪？甚矣，唐人之好奇而尚辭也。〔註 47〕

夫文章豈有定法哉？意所至則為之，題意適然，殊無害也。〔註 48〕

以上皆收錄在王若虛《文辨》之中，是對文章的評論，但可看出，王若虛在文論與詩論上的觀點是一致的。而且他是追求形似、不主故常的。這與陳師道所謂「善為文者，因事出奇，江河之行，順下為已。至其觸山赴谷，風摶物激，然後盡天下之變」是相吻合的，差別只在於強調語言文字（即形式）的自然性（即所謂「適其宜」）上。

雖然王若虛針對當時「世之人不本其實，無得於心，而藉此論以為高」的弊端，提出了「妙在形似之外」的理論，但是他也肯定了所謂的文章應該追求形似，亦應該在文字上下工夫的必然性。但是，所謂「詩家聖處，不離文字，不在文字」〔註 49〕才是文學創作的最高境界。

四、理順為宜

「理應通順」這一主張，與王若虛的文章之論基本相同。他認為，「古之詩人，雖趣尚不同，體制不一……至其詞達理順，皆足以名家」〔註 50〕，而「理不可通」乃詩文之大病。

他評論黃庭堅的詩詞時，曾這樣批評道：

《食瓜有感》云：「田中誰問不納履，坐上遍來何處蠅。」是固皆瓜事，然其語意，豈可相合？〔註 51〕

山谷贈小鬟《驀山溪》詞，世多稱賞，以予觀之……「只恐遠歸來，綠成陰，青梅如豆。」按杜牧之詩，但泛言花已結子而已，今乃指為青梅，限以如豆，理皆不可通也。〔註 52〕

〔註 46〕（金）王若虛：《滹南遺老集》，卷三十四，第 385 頁。
〔註 47〕（金）王若虛：《滹南遺老集》，卷三十六，第 407 頁。
〔註 48〕（金）王若虛：《滹南遺老集》，卷三十六，第 415 頁。
〔註 49〕（元）元好問：《陶然集引》，《元好問全集》卷三十七。
〔註 50〕（金）王若虛：《滹南遺老集》，卷四十，第 477 頁。
〔註 51〕（金）王若虛：《滹南遺老集》，卷四十，第 472 頁。
〔註 52〕（金）王若虛：《滹南遺老集》，卷四十，第 476 頁。詩中所指杜牧之詩為《歎花》：「自是尋芳去較遲，不須惆悵怨芳時。狂風落盡深紅色，綠葉成陰子滿枝。」

語意相合，也就是所謂的「辭達理順」的意思。詩歌的創作，必須要講究內在意義的聯繫和生發脈絡，才可稱為佳作。而這裡的「理不通」，也可以理解為意不穩，或意不順。王若虛認為黃庭堅作詩，雖然典故繁富，妄求字句精典，但實際仍屬「不當理」之詩，於是任他「身後五車書」也徒勞，只能落為「俗子謎」：

> 《猩毛筆》云：「身後五車書。」……以予觀之，此乃俗子謎也，何足為詩哉？〔註 53〕

而王若虛對黃庭堅其他的詩歌也批評得不留情面：

> 山谷《牧牛圖》詩，自謂平生極至語，是固佳矣，然亦有何意味？黃詩大率如此，謂之奇峭，而畏人說破，元無一事。〔註 54〕
>
> 詩人之語，詭譎寄意，固無不可，然至於太過，亦其病也。山谷《題惠崇畫圖》云：「欲放扁舟歸去，主人云是丹青。」使主人不告，當遂不知。〔註 55〕

王若虛認為黃詩經常「太過」，處於不當之境，這都是未能把握住穩妥、一貫之「意」的結果。其實王若虛在語言上是主張「天生好語」和「詩人之語，詭譎寄意」的，他反對的只是江西派詩人那種「詩語徒鐫刻，而殊無以為」的做法，以及他們始終爭字句的行為。這與他強調文章方以自得為貴的主張是互相呼應的。

因此，王若虛最深惡痛絕的就是「不求當而求新」的創作。北宋范溫所著《潛溪詩眼》曾論：

> 文章論當理不當理耳。苟當於理，則綺麗風花，同入於妙；苟不當理，則一切皆為長語。上自齊、梁諸公，下至劉夢得、溫飛卿輩，往往以綺麗風花累其正氣，其過在於理不勝而詞有餘也。老杜云：「綠垂風折筍，紅綻雨肥梅。」「岸花飛送客，檣燕語留人。」亦極綺麗，其模寫景物，意自親切，所以妙絕古今。〔註 56〕

范溫所言正是極好地詮釋了王若虛之論。語言綺麗與文理通順不是矛盾的，二者可以很好地結合起來。

〔註 53〕（金）王若虛：《滹南遺老集》，卷四十，第 475 頁。
〔註 54〕（金）王若虛：《滹南遺老集》，卷四十，第 474 頁。
〔註 55〕（金）王若虛：《滹南遺老集》，卷四十，第 476 頁。
〔註 56〕范溫之語見（宋）胡仔纂集，廖德明點校：《苕溪漁隱叢話》前集卷十所引，第 66、67 頁。

吳喬在《圍爐詩話》中也曾感慨道：「作詩者意有寄託則少，惟求好句則多。」這裡「有寄託」其實比「理順」的要求更高了一個臺階，但是所論是指仍是和王若虛之論相同。

第二節　王若虛詩歌理論的創作技巧論

王若虛的詩歌創作論，其實與論文之處有許多相同之處。而這些理論恰好是他基本原理的實踐。

一、巧拙相濟，文質並重

在文質和巧拙的問題上，王若虛持折衷的態度。這與他一貫客觀、平實的批評觀相符。在內容上，王若虛繼承了其舅周昂的「主意役文」，在形式上，他又始終反對「雕琢太過」、「經營太深」的表達方式。

> 以巧為巧，其巧不足，巧拙相濟，則使人不厭。唯甚巧者，乃能就拙為巧。所謂遊戲者，一文一質，道之中也。雕琢太甚，則傷其全。經營過深，則失其本。〔註57〕

雖然這是王若虛直接引用的周昂的言論，但是王若虛將其繼承之後，成為自己詩學理論的一部分。雖然藝術離不開技巧，但是技巧並不能主宰藝術的創作。「以巧為巧」，是舍本逐末的做法，因為那將會使文字變得空洞，欠缺了情趣和意味，這樣的話技巧也就失去了意義。只有巧拙相濟，主役兼顧，才能創作出趣意盎然的佳作，使人讀之不厭。至於他說到的「就拙為巧」，則是「甚巧者」才能辦到的。同時，王若虛借「遊戲」一詞，來比喻創作時的心態：得之無心，隨心所欲；志趣交融。正因為無心，所以能夠順依自然之勢，使文與質融洽地結合在一起；二者兼得，自然就能作出「天生好語」了。這正像他誇讚蘇軾之詩文：

> 東坡《南行唱和詩序》云：「昔人之文，非能為之為工，乃不能不為之工也。山川之有雲，草木之有華實，充滿勃鬱而見於外，雖欲無有，其可得耶？故予為文至多，而未嘗敢有作文之意。」時公年始冠耳，而所有如此，其肯與江西諸子終身爭句律哉？〔註58〕
>
> 東坡，文中龍也，理妙萬物，氣吞九州，縱橫奔放，若遊戲

〔註57〕（金）王若虛：《滹南遺老集》，卷三十八，第437頁。
〔註58〕（金）王若虛：《滹南遺老集》，卷三十九，第461頁。

然，莫可測其端倪〔註59〕。

王若虛對於蘇軾在年二十四歲時已有的獨到、精準的見解讚不絕口，而這些也可作為對王若虛巧拙和文質觀點的注腳，強調了行文應若遊戲然。只有做到不求甚文，不求甚巧，才能到達「道之中」，從而走向平實和穩重。

二、切合身份

提到這個主張，王若虛的本意仍是強調文章不可一味求奇而背離實際。他的這個創作理論主要是針對江西派詩人闡發的。

> 東坡《章質夫惠酒不至》詩，有「白衣送酒舞淵明」之句。《鞏溪詩話》云：「或疑舞字太過，及觀庾信《答王褒餉酒》云『未能扶畢卓，猶足舞王戎』，乃知有所本。」予謂疑者但謂淵明身上不宜用耳，何論其所本哉〔註60〕？

這一段話的含義有兩層。首先，古之人作詩時，詩中所作的比喻或使用的意象，應當要切合當時古人的身份，不可為求奇而背實。其次，評論詩歌時不必非要追根溯源，查明每一字的出處。所謂「字字有來歷」是王若虛不贊同的。這與前文所論述的王若虛反對黃庭堅「奪胎換骨」之法，認為此說毫無價值，意義是相同的。

另一條資料中，王若虛這樣評價黃庭堅之詩：

> 山谷詩云：「新婦磯邊眉黛愁，女兒浦口眼波秋。」自謂以山色水光替卻玉肌花貌，真得漁夫家風。東坡謂其太瀾浪，可謂善謔。蓋漁夫身上，自不宜及此事也〔註61〕。

所謂「不宜及此事」，正說明了黃詩中所用的吟詠是不貼合人物身份的。自然這也是別的詩人會欠缺考慮之處。當論及某個行業的人物時，詩中的命意必須要符合人物身份和背景。對漁夫人家來說，「眉黛」和「眼波」是很不合時宜的，與漁人的真實生活有著較大的差距。黃庭堅這樣描寫，無異於使務農的村婦穿上滿身綢緞綾羅、戴上滿頭首飾一般，因此得到了蘇軾和王若

〔註59〕（金）王若虛：《滹南遺老集》，卷三十九，第461頁。

〔註60〕（金）王若虛：《滹南遺老集》，卷三十九，第459頁。蘇軾原詩題為《章質夫送酒六壺，書至而酒不達，戲作小詩問之》。

〔註61〕（金）王若虛：《滹南遺老集》，卷三十九，第46頁。黃庭堅原詩為《浣溪沙》：新婦磯邊眉黛愁，女兒浦口眼波秋，驚魚錯認月沈鉤，青箬笠前無限事。綠蓑衣底一時休，斜風吹雨轉船頭。

虛的一致批判。

三、語意貫穿

此條創作方法仍是王若虛針對黃庭堅的詩歌而發。前文曾引王若虛評黃庭堅《食瓜有感》一詩，提到此詩文理不順。那麼在創作時，就應該注意不要為了使用典故，而把典故勉強地拼湊在一起〔註 62〕。這樣的話，詩歌就像一道謎語一般，讓人讀了有不明之感，這樣的詩歌就不是一首好詩。因此，語意貫穿才是工妙。

> 魯直於詩，或得一句而終無好對，或得一聯而卒不能成篇，或獨有得而未知可以贈誰，何嘗見古之作者如是哉〔註 63〕？

這也是批評黃庭堅之詩有語意無法貫穿的毛病。而其中所謂「得而未知可以贈誰」一句更是點出了黃詩有「無病呻吟」之意。因此，王若虛一直視黃庭堅為詩之造匠之人，而不是一個真正的詩人，因為古之詩人的創作，應是「心有所得而不能不發」的產物。這種情境下吟詠出的詩文，肯定是不會有語意斷續、造境扞格之失。

四、詩貴含蓄

含蓄，是詩歌作品表達意境的重要手段之一，一般是指用暗示或不露痕跡的方式，來營造出「言有盡而意無窮」的效果。

劉勰曾經在《文心雕龍．隱秀篇》中這樣闡述過：「夫隱之為體，義主文外，私響傍通，伏采潛發，譬爻象之變互體，川瀆之韞珠玉也。故互體變爻，而化成四象，珠玉潛水，而瀾表方圓。」〔註 64〕

儘管王若虛在評論詩歌作品時，有著明顯的重視明朗、清晰之詩的偏好，但是與此同時，他也念念不忘「詩貴含蓄」的創作原則，因此他也強調了詩歌貴在「不露痕跡」、渾然天成。

〔註 62〕黃庭堅《食瓜有感》全詩如下：「暑軒無物洗煩蒸，百果凡材得我憎。蘚井筠籠浸蒼玉，金盤碧筯薦寒冰。田中誰問不納履，坐上適來何處蠅。此理一杯分付與，我思明哲在東陵。」其中，上句用古樂府《君子行》中之「瓜田不納履，李下不正冠。」下句用《舊唐書．武儒衡傳》語：「時元稹依倚內官，得知制誥，儒衡深鄙之。會食瓜閣下，蠅集於上，儒衡以扇揮之曰：『適從何處來，而遽集於此？』同僚失色，儒衡意氣自若。」

〔註 63〕（金）王若虛：《滹南遺老集》，卷四十，第 478 頁。

〔註 64〕（梁）劉勰著，范文瀾注：《隱秀篇》，《文心雕龍注》卷八，第 632 頁。

> 前人有「紅塵三尺險，中有是非波」之句，此以意言耳。蕭閒詞〔註65〕云「市朝冰炭裏，滿波瀾」，又云「千丈堆冰炭」，便露痕跡〔註66〕。

在這裡，王若虛認為「是非波」一句已稍嫌太露，含蓄不足；更何況所謂「堆冰炭」這樣的字句。不過從時代特徵來看，宋代的詩人大部分作品都沒有以「含蓄不露」為主要創作目的，因此當時作品，包括金代的詩歌作品，都有「露痕跡」的表現。

若要做到「含蓄」，那麼就應該注意詩歌應「辭約而義繁，文外曲致」〔註67〕。正如劉勰所說的，如珠玉潛於川瀆，讓人讀後久久不能忘懷，並能沉思不已。在王若虛看來，杜甫詩歌的「渾全」，蘇軾詩歌的「端倪莫測」，白居易詩歌的「情致曲盡」，都是得力於其中透出的「含蓄」這一表現技巧，從而達到「深文隱蔚，餘味曲包」〔註68〕的藝術妙境。

五、注重字詞用法

王若虛在《滹南遺老集》中關於辨字詞用法的例子非常多，這說明他對這個問題是非常重視的。這與他在訓詁、校勘等文獻學方面的深厚功底分不開。《詩話》中約有十幾條，現僅列舉出兩條：

> 老杜《北征》詩云：「見耶背面啼」，吾舅周君謂「耶」當為「即」字之誤，其說甚當。前人詩中亦或用「耶娘」字，而此詩之體，不應爾也。〔註69〕

這條內容並不是王若虛要去批判杜詩，而只是對杜詩的某個他看到的版本進行校勘。王若虛並不反對用俗字或者俗語，他一貫很推崇白居易大俗之作，因為這樣更能貼近平凡生活，使讀者明白易懂。但是在杜甫的這首詩裏，「北征」的題目已經限定了此詩的基調——莊重、嚴肅，因此就不適宜在句中加入俗字或俗語；這顯示出王若虛的觀點是：遣詞造句必須與詩文風格和基調相符合，否則就會不合宜。

> 退之詩云：「豈不旦夕念，為爾惜居諸。」居諸，語辭耳，遂

〔註65〕即蔡松年之詞，前一句為蔡松年《小重山詞》，後一句為《永遇樂》。
〔註66〕（金）王若虛：《滹南遺老集》，卷四十，第490頁。
〔註67〕林明德：《中國傳統文學探索》，第536頁。
〔註68〕（梁）劉勰著，范文瀾注：《隱秀篇》，《文心雕龍注》卷八，第633頁。
〔註69〕（金）王若虛：《滹南遺老集》，卷三十八，第442頁。

以為日月之名，既已無謂，而樂天復云：「黀興相催逼，日月互居諸。」「恩光未報答，日月空居諸。」老杜又有「童丱聯居諸」之句，何也？〔註 70〕

這則論述中涉及的韓愈、白居易、杜甫三位詩人，都是王若虛在集中比較推崇和肯定的。但是以他一貫秉持的客觀、理性、冷靜的批評態度來看，他並不會一味包容自己喜歡的作家，而是就事論事，對詩不對人地去進行評論，可能會有「不留情面」之嫌。

在這條內容中，王若虛認為「居諸」的用法雖然沒錯，但是用在詩中則不免可稱作是「敗筆」了。以「居諸」代表「日月」，這本是古人約定俗成的用法〔註 71〕，正如人們會用「而立之年」代指「三十歲」一樣。他認為，居、諸二字屬虛字，放在詩裏這樣用其實是不適宜的。從例子中看，其實白居易兩句詩最不恰當，將「日月」和「居諸」這樣使用，實屬離奇和多餘。

卷三十九中，王若虛評黃庭堅《雨絲》詩：

山谷《雨絲》詩云：「煙雲杳靄合中稀，霧雨空濛落更微。園客繭絲抽萬緒，蛛蝥網而罩群飛。風光錯綜天經緯，草木文章帝杼機。願染朝霞成五色，為君主補坐朝衣。」夫雨絲雲者，但謂其狀如絲而已。今直說出如許用度，予所不曉也。〔註 72〕

這是王若虛在譴責黃詩語句之失，認為闡發過度，句子空洞而無意義。

山谷詞云：「杯行到手莫留殘，不道月明人散。」嘗疑「莫」字不安，昨見王德卿所收東坡書此詞墨蹟，乃是「更」字也。〔註 73〕

此條中所引之詞為黃庭堅的《西江月》。王若虛認為黃詞中的「莫」字使用不恰當。後來在東坡墨蹟中發現是「更」字。兩字相比來看，用「莫」字的話，上下句讀來不相愜，改為「更」字則顯得意味更加深遠了。

類似辨析字、詞、句的內容在王若虛《滹南遺老集》中十分常見。可見這種剖析確實是王若虛非常擅長之處，同時也是他學術積累的結果。

〔註 70〕（金）王若虛：《滹南遺老集》，卷三十八，第 444 頁。

〔註 71〕最早可見於《詩經》。《邶風·日月》：「日居月諸，照臨下土。」「居」和「諸」本來是語氣助詞，後來借指日月、光陰之意。因此詩人們多在句中用「居諸」代替「日月」。除上文提到的三位作家，著名的還有明代李東陽的「肝腸中斷絕，日月幾居諸」(《哭舍弟東川》) 等。

〔註 72〕（金）王若虛：《滹南遺老集》，卷三十九，第 468 頁。

〔註 73〕（金）王若虛：《滹南遺老集》，卷三十九，第 469 頁。

六、反對句法

所謂「句法」，乃是指具體的遣詞造句之法則，起著標杆、準繩的作用。王若虛崇尚自然流暢，自然是反對在創作時一味以「句法」為參照系的。在他心中，黃庭堅之詩格之所以低於東坡，這是一個重要的因素：

> 東坡，文中龍也……魯直區區持斤斧準繩之說，隨其後而與之爭，至謂為之句法。東坡而未知句法，世豈復有詩人！而渠所謂法者，果安出哉？……魯直欲為東坡之邁往而不能，於是高談句律，旁出樣度，務以自立而相抗，然不免居其下也，彼其勞亦甚哉！〔註 74〕
>
> 古之詩人，雖趣尚不同……何嘗有以句法繩人哉？魯直開口論句法，這便是不及古人處。〔註 75〕

上文中的「句法」與「句律」是相同的含義。古之人作詩不以什麼法則來約束自己，因此佳句常有，而且有著渾然旨趣。黃庭堅卻不向古人學習，開口便談句法，以此，則已經失掉了詩歌的趣味。

因此，王若虛認為在創作中，句法是不必刻意去掌握或牢記的，是可以被忘記的；因為一旦被句法所拘，就可能弄巧成拙，使作品失卻意味。同時，王若虛還批評了黃庭堅對於句法的掌握是不得當的，是死板的「斤斧準繩」。若能合理、巧妙、恰當地運用，自然能使作品保持原有的風味。蘇軾在創作詩歌時，雖然未明確提出，但其實也自有蘇軾本人心中的一個句法作為指導的。

第三節　王若虛的詩歌欣賞論

在王若虛看來，應該如何去欣賞（或曰鑒賞）一篇詩文，也是有很多原則要遵循的。這些原則都與他的詩歌正理息息相關，也與他的創作論相互印證。

一、論「境趣」

嚴羽，南宋著名的詩論家和文人，生卒年不詳，字丹丘，一字儀卿，號滄

〔註 74〕（金）王若虛：《滹南遺老集》，卷三十九，第 461 頁。
〔註 75〕（金）王若虛：《滹南遺老集》，卷四十，第 477 頁。

浪逋客，人稱嚴滄浪。在他的詩論著作《滄浪詩話》中，他最先提出了「興趣說」:「夫詩有別材，非關書也；詩有別趣，非關理也。……詩者，吟詠情性也。盛唐諸人惟在興趣，羚羊掛角無跡可求。故其妙處透徹玲瓏不可湊泊，如空中之音、相中之色、水中之月、鏡中之象，言有盡而意無窮。」〔註76〕開創了一個新的美學概念，倡導要以「興趣」之味來論詩。這一美學思想在當時以至後世都引起了強烈的反響。而作為比嚴羽年長幾歲的王若虛，其實也在自己的著作中提出了與嚴羽「興趣說」旨味相似的「境趣說」；他和元好問一起以「境趣」立言，與南方的嚴羽的「興趣說」一起，可謂是「相映成趣」了。

王若虛在《詩話》中明確提出「境趣」一詞的是評價盧延讓〔註77〕之詩：

> 盧延讓有「栗爆燒氈破，貓跳觸鼎翻」之句，楊文公深愛，而或者疑之。予謂此語固無甚佳，然讀之可以想見明窗溫爐閒閒坐之適。楊公所愛，蓋其境趣也耶？〔註78〕

其實從這裡也可以看出來，雖然有「境趣」，但是這首詩並不是王若虛眼中詩歌的上佳之作。因為王若虛既說了盧詩是「固無甚佳」，又說「蓋其境趣也」，這說明他沒有把是否有境趣看做一個較高的詩歌標準。

後來，元好問發展並深化了「境趣」一詞，使其近似於「境界」，並且將境趣看做了一個很高的標準。比如他在《敏之兄墓銘》中自述道:「吾得年未能三十，境趣能開擴乎？」〔註79〕又在《劉景玄墓銘》文中提到:「作為文章，淵綿緻密，視之若平易而態度橫生，自有奇趣。〔註80〕」雖然第二句中，元好問用的是「奇趣」一詞，但是之前的「態度橫生」已經有了「意境」，因此二者合起來其實就是「境趣」說的加強版。

除了用「境趣」一詞，王若虛還用過另外一些同類的詞語，來表示同樣的美學含義：

> 東坡和陶詩，……因彼之意，以見吾意云爾，曷嘗心競而較其勝劣耶？故但觀其眼目旨趣之何如，則可矣。〔註81〕

〔註76〕（宋）嚴羽著，郭紹虞校釋:《滄浪詩話》，第26頁。

〔註77〕盧延讓，又名盧延遜，字子善，唐昭宗光化三年（公元900年）進士。《全唐詩》卷七一五錄其詩十三首。

〔註78〕（金）王若虛:《滹南遺老集》，卷三十九，第452頁。

〔註79〕（元）元好問:《敏之兄墓銘》，《元好問全集》卷二十五，第608頁。

〔註80〕（元）元好問:《劉景玄墓銘》，《元好問全集》卷二十三，第582頁。

〔註81〕（金）王若虛:《滹南遺老集》，卷三十九，第454頁。

古之詩人，雖趣尚不同，體制不一，要皆出於自得。〔註 82〕

「旨趣」、「趣尚」兩詞的含義較「境趣」來說更豐富一些。還有一個與「境趣」一詞相近的、宋人們習慣使用的詞為「思致」。如曾季狸在《艇齋詩話》中論詩時曾說過：「唐人有『風高雲夢夕，月滿洞庭秋。』又李端『水傳雲夢曉，山接洞庭春。』二詩思致相似。」

除了這兩個詞，王若虛在一些闡述中並沒有強調「趣」字，但是也可以看出來他是很重視「境趣」這一方面的：

風韻如東坡，而謂不及於情，可乎？彼高人逸才，正當如是，其溢為小詞，而間及於脂粉之間，所謂滑稽玩戲，聊復爾爾者也。若乃纖豔淫媟，入人骨髓，如田中行、柳耆卿輩，豈公之雅趣也哉？〔註 83〕

這裡用了「雅趣」，雖然更多的是形容蘇軾的氣質、風格，但是也從側面點出了他的作品風格其實是與他本人相符的。一個「趣」字，既形容出了蘇軾寫詩作文時那種隨意恣肆的形態，更是與蘇軾強調的創作要從胸肺中流出、不可多加約束的原則相呼應，而這正是王若虛最為推崇之處。

但是，如同前文提到的那樣，王若虛是非常看不慣蘇軾因為酷愛陶淵明《歸去來辭》而作的次韻詩和長短句（即詞）的。因為這樣既會「近俗」，又會使作品呈現出或破碎或瑣屑的面貌。這樣的話，作品就毫無境趣可言。由對蘇軾次韻詩的評論可以看出，王若虛深知一位具有「雅趣」的大詩人，也會在一些失敗的作品中變得卑俗而毫無境趣的。不過王若虛也並非只針對蘇軾一人，他想表達的是對次韻和集句的反感之情。因為這兩種創作方式可謂是宋代詩歌的普遍特色之一，雖然後人們都論其缺乏生機或情趣，被詬病，但是它在當時宋代詩壇的流行卻是不爭的事實。王若虛發此言論，力在喚醒眾人，不要趨之若鶩地追隨潮流，而是要看清事物的本質。

由上可知，王若虛所論的「境趣」，雖與嚴羽之「興趣」相近，但是前者內在的品格是低於後者的。他提出這個美學概念，主要是想在「高境界」和「別致」之間尋找一種趣味，以此表達自己並不是以追求平淡（或平實）、寫實、客觀的文風為最終旨歸。元好問所論的「境趣」實是由王若虛的理論深化發展而來的，二者內涵幾近相同。

〔註 82〕（金）王若虛：《滹南遺老集》，卷四十，第 477 頁。
〔註 83〕（金）王若虛：《滹南遺老集》，卷三十九，第 459 頁。

二、反對迂拘

平實的文風一直是王若虛在文論和詩論中強調的。在欣賞和評論時，這也是他關注的重點。就詩歌來說，他最反對的就是那種曲解詩意，不知變通，拘泥於末理的作品。他曾經這樣評論：

> 柳公權「殿閣生微涼」之句〔註84〕，東坡罪其有美而無箴，乃為續成之，其意固佳，然責人亦已甚矣。呂希哲曰：「公權之詩，已含規諷。蓋謂文宗居廣廈之下，而不知路有暍死也。」洪駒父、嚴有翼皆以為然。或又謂五弦之薰，所以解慍阜財，則是陳善閉邪責難之意。此亦強勉而無謂，以是為諷，其誰能悟？予謂其實無之，而亦不必有也。規諷雖臣之美事，然燕閒無事，從容談笑之暫，容得順適於一時，何必盡以此而繩之哉？且事君之法，有所寬乃能有所禁，略其細故於平素，乃能辨其大利害於一朝。若夫煩碎迫切，毫髮不恕，使聞之者厭苦而不能堪，彼將以正人為仇矣，亦豈得為善諫耶？〔註85〕

呂希哲、洪駒父、黃徹等人均認為柳公權這一句聯句是含著譏諷之意的，世人也大多贊同。王若虛卻認為不然。他提出，柳詩未必含有規諷之意，這只是後人們的妄加揣測；根本無需刻意地去過度解讀柳公權詩句背後的含義，更何況後來蘇軾續寫的句子。如果一定要解讀成規諷的詩句去大肆闡發，那就不免有些「強說辭」和過度闡釋了。

> 杜詩稱李白云「天子呼來不上船」〔註86〕，吳虎臣《漫錄》〔註87〕以為范傳正《太白墓碑》云「明皇泛白蓮池，召公作引，時公已被酒於翰苑中，乃命高將軍扶以登舟。」杜詩蓋用此詩。而夏

〔註84〕據《舊唐書》卷一六五《柳公權傳》云：「文宗夏日與學士聯句，帝曰：『人皆苦炎熱，我愛夏日長。』公權續曰：『薰風自南來，殿閣生微涼。』」按：柳公權，唐代著名書法家。

〔註85〕（金）王若虛：《滹南遺老集》，卷三十八，第440頁。

〔註86〕原詩為杜甫《飲中八仙歌》：「知章騎馬似乘船，眼花落井水底眠。汝陽三斗始朝天，道逢曲車口流涎，恨不移封向酒泉。左相日興費萬錢，飲如長鯨吸百川，銜杯樂聖稱世賢。宗之瀟灑美少年，舉觴白眼望青天，皎如玉樹臨風前。蘇晉長齋繡佛前，醉中往往愛逃禪。李白一斗詩百篇，長安市上酒家眠。天子呼來不上船，自稱臣是酒中仙。張旭三杯草聖傳，脫帽露頂王公前，揮毫落紙如雲煙。焦遂五斗方卓然，高談雄辯驚四筵。」

〔註87〕即吳曾《能改齋漫錄》。

彥剛謂蜀人以襟領為船，不知何所據？《苕溪叢話》亦兩存之。予謂襟領之說，定是謬妄。正使有據，亦豈詞人通用之語。此特以「船」字生疑，故爾委曲。然范氏所記，白被酒於翰苑，而少陵之稱，乃「市上酒家」，則又不同矣。大抵一時之事，不盡可考。不知太白凡幾醉，明皇凡幾召？而千載之後，必於傳記求其證邪？且此等不知，亦何害也？〔註 88〕

雖然在《滹南遺老集》中，王若虛擅長辨析，時常從字詞用法、文法或用典的角度去辨析詩文作品，但那是站在校勘學的角度來看待作品，所進行的研究和闡發是客觀的、有著一定判定準則的。可是上面引的這則例子中，吳曾的《漫錄》和胡仔的《苕溪漁隱叢話》卻不是這樣。他們試圖去將詩歌中的歷史事件進行準確地求證。但是這又何必呢？一味地追求事實，就會走上迂腐、刻板的道路。若是這樣的話，又如何能夠真正領悟詩歌的魅力和趣味呢？因此，王若虛意在提醒人們，在欣賞時，做到對詩歌本身進行賞析即可，不必去過度考證或闡釋詩中的事件或史實了。

關於「迂拘末理」，王若虛舉了一個很典型的例子：

崔護詩云：「去年今日此門中」，又云「人面祇今何處去」，沈存中曰：「唐人工詩，大率如此，雖兩『今』字不恤也。」劉禹錫詩云「雪裏高山頭白早」，又云「於公必有高門慶」，自注云：「高山本高，於門使之高，二義殊。」三山老人曰：「唐人忌重迭用字如此。」二說何其相反歟？予謂此皆不足論也。〔註 89〕

這個例子實在是拘泥於末理的最好代表了。詩中文辭本無意於強調「疊字」，卻被他人反覆解釋，似是非要往「唐人忌重疊」這一說法上靠。王若虛只有一句「此皆不足論也」，淋漓暢快地表達了自己對這種迂腐之論的看法，如快刀斬亂麻，用寥寥數字表達自己明確看法，這實在是王若虛之言論的獨特魅力。

三、以俗為雅

關於詩文中的「俗字」，蘇軾一直力主並實踐著。繼宋初詩人梅堯臣提出了「以俗為雅」之後，蘇軾對此論進行了擴充和發展，使這個理論成為宋

〔註 88〕（金）王若虛：《滹南遺老集》，卷三十八，第 441 頁。
〔註 89〕（金）王若虛：《滹南遺老集》，卷三十八，第 446 頁。

時詩人們一個非常重要的審美觀念。王若虛承襲了蘇軾的理論，認為不應「忌俗」：

> 近代詩話云：「杜詩云『皂雕寒始急』，白氏歌云『千呼萬喚始出來』，人皆以為語病，其實非也。事之終始則音上聲，有所宿留則音去聲。〔註90〕」予謂不然。古人淳致，初無俗忌之嫌，蓋亦不必辨也。〔註91〕

這條內容，包含了三個層面的含義。第一層含義，是辨析「始」字的音調與字義的問題；第二層面上，是認為「千呼萬喚始出來」中的「始」字有語病，用得不恰當；而最深一層含義，則是王若虛指出的古之人並不忌諱用「俗字常語」的事實，所謂「街談市語，皆可入詩」也。比如蘇軾的「但尋牛矢覓歸路，家在牛欄西復西」（《被酒獨行，遍至子雲、威、徽、先覺四黎之舍三首》其一）；「三杯軟飽後，一枕黑甜香」（《發廣州》）等等。而被王若虛奉為詩之「典謨」的杜甫，也曾在詩中使用過「買賣」、「箇」等俗字詞。

而比王若虛略早的南宋詩論家張戒的闡述比王若虛之論更加細緻和積極。他在《歲寒堂詩話》（上卷）中云：「世徒見子美詩多麤俗，不知麤俗語在詩句中最難。非麤俗，乃高古之極也。」〔註92〕這代表了當時詩人們對俗字的態度：不以「俗」為俗，而是將其看作一種更高層次的「雅」和「工」。《漫叟詩話》云：「詩中有拙句，不失為奇作。若退之《逸詩》云『偶上城南土骨堆，共傾春酒兩三杯』。子美詩云『兩箇黃鸝鳴翠柳，一行白鷺上青天』之類是也。」〔註93〕明代著名文學家楊慎也直截了當地點出「詞愈俗愈工」的看法。

四、反對模仿

王若虛在《詩話》（上）第一則就敘述了杜甫詩集中摻入偽作的事情：

> 世所傳《千注杜詩》，其間有曰新添者四十餘篇……蓋後人依仿而作，欲竊盜以欺世者……其詩大抵鄙俗狂瞽，殊不可訓。蓋學

〔註90〕此處應指宋人王觀國所撰《學林》卷九之引《李希聲詩話》的內容。王觀國《學林》，田瑞娟點校，中華書局，2007年版。

〔註91〕（金）王若虛：《滹南遺老集》，卷三十八，第442頁。

〔註92〕（宋）張戒著，陳應鸞校箋：《歲寒堂詩話》，《歲寒堂詩話校箋》卷上，巴蜀書社，2000年版，第2頁。

〔註93〕（宋）胡仔纂集，廖德明點校：《苕溪漁隱叢話》前集卷九，第57頁。

步邯鄲，失其故態，求居中下且不得，而欲以為少陵，真可憫笑。〔註 94〕

王若虛此論並非專意於辨偽，也提出了反對模仿的觀點。自古以來，那些詩文大家的模仿者眾多，但是絕大部分的模仿者都有「自不量力」之嫌，「東施效顰」之態。愈是想要以假亂真，愈是能讓人一眼看穿。更何況，王若虛認為詩歌作品就如同人的面目一般。每個人的眼耳口鼻仔細觀察時都是千差萬別的。既然如此，那寫出的詩怎麼可能會完美地契合原作呢？

模仿他人之作，不光是無名小卒會做之事，哪怕是如蘇軾、黃庭堅這樣的大詩人也未能免俗：

蘇、黃各因玄真子《漁夫詞》增為長短句，而互相譏評。山谷又取船子和尚詩為《訴衷情》，而《冷齋》亦載之。予謂此皆為蛇畫足耳，不作可也。〔註 95〕

由此可見，模仿之作的弊病，是連蘇黃二人這樣的名家也避免不了的。只要是模仿之作，都會有略顯造作和「刻意求之而不得」的反作用。唐代張志和的《漁夫詞》可謂是「風韻天成」，被後世視為「詞家之祖」，有著無法比擬的天然趣味和意境，語言又不失清麗脫俗，因此被很多人喜愛。其實王若虛以「畫蛇添足」一詞比喻蘇、黃的依仿之作，是十分到位的；越是此種上等佳作，越是無法被模仿，更難被超越。

而黃庭堅的詩歌，在王若虛心中其實就屬於「模仿」或「抄襲」之作——因為在王若虛眼中，所謂「奪胎換骨」之法，其實只不過是黃庭堅自造名詞來為自己的剽竊冠以黠名而已：

魯直論詩，有奪胎換骨、點鐵成金之喻，世以為名言。以予觀之，特剽竊之黠者耳。魯直好勝，而恥其出於前人，故為此強辭，而私立名字。夫既已出於前人，縱復加工，要不足貴。〔註 96〕

王若虛可謂是將黃庭堅的思想點評得透徹見底：因為好勝，不願意承認自己的字句與前人相同或相近，因此起了一個「奪胎換骨」的名字來掩蓋。但其實只是為自己的「剽竊」行為立名罷了。因此，黃庭堅的詩歌是「不足貴」的。

〔註 94〕（金）王若虛：《滹南遺老集》，卷三十八，第 435 頁。
〔註 95〕（金）王若虛：《滹南遺老集》，卷三十九，第 466 頁。
〔註 96〕（金）王若虛：《滹南遺老集》，卷四十，第 479 頁。

五、論欣賞水平

在鑒賞詩歌或創作詩歌時，王若虛指出對於前人詩歌中，所用字詞的象徵用法，在閱讀和解釋時應理解透徹，不可只看字面意思。如：

> 樂天詩云：「楚王疑忠臣，江南放屈平。晉朝輕高士，林下棄劉伶。一人常獨醉，一人常獨醒。醒者多苦志，醉者多歡情。歡情信獨善，苦志竟何成。」〔註97〕夫屈子所謂「獨醒」者，特以為孤潔不同俗之喻耳，非真言飲酒也。詞人往往作實事用，豈不誤哉？〔註98〕

王若虛在這則言論裏將自己的看法表達地十分明確。他主要是指出了欣賞詩歌時，對於前人所用的字詞，不可只看其表面意思，而應該看出字詞的象徵意義，或謂暗喻之意。這就對詩人和詩論家自身的學術素養和欣賞水平提出了較高的要求。

另外，王若虛借用苑中〔註99〕對山谷詩句「管城子無肉食相，孔方兄有絕交書」〔註100〕的態度，來表達自己的心意。「極之不愛其下句」，這個感受王若虛是贊同的。「孔方兄」乃是比喻金錢的，這裡黃庭堅為「戲呈」而借用這個詞，使這個詞變得擬人化，讀來令人稍覺牽強。王若虛看來，黃庭堅非要用這種比喻之詞，其實還不如用常見之語，正所謂「山谷只知奇語之為詩，而不知常語亦詩也」〔註101〕。

由此看來，王若虛對於詩人和詩論家的欣賞水平，有著很高的要求。他對於一些詩話是不滿意的：

> 宋之問詩有云：「年年歲歲花相似，歲歲年年人不同。」或曰：「此之問甥劉希夷句也。之問酷愛，知其未之傳人，懇乞之，不與，之問怒，乃以土袋壓殺之。」〔註102〕此殆妄耳。之問固小人，然亦不應有是。年年歲歲，歲歲年年，何等陋語，而以至殺其所親乎？大抵詩話所載，不足盡信。〔註103〕

〔註97〕原詩為白居易《效陶潛體詩十六首》之十三。

〔註98〕（金）王若虛：《滹南遺老集》，卷三十八，第448頁。

〔註99〕苑中（1176～1232年），字極之，金代詩人，與王若虛生活在同一個時期。《中州集》卷八有小傳。

〔註100〕出自黃庭堅《戲呈孔毅夫》一詩。

〔註101〕（宋）張戒著，陳應鸞校箋：《歲寒堂詩話》，《歲寒堂詩話校箋》卷上，第103頁。

〔註102〕這個傳聞見載於（宋）阮閱所編《詩話總龜》前集卷二十九。

〔註103〕（金）王若虛：《滹南遺老集》，卷三十八，第448頁。

這是王若虛的感慨——某些詩話作者的欣賞水平，實在是不敢恭維啊！

同時，與王若虛自己的詩歌理論——追求意境——相對應，他認為在欣賞詩歌時，應該重點關注詩歌的意味是否雋永、深遠。若是只在表面做工夫，即使有好語、奇語、新語，也不可取。這一點主要還是針對江西派詩人而說的：

> 黄詩大率如此，謂之奇峭而畏人，說破元無一事。〔註 104〕

> 《王直方詩話》云：「秦少游嘗以真字題邢惇夫扇云：『月團新碾瀹花瓷，飲罷呼兒課楚辭。風定小軒無落葉，青蟲相對吐秋絲。』山谷見之，乃於扇背作小草云：『黃葉委庭觀九州，小蟲催女獻功裘。金錢滿地無人費，百斛明珠薏苡秋。』少游後見之，復云：『逼我太甚。』」〔註 105〕予謂黃詩語徒雕刻，而殊無意味，蓋不及少游之作。少游所謂相逼者，非謂其詩也，惡其好勝而不讓耳。〔註 106〕

王若虛在後一條內容中，十分明確地表達了自己對黃庭堅的嫌惡之情，也點評了秦少游、黃庭堅二人作題扇詩的水平高下。他恐怕人們因為黃庭堅的地位和名氣而被「蒙蔽」了雙眼，因此闡述得很明白：黃詩是沒有意味可言的。同樣的意思，秦少游用「飲罷呼兒課楚辭」這樣一句淺易、自然、通俗的語言來表達，讀來自有一番生活的趣味，使人倍感親切真實；但是黃庭堅則不然，他非要用「小蟲催女獻功裘」來表達，雖然遣詞用字十分工整，但是卻缺少了一種能夠直達讀者心中的力量——那就是王若虛所謂的「境趣」，因此讀來頓覺無味。這樣字字工整、典雅、莊重的詩句，是黃庭堅一直推崇的。其實從嚴格的句法、文法和深度來說，黃詩都是沒有問題的。只是在王若虛看來，他的詩彷彿都是「與人心相隔」、了無生機的文字排列組合而已。因此王若虛稱他為「詩匠」，而不是「詩人」。

強調意味的重要性時，王若虛還舉了下列的例子：

> 王仲至《召試館中》詩有「日斜奏罷《長楊賦》」之句，荊公改為「奏賦《長楊》罷」，雲如此語乃健。是矣，然意無乃復窒乎？〔註 107〕

〔註 104〕（金）王若虛：《滹南遺老集》，卷四十，第 474 頁。

〔註 105〕此軼事收錄於（宋）胡仔纂集，廖德明點校：《苕溪漁隱叢話》前集卷五十，第 338 頁。

〔註 106〕（金）王若虛：《滹南遺老集》，卷四十，第 480 頁。

〔註 107〕（金）王若虛：《滹南遺老集》，卷四十，第 482 頁。此條內容見載於（宋）胡仔纂集，廖德明點校：《苕溪漁隱叢話》前集卷五二所引《西清詩話》。

追求「語健」是無可厚非的，這也是王安石詩歌的一個長處。但是為了追求語健，而犧牲了語句的通順，從而導致詩句意蘊的毀損，就是得不償失了。改動之後的詩句，讀來生澀無趣，遠遠不如原詩的悠然自得之意。

但是王若虛在欣賞詩歌時，有時不免過於嚴苛和刻板，以至於看待問題的角度有些偏頗，在評論時有些過於絕對了，比如：

> 王子端《叢臺》絕句云：「猛拍闌干問廢興，野花啼鳥不應人。」若應人，可是怪事。〔註 108〕

王庭筠在詩中其實是用了擬人化的手法，這是一種想像的延伸。在這種表現手法中，任何本來無生命的事物都可以寄託作者的感情，使之變成或有心，或有情的事物。如果按王若虛所論，花、鳥應答就是怪事的話，那杜甫「感時花濺淚，恨別鳥驚心」一句中的花會落淚、鳥有感情，豈不是會把人嚇死？因此，王若虛的闡述有些時候也是過於武斷了。

總結

王若虛的詩歌理論主要體現在他的三卷《詩話》中。他對於詩歌，有很多獨到的觀點。與文學理論一樣，他主張天然之文，認為文章「自得」方為貴；從內容與形式的關係來看，仍是強調要以內容來統領形式，不可雕琢過甚、經營過深；作詩不應該只求「形似」，而是看到「妙在形似之外」等等。他的這些主張，基本上都是針對當時江西詩派為詩壇帶來的弊端而提出的。

因此，作為他詩歌原理的具體實踐，他在創作時，強調以下幾個原則：首先，詩歌語言需要雕琢，但不可過度；其次，詩歌的題材與內容應該與實際相符，不可一味求奇；第三，詩歌在語言上要注意前後一致，使詩意貫穿，做到首尾呼應；第四，詩貴含蓄；最後，在詩歌的題材上，王若虛反對次韻詩、集句詩等，認為此種題材不可稱之為「詩」，不具有「渾然天成」之韻味，屬於刻意求成之作，影響到詩歌應有的自然、流暢之美。

在賞析詩歌時，王若虛的出發點是基於「境趣」之說，強調應以沖淡、寫實的文風為旨歸，反對拘泥於理的迂腐之法。他注意到了宋人提出的「以俗為雅」，認為不應「忌俗」，因為俗字或俗語有時可以使詩歌具有一種樸實、天然無雕琢的意味，而這種意味其實也是一種至「雅」。而對詩歌創作強

〔註 108〕（金）王若虛：《滹南遺老集》，卷四十，第 476 頁。

調天然、發自真情的王若虛，十分反對模擬之作，尤其是十分抵制黃庭堅所謂「奪胎換骨」之法。他認為，江西詩派所謂「仿杜詩」的做法，其實就是一種變相的剽竊。而這種做法也出離了他所謂的詩歌出自天然、發乎真情的觀點。

最後，他認為除了應該具有基本的創作理論、一定的創作技巧外，詩人自身的欣賞水平也是十分重要的。比如，詩人在欣賞詩歌時不應只專注於研究詩作的表面工夫——字詞句的使用，而是應該關注於詩歌的內在：意味是否雋永，語意是否深健等等。對於詩論家來說，若是將自己的不當觀點寫入《詩話》一類的作品中，就會誤導後學。因此，無論是詩人還是詩論家，欣賞水平及學術素養都是非常重要的，不可忽視此兩點能力的培養。

當然，王若虛的理論也有其偏狹之處，最突出的一點就是，他對於詩歌作品中的「通感」、「移情」等修辭手段常常不予理解，而是提出批評，認為詩人的說法是與現實不符的。想來，這與他過於注重實際、性格過於嚴謹有著一定的關係。

第五章　王若虛的作家批評

作家批評在金代時並不常見，自王若虛開始，這股風氣日漸興盛，後來元好問、劉祁等人接過王若虛的衣缽，開創了金代作家批評的全面時代。作為理論家，王若虛的理論基礎紮實、眼光精準而獨到，而且常能發前人之未發、言前人所未想之論。他遠溯蘇軾，上承趙秉文、周昂，與同輩李純甫、雷淵等人互相切磋、辯論，日積月累，形成了自己的一套特有的文學理論和詩學理論的體系。以這套理論體系為基礎，王若虛在對歷代作家進行文學批評時，也依然十分出色。他的作家批評其實就是他個人理論的一個實際的驗證。因此，後人們十分重視他的作家批評，並出現了很多的追隨者。王若虛的作家批評，可謂是他成為金源一代最著名文學批評家的重要原因。

在王若虛的作家批評中，批評對象一般都是大家耳熟能詳的有一定名氣的作家，即所謂一流名家。這些作家們都是在歷史上有著較大影響力之人。王若虛對他們的批評，之所以能夠引起後來理論家和評論家的重視，也是因為王若虛的觀點常常另闢蹊徑，與前人的闡發多有不同。這與王若虛好辨尚疑的性格是分不開的。先破前人之論，後立自己觀點，這是王若虛在進行文學批評時一貫使用的方法。但是王若虛的作家批評從總體來說，選擇對象的範圍有些狹窄，比如不將名氣略小的二三流作家包含在內；而且對於同時代的作家和作品幾乎沒有涉及等等。但這些都不影響王若虛成為有金一代第一位大批評家的事實。

第一節　論司馬遷及《史記》

在《滹南遺老集》中，從第九卷到第十九卷，佔據了十一卷之多的內容，是《史記辨惑》。所謂「辨惑」，從王若虛的具體實踐來看，就是以他好疑善辨的精神為指導，對於作品進行辨析問題、解決疑惑的一個過程。對於這十一卷之多的《〈史記〉辨惑》，既可以看做是王若虛在史學方面紮實的學術根基的一個展示，更可能是王若虛對於史學家司馬遷有著太多的不滿，因此要用如此多的篇幅來表達。

在歷史上，司馬遷所撰寫的《史記》，背負了極多的盛名，並且一直被視為是最具文學價值的一部史書巨作。但是，在王若虛看來，《史記》可謂是瑕疵隨意可見、錯漏百出。因此，他對於司馬遷及《史記》的批評真可謂是前無古人、後無來者了：

> 唐子西云：「六經已後，便有司馬遷；《三百篇》已後，便有杜子美。故作文當學司馬遷，作詩當學杜子美。」〔註1〕其論杜子美，吾不敢知。至謂六經已後，便有司馬遷，談何容易哉！自古文士過於遷者何限而獨及此人乎？遷雖氣質近古，以繩準律之，殆百孔千瘡，而謂學者專當取法，過矣。〔註2〕

可見，在王若虛眼中，司馬遷之文是千瘡百孔的。自然，這是春秋筆法；而謂其「氣質近古」，則是較寬容的說辭。

除了在《〈史記〉辨惑》的章節中，就歷史事實的正誤等史學問題進行批判和辨析外，王若虛還在《文辨》中批評了司馬遷在文筆、文法等文學方面進行了批判和解析。總的來看，王若虛對司馬遷《史記》在文學方面的批評主要在於以下幾個方面。

一、文辭冗蕪

王若虛論文論詩，都喜簡潔不喜繁富。他認為，司馬遷的《史記》有文辭冗蕪的毛病。這個問題不僅《史記》有，就連他非常推崇和肯定的《左傳》也是如此：「左氏文章，不可覆議，惟狀物論事，辭或過繁，此古今之所知也。」〔註3〕

在《〈史記〉辨惑》中，第六辨（即卷十四）為「姓名冗複」，目下列舉了三則內容；第七辨（卷十五）為「字語冗複」，這一卷包含了四十九條

〔註1〕此語引自《唐子西語錄》，（清）何文煥輯《歷代詩話》時稱為《唐子西文錄》。唐庚（1071～1121），字子西，眉州人，有《眉山文集》。

〔註2〕（金）王若虛：《滹南遺老集》，卷三十四，第385頁。

〔註3〕（金）王若虛：《滹南遺老集》，卷三十四，第382頁。

內容。

王若虛最反感之處，是「《史記》稱人姓名，冗複為甚，正是不及諸史。」〔註4〕尤其是在寫到國號、帝王姓名時：

此乃遷全體之病也。凡稱某王，類加國號；凡舉人名，每連姓氏，冗複蕪穢，最是不滿人意處。班、范而下，乃始淨盡焉。〔註5〕

洪邁云：「司馬遷記馮唐救魏尚事，……重言雲中守及姓名，而文勢益遒健有力，今人無此筆也。」予謂此唐本語，自當實錄，何關史氏之功？若以文法律之，則首虜、差級、削爵、罰作之語，宜移於前，而前語復換於後，乃愜。蓋始言者，其事；而申言者，其意。次第當如此耳。重言官職姓名，其實冗複，吾未見其益健也。宋末諸儒，喜為高論而往往過正，詎可信哉！

王若虛認為，每次一提到某人就要附贅上此人的官職名的話，是非常不必要的。如同上文所舉的「雲中守魏尚」。國號、姓氏、謚號等也是如此。在文中第一次出現時，自然是需要詳細地介紹或交代清楚，但是在之後的文中就不必再一一地列出來了。至於洪邁提到的「文勢遒健有力」這一點，王若虛認為也是不可盡信。因為判斷文勢遒健之標準實在與語言冗覆沒有什麼關係。

王若虛對於列舉國號、人名等冗複的寫史之法是十分不屑的，他在論《左傳》時也提到了：

左氏文章，所謂毫髮無遺恨者，惟參舉人名字，頗為不愜。如邲之戰，既稱士會，復曰隨武子，又曰隨季，又曰士季……一段之文而錯雜如是……雖無害其美，要之不潔。〔註6〕

其實王若虛之論也有些絕對。若以客觀、折衷的角度來看，在歷史著作中，使用「重言」之法並無大礙，有時確能起到加強語氣、強調的作用，得到讀者的注意。但若是全篇一再地出現這種重言，則不免使人讀來有黏滯、膩煩之感。

在敘事的繁省這個問題上，王若虛對司馬遷也有著客觀的總結之語：

晉張輔評遷、固史云：「遷敘三千年事，止五十萬言。固敘二

〔註4〕（金）王若虛：《滹南遺老集》，卷十四，第163頁。
〔註5〕（金）王若虛：《滹南遺老集》，卷十四，第166頁。
〔註6〕（金）王若虛：《滹南遺老集》，卷二十，第212頁。

> 百年事，乃八十萬言。繁省不同，優劣可知。」此兒童之見也。遷之所敘，雖號三千年，其所列者幾人，所載者幾事，寂寥殘缺，首尾不完，往往不能成傳。或止有其名氏，至秦漢乃始稍詳，此正獲疏略之譏者，而反以為優乎？〔註 7〕

在作文時，文字的繁省應因事制宜，不可一概而論。像《史記》這樣，冗複之處甚多，而語實不詳之處也存在，這實在是一大弊端，也是司馬遷不如班固之處。

二、重複記載

在《〈史記〉辨惑》的第八辨（卷十六）「重疊載事」中，王若虛列舉了五個例子。這一個問題其實與上一個「冗複」的毛病是相關聯的。王若虛認為司馬遷在撰寫時，總是將同一事件反覆加進不同的章節中，導致一件事情被重複記載。他在卷十六的第一則中，以較長的篇幅列舉出了二十多則司馬遷在《史記》中重複收錄的例子，如：

> 楚莊王圍鄭，鄭伯迎降之辭，既載於《楚世家》，又載於《鄭世家》。莊王縣陳，申叔時為牽牛徑田之喻，既載於《楚世家》，又載於《陳世家》……近來，孔毅父《咋說》論《晉史》王隱諫祖約弈棋事，兩傳俱出，謂之繁文。而嚴有翼著《藝苑雌黃》亦摭《新唐》重複事以為病，獨未見遷書之失耶？〔註 8〕

除了將歷史事件重複記載外，司馬遷還常常將字語重複：

> 《舜本紀》云：「瞽叟更娶妻而生象，象傲。瞽叟愛後妻子，常欲殺舜，舜逃避……」後又云：「舜父瞽叟頑，母嚚，弟象傲，皆欲殺舜。舜順適不失子道，兄弟慈孝。欲殺不可得，即求常在側。」字語重複，而「兄弟慈孝」一句亦不成義理。〔註 9〕
>
> 《衛世家》云：「宣公以子伋為太子，令右公子傅之。右公子為太子取齊女，未入室，而宣公見所欲為太子婦者好，說而自取之。」何不但云「宣公見其美」，而煩重如是乎？……又云：「翟殺懿公也，衛人憐之，思復立宣公前死太子伋之後，伋子又死，而代伋死者子壽又無子。」此但云：「思復立太子伋之後，而伋子亦死，

〔註 7〕（金）王若虛：《滹南遺老集》，卷三十四，第 385 頁。
〔註 8〕（金）王若虛：《滹南遺老集》，卷十六，第 181 頁。
〔註 9〕（金）王若虛：《滹南遺老集》，卷十五，第 167 頁。

壽又無子」可也，安用許多字耶？〔註 10〕

以上兩條所列舉的《史記》的內容，重複都比較嚴重。從語言上來看，不夠簡潔。從敘事方法上看，將一事反覆敘述，當下文提到時又詳細敘說，這樣的話，整個文勢都陷入拖沓的境地。而且，從義理上來說，「兄弟」之情怎能用「慈孝」來形容？這或許是司馬遷為彰顯文采而弄巧成拙之誤吧。

「曹沫為魯將，與齊戰，三敗北。……桓公欲倍其約，管仲曰：不可。於是桓公乃遂割魯侵地，曹沫三戰所亡地，盡復予魯。」但云「桓公乃從」可矣，何必重疊如此！〔註 11〕

「李斯出獄，與其中子俱執，顧謂其中子曰」，多下「其中子」。〔註 12〕

《項羽紀》：「諸侯無不人人惴恐。」「無不」、「人人」字意重。〔註 13〕

以上三則的重複雖不嚴重，但也確實值得商榷。《李斯列傳》中下面的那個「其中子」不知是否為後人所加；「無不」和「人人」都表示一個整體的肯定含義，兩者不可同時使用。

「李園女弟初幸春申君，有身而入之王，所生子者遂立，是為楚幽王。」予謂遷先記李園女弟事，既已詳悉備見，於此但云「園女弟所生子立」或直云「太子立」足矣，何必費辭如是！〔註 14〕

這一段「李園女弟」事在此卷列舉了兩次，分別有著重複及句子冗長不當的毛病。

但是，我們應該看到，司馬遷有時的確會用重複的語句，來強調一些事情的重要性和特殊性。這是司馬遷的一種敘事技巧或特殊用意。比如他在《淮陰侯列傳》中的「不聽廣武君策。廣武君策不用。」便是一個例子。這種重複的語句其主要功能是為下文埋伏筆、做鋪墊。這一點是不能忽視的。而王若虛在辨析《史記》時，只針對司馬遷的疏誤，沒有看到司馬遷在《史記》中某些特定的文字技巧，則顯得有些過於吹毛求疵了。

〔註 10〕（金）王若虛：《滹南遺老集》，卷十五，第 167 頁。
〔註 11〕（金）王若虛：《滹南遺老集》，卷十五，第 169 頁。
〔註 12〕（金）王若虛：《滹南遺老集》，卷十五，第 173 頁。
〔註 13〕（金）王若虛：《滹南遺老集》，卷十五，第 13 頁。
〔註 14〕（金）王若虛：《滹南遺老集》，卷十五，第 170 頁。

三、文法疏陋

從前文中所論述的王若虛的文學觀念可以看出，王若虛認為，在作文時最重要的就是文法了。不論是史傳、散文還是詩詞，王若虛都十分講究文法。因此，對於司馬遷《史記》中的文法，王若虛因有著不滿，所以批評起來可謂毫不留情，將司馬遷的文法置於最次一等：

> 丹陽洪氏〔註 15〕注韓文有云：「字字有法，法左氏、司馬遷也。」予謂左氏之文固字字有法矣，司馬遷何足以當之？文法之疏，莫遷若也。〔註 16〕

但是，王若虛也駁斥了他人對司馬遷的點評，如以下這則：

> 邵氏云：「讀司馬子長之文，茫然若與其事相背戾。《伯夷傳》曰：『予登箕山，其上有許由冢。』意果何在？……視他人拘拘窘束，一步武不敢外者，膽智甚薄也。」慵夫曰：許由之事，何關伯夷？遷特以其讓國高蹈，風義略等，而傳聞可疑，因附見耳。……且為文者亦多論其是非當否而已，豈徒以膽智為貴哉？遷文雖奇，疏拙亦多，不必皆可取也。邵氏之言太高而過正，將誤後學，予不得不辨。〔註 17〕

王若虛駁斥了邵博關於司馬遷「膽智」的定論，這就等於肯定了司馬遷在作文時的「膽智」。雖然文法疏陋，但是膽智並不薄。而且王若虛也肯定了司馬遷文章的「奇」，認為其中自有佳妙之處。

而王若虛對於司馬遷的看法，其實從根源上來說，依然是受了他最推崇的蘇軾的影響。雖然蘇軾在文集中隻字未見對於司馬遷或者《史記》的任何評論、記載，但是陳師道卻在《後山詩話》中這樣記載：「歐陽永叔不好杜詩，蘇子瞻不好司馬《史記》，余每與黃魯直怪歎，以為異事。」〔註 18〕而王若虛因此也進行了闡發：

> 司馬遷之法最疏，開卷令人不樂。然千古推尊，莫有攻其短者。惟東坡不甚好之，而陳無已、黃魯直怪歎以為異事。嗚呼，吾

〔註 15〕此處的洪氏應指洪興祖（1090～1155），字慶善，鎮江丹陽人。他著有《韓文注》，現已亡佚。

〔註 16〕（金）王若虛：《滹南遺老集》，卷三十五，第 401 頁。

〔註 17〕（金）王若虛：《滹南遺老集》，卷三十四，第 383 頁。

〔註 18〕（宋）陳師道，（清）何文煥輯：《後山詩話》，第 153 頁。

亦以為千古雷同者為不可曉也，安得如蘇公者與之語此哉？〔註19〕

王若虛在闡發理論時，常能看到旁人所未發現的問題，也因此總是能得出與眾人不同的結論。比如在上則內容中，因為司馬遷文法疏陋，竟然能使他在開卷時「不樂」，讀來頗覺有趣。而讓他不樂的還有一個原因，就是在他眼中十分明顯的疏陋，卻在千百年來沒有被人指出道明，而是始終將司馬遷和《史記》放在一個至尊的地位，這就如同「知音難尋」一般。依王若虛嚴謹、理性的思維來觀照，他這樣批判司馬遷實在不足為奇。但是，沒想到連蘇軾這樣心胸闊達、快意豪放之士，也不喜歡司馬遷的文筆，這卻是大家所沒有想到的。由這一點，可以看出王若虛對蘇軾的推尊之極。

而王若虛之所以一直反對後人取法於司馬遷的《史記》，也是由於其文法較差之理。

馬才子〔註20〕《子長遊》一篇，馳騁放肆，率皆長語耳。自古文士過於遷者為不少矣，豈必有觀覽之助始盡其妙。而遷之變態，亦何至於是哉！使文章之理，果如才子所說，則世之作者，其勞亦甚矣。〔註21〕

這一條雖然沒有明說司馬遷的文法疏陋問題，卻在反駁馬才子的同時，指出了司馬遷之文並非有著善於變化之妙處。或者說，雖有變化，但對於其整體疏陋的文章來說，亦是徒勞之功。

四、字詞不當

對於遣詞用字的規範化，王若虛有著一套較高的標準，面對史傳類文章也不會例外。

首先，在《〈史記〉辨惑》第十辨（卷十八）中，王若虛辨析的就是司馬遷「用虛字多不安」的問題。在第一條中，他列舉了十三處用「而」字不當的地方，如《荀卿傳》中的「齊襄王時，而荀卿最為老師」，就是多用了一個「而」字。在第二條裏，他認為司馬遷在《史記》中使用的「於是」、「乃」、「遂」等虛字，百分之七十以上都是「冗而不當」的，如：

〔註19〕（金）王若虛：《滹南遺老集》，卷三十四，第384頁。

〔註20〕馬存（？～1096），字子才。宋哲宗元祐三年（1088年）進士。這裡的《子長遊》全名為《子長遊贈蓋邦式序》，收錄於（宋）祝穆《古今事文類聚別集》卷二十五。

〔註21〕（金）王若虛：《滹南遺老集》，卷三十四，第386頁。

「於是乃使百工營求之野。」既有「乃」字，何須更云「於是」？……「以告文公，文公幸之，而予之草蘭為符，遂生子，名曰蘭。」「遂」字殊不安。若云「既而生子，遂名曰蘭。」則可。……「及生子，有文在其手，曰『虞』，故遂因命之曰虞。」「故遂因」三字豈可連用？〔註 22〕

以上所列舉的虛字的用法這個問題中，其實大部分都很有道理。只是「遂生子」這個辨析有些過於嚴苛，本不用更改，原文也是沒有什麼用法的問題。

其次，在第十一辨（卷十九）的「雜辨」中，王若虛共記錄了七十四條內容，其中將近七十條都是有關於將用字或用詞的不妥之處。現僅舉出其中幾處用字遣詞的錯誤，如：

《高祖紀》云：「父老皆曰：『平生所聞劉季諸珍怪，當貴。』」「珍」字不安，《漢書》改為「奇」，是矣。〔註 23〕

《蕭何傳》云：「益封何二千戶，以帝嘗繇咸陽時，何送我獨贏奉錢二也。」「我」字甚悖。〔註 24〕

《石奮傳》云：「子孫勝冠者在側，雖燕居必冠，申申如也。童僕，訢訢如也，唯謹。」「其執喪，哀戚甚悼。」「唯謹」、「甚悼」等俱不安。〔註 25〕

武涉說韓信：「足下雖自以與漢王為厚交，為之盡力用兵，終為之所禽矣。」「之所」二字當去其一。又云：「足下所以得須臾至今者，以項王尚存也。」「須臾」二字亦道不過。〔註 26〕

關於遣詞用字的批評，可謂是數量眾多。通過這些批評，可以看出王若虛讀書之細緻、認真，同時在訓詁方面有著很強的學術素養。而且，他在評論《史記》時，能夠不落窠臼，以自己獨立的思考為主，做出前人所未發之判斷。

但是，在很多時候王若虛識人論事的確有些過於苛求，而且會忽視掉作品的時代和背景，因此得出不正確的結論，當然這也是批評家所不可避免的。

〔註 22〕（金）王若虛：《滹南遺老集》，卷十八，第 189、190 頁。
〔註 23〕（金）王若虛：《滹南遺老集》，卷十九，第 194 頁。
〔註 24〕（金）王若虛：《滹南遺老集》，卷十九，第 200 頁。
〔註 25〕（金）王若虛：《滹南遺老集》，卷十九，第 205 頁。
〔註 26〕（金）王若虛：《滹南遺老集》，卷十九，第 205 頁。

比如以下這個例子：

> 高祖令張良獻白璧玉斗於項羽、范增，張良曰「謹諾」。「謹」字道不得。〔註27〕

其實「謹諾」這種用法並沒有錯誤，比如人們會在表示恭敬時說「謹受教」、「謹呈上」等等。因此，「謹」字並非是「道不得」的。如是非要辨析，則可以說此字冗餘，不如單用一個「諾」字來的簡潔。

總的來說，王若虛對於司馬遷及《史記》的評價，主要是有感於一直以來大家對其一味的褒揚、從無人指出其中瑕疵，因此才在評論時如此嚴格，導致有些時候不免有矯枉過正之嫌了。

第二節　論蘇軾及其詩文

對於蘇軾的尊崇，王若虛在《滹南遺老集》中已經表達地非常清楚：「坡冠絕古今，吾未見其過正也。」而蘇軾對王若虛的影響，也始終貫穿在王若虛的文論和詩論中。因此，《滹南集》中關於蘇軾的評語，可謂是目不暇接了。

一、論蘇軾之文

首先，王若虛推崇蘇軾之文，認為其文就是「文中龍」。而他最欣賞的，就是蘇軾的「文勢」：

> 東坡自言其文如萬斛泉源，不擇地而出，滔滔汩汩，一日千里無難。及其與山石曲折，隨物賦形而不自知。所知者，當行於所當行，而止於不可不止。論者或譏其太誇，予謂惟坡可以當之。夫以一日千里之勢，隨物賦形之能，而理盡輒止，未嘗以馳騁自喜，此其橫放超邁而不失為精純也邪？〔註28〕

這段文字雖然引用的是蘇軾自己的《自評文》的內容，但是緊跟其後的王若虛的讚譽，已經有超出其自述之感。在這裡，王若虛主要表達了他對於蘇軾行文的幾個肯定之處：（一）文勢明快，勢不可擋；（二）行文應「止於不可不止」，同時文理不能匱乏；（三）文風超逸瀟灑，雖可能不及李白之文，但仍能在眾多文章中以超凡脫俗之勢而突出；（四）不失精純，這一點也許有待商榷。畢竟「精純」一詞代表著極度精湛、純熟，而蘇軾之文也

〔註27〕（金）王若虛：《滹南遺老集》，卷十九，第205頁。
〔註28〕（金）王若虛：《滹南遺老集》，卷三十六，第417頁。

並非全都能達到這重境界。不過以大概論之，王若虛的點評是比較中肯和貼切的。

同時，王若虛還評論道，蘇軾作文，無論是哪種文體，都是「萬變不離其宗」的：

> 東坡之文，具萬變而一以貫之者也。為四六而無俳諧偶儷之弊；為小詞而無脂粉纖豔之失。楚辭則略依仿其步驟，而不以奪機杼為工；禪語則姑為談笑之資，而不以窮葛藤為勝。此其所以獨兼眾作，莫可端倪，而世或謂四六不精於汪藻，小詞不工於少游，禪語、楚辭不深於魯直，豈知東坡也哉？〔註29〕

在王若虛看來，蘇軾之文各體俱佳，並因此補充了蘇文「萬變」的這一特徵：善於變化，「莫可端倪」，但同時又能不出離其作文的基本思想和創作理論，因此才能使其文即使鑲嵌在各種文體中卻都能達到高妙的境界。其實這一點並不只適合於蘇軾的文章，他的詞作也是如此。但是王若虛在評論時並未深入論析蘇軾之詞，頗有遺憾。

王若虛對蘇軾的讚語和評價還有許多。他曾經這樣分等級：「少陵，典、謨也；東坡，孟子之流；山谷，則揚雄《法言》而已。」〔註30〕在王若虛心中，少陵是最高等級的，蘇軾居中，黃庭堅為最次。這個排名是比較公允的。如孟子一般，當是指蘇軾之詩文有著雄偉的英氣，同時文氣奔放，善於變化。

但是東坡之文，並不是只有英氣。邵博曾評說：「歐公之文，和氣多，英氣少；東坡之文，英氣多和氣少。」〔註31〕王若虛十分不贊同邵博的看法（在集中，王若虛對于邵博的言論幾乎全持反對意見，認為他的評論有失偏頗。）關於歐陽修之論，是大致相符的。但是東坡之文，「豈少和氣者哉？」從蘇軾的一系列詩、文、詞作品中不難看出，蘇軾絕對可以稱得上是兼得「英氣」與「和氣」，是陽剛和陰柔兼具的典範。這一點，在文學史上可以說是毋庸置疑的。

其次，除了以上這些全是正面讚賞之語的評論，王若虛針對蘇軾作品的細節，還進行了許多的批評。最嚴厲的就是在前面章節中提及的批評蘇軾為和陶

〔註29〕（金）王若虛：《滹南遺老集》，卷三十六，第417頁。
〔註30〕（金）王若虛：《滹南遺老集》，卷四十，第478頁。
〔註31〕（金）王若虛：《滹南遺老集》，卷三十六，第413頁。

詩而作的次韻詩。除此之外，大部分都是針對句式、文辭等提出的辨析。

> 東坡《超然臺記》云：「美惡之辨戰乎中，去取之擇交乎前。」不若云「美惡之辨交乎前，去取之擇戰乎中」也。「子由聞而賦之，且名其臺曰超然」，不須「其臺」字，但作「名之」可也。〔註32〕

前半部分，王若虛的改動略勝於原作，因為從情理上來說，「去取之擇」可以看成是兩方的鬥爭，從而用「戰乎中」來形容；若用「交乎前」，則句意不暢，讀來稍嫌費解。後半部分辨用字的冗餘，與王若虛的觀點是保持一致的。可見王若虛的原則是對蘇軾也不例外的。

> 東坡《潮州韓文公廟碑》云：「其不眷戀於潮也審矣。」「審」字當作「必」；蓋「必」者，料度之詞；「審」者，證驗之詞，差之毫釐，而實若白黑也。〔註33〕

其實王若虛觀察得很細緻，這是值得肯定的。但是若仔細審視文義與「必」、「審」兩字的字義，則東坡原文是沒有什麼問題的。但是，像「審」和「必」這樣含義不是具體的、明確的字詞，在很多語境下，是有著不同的意義的，或者說字義是有轉換的餘地的。因此，此二字的差異並不等同於涇渭分明的黑與白。王若虛此言有些失當。

> 《黠鼠賦》云：「吾聞有生，莫智於人。擾龍伐蛟、登龜狩麟。役萬物而君之，卒見使於一鼠。墮此蟲之計中，驚脫兔於處女。」夫役萬物者，通言人之靈也；見使於鼠者，一己之事也，似難承接。〔註34〕

在這一條中，王若虛認為蘇軾之文是不合情理的：以人為萬物之靈的話，不應被鼠所欺騙而墮入計中。但是其實王若虛沒有看到，蘇軾撰寫《黠鼠賦》時，本非專意於描寫老鼠是如何欺騙人類從而逃脫的場景，而是借這個生動有趣的小故事來闡發一些哲理。因此，將此文看作是一篇趣味寓言故事即可，不必進行文理方面的辨析。王若虛此條批評，是從真實常理這個角度闡發的，不免失之於死板和離譜。從這也可以看出，王若虛對作家們的想像之作或遊戲之作，常常有領悟不到位的問題，導致他對於這種類型的作品始終持反對和批判的態度，沒有欣賞到作品背後的趣味。

〔註32〕（金）王若虛：《滹南遺老集》，卷三十六，第415頁。
〔註33〕（金）王若虛：《滹南遺老集》，卷三十六，第415頁。
〔註34〕（金）王若虛：《滹南遺老集》，卷三十六，第416頁。

用字正誤，一直是王若虛辨析詩文的關注焦點，即使是對蘇軾也一樣。

> 東坡《祭歐公文》云：「奄一去而莫予追。」「予」字不安，去之可。〔註35〕

> 東坡用「矣」字有不妥者，《超然臺記》云：「求禍而辭福，豈人之情也哉？物有以蔽之矣。」成都府《大悲閣記》云：「髮皆吾頭而不能為頭之用，手足皆吾身而不能具身之智，則物有以亂之矣。」《韓文公廟碑》云：「必有不依形而立，不恃力而行，不待生而存，不隨死而亡者矣。」此三「矣」字皆不妥，明者自見，蓋難以言說也。〔註36〕

在上面的例子中，王若虛的辨析是沒有問題的。但在下一條中，也並非「難以言說」，只需要將「矣」字變為「也」字，就通順、合理多了。

二、論蘇軾之詩（兼論詞）

王若虛對於蘇軾詩歌的評論和辨析，在第四章的詩歌理論那一部分中已經有了大量的涉及。在批評方面來說，王若虛最為反對的就是蘇軾的次韻詩及和陶詩。在這裡就不再一一贅述。以下僅論述王若虛對東坡詩詞的另外幾處批評。

首先，從辨字句，可以看出王若虛在文學批評方面的侷限。

> 東坡《題陽關圖》云：「龍眠獨識殷勤處，畫出陽關意外聲。」予謂可言「聲外意」，不可言「意外聲」也。〔註37〕

其實，王若虛的這條辨析，雖然是指出了一個詞的替換，但實際仍暴露了自己的問題——不理解詩歌中的「通感」這一修辭手法。通感，指的是人們在日常生活中的視覺、聽覺、觸覺、味覺等各種感覺，往往可以有彼此交錯相通的心理體驗。借助通感這一修辭手法，在表現屬於某種五官感覺範圍的事物時，就能超越它的範圍而領會到另一個感官感覺範圍的印象，這種互相替換的感官感受，往往可以造成新奇、特殊的表達效果〔註38〕。而在古之詩文當中，通感及移情都是十分常見的修辭手法。其中，尤以聽覺和視覺的互相轉換最為普遍。

〔註35〕（金）王若虛：《滹南遺老集》，卷三十六，第416頁。
〔註36〕（金）王若虛：《滹南遺老集》，卷三十六，第416頁。
〔註37〕（金）王若虛：《滹南遺老集》，卷三十九，第454頁。
〔註38〕此條語義源於《漢語大詞典》，2001年版「通感」詞條。

但在王若虛看來，「聲」如何能畫得出來？因此，「意外聲」這一事物是不可能存在的，與事實相違。因此主張改為「聲外意」，因為「意境」是可以在畫中展示或表現出來的，賞畫之人也能體會到。但是，若反覆品味此詩，會發現王若虛改後之句並沒有原句那樣具有風韻，只是給人普通、平淡之感。

其次，對東坡詞作的批評。

> 東坡《雁詞》〔註39〕云：「揀盡寒枝不肯棲」，以其不棲木故云爾，蓋激詭之致，詞人正貴其如此。而或者以為語病，是尚可與言哉！近日張吉甫復以「鴻漸於木」為辨，而怪昔人之寡聞，此益可笑。〔註40〕

這裡的雁詞，即是蘇軾詞中的代表作之一《卜算子》。王若虛十分欣賞這首詞，對它的評析也算是切中理度。所謂「激詭之致」，則是針對「揀盡寒枝不肯棲，寂寞沙洲冷」這一句整體而言的，上下句連起來之後才有一種渾然天成之感。而若只盯著前半句，自然會有人認為東坡的撰寫是有語病的，因為鴻雁未嘗棲宿樹枝，而是只在田野、葦草之間。若這樣看的話，此句必是病句無疑了。

> 東坡《送王緘》詞云：「坐上別愁君未見，歸來欲斷無腸。」此未別時語也。而言歸來，則不順矣。「欲斷無腸」，亦恐難道。《贈陳公密侍兒》云「夜來倚席曾親見」，此本即席所賦，而下「夜來」字，卻是隔一日。〔註41〕

這裡對蘇軾詞的解析仍然集中於文辭之辨。不過前面的「欲斷無腸」與上一條所舉的例子相比，其實「激詭」的程度更重，並且這樣的論述讀後令人感覺不安，實是有些不妥了。

陳師道在《後山詩話》中曾提出：「蘇子瞻詞如詩。」這一說法後來成了大家公認之言論。其實從尊師（即黃庭堅）重道（即江西詩派的詩法）的角度出來，陳師道這樣說其實是想批判蘇軾之詞不夠「本色」的，卻沒想到恰好點出了蘇詞的貢獻和特色。以詩為詞，既能擴大詞的寫作範圍，開拓新的境界，也能提高詞的格調。王若虛也深以為然。但是他卻對晁補之的評論提出反對：

〔註39〕（宋）蘇軾《卜算子》：「缺月掛疏桐，漏斷人初靜。惟見幽人獨往來，縹緲孤鴻影。驚起卻回頭，有恨無人省。揀盡寒枝不肯棲，寂寞沙洲冷。」

〔註40〕（金）王若虛：《滹南遺老集》，卷三十九，第457頁。

〔註41〕（金）王若虛：《滹南遺老集》，卷三十九，第458頁。

晁无咎云:「眉山公之詞,短於情,蓋不更此境耳。」……是直以公為不及於請也。嗚呼!風韻如東坡,而謂不及情,可乎?彼高人逸才,正當如是;其溢為小詞,而間及於脂粉之間,所謂滑稽玩戲,聊復爾爾者也。〔註42〕

王若虛這裡的評論是較為公允的。蘇軾並非短於情,只是他的詞沒有像柳永、周邦彥一類所作的詞那樣,充滿著「癡情」、「純情」和「深情」。晁補之可能是拿柳永為參照,才提出這樣的說法。或者說,蘇軾的詞中,有時因過於至情至性,已經將詞中之情志幻化成了一種忘情、無我的狀態。而這忘情之時,就是晁補之所論。這樣想的話,則晁補之之論其實無誤。

同時,王若虛還在《詩話(中)》裏全面地總結了蘇軾之詞作:

陳後山謂子瞻以詩為詞,大是妄論,而世皆信之……蓋詩詞只是一理,不容異觀。自世之末作習為纖豔柔脆,以投流俗之好,高人勝士,亦或以是相勝,而日趨於萎靡,遂謂其體當然,而不知流弊之至此也。……公雄文大手,樂府乃其遊戲,顧豈與流俗爭勝哉!蓋其天資不凡,辭氣邁往,故落筆皆絕塵耳。〔註43〕

這是王若虛以詞為重心,對蘇軾的大加讚譽之詞,評論較為得當。唯一美中不足之處在於他將樂府類詩詞看作是「遊戲」之作,不免有些不妥。

最後,以下這段話可視為王若虛對蘇軾的一個總結:

東坡,文中龍也,理妙萬物,氣吞九州,縱橫奔放,若遊戲然,莫可測其端倪。〔註44〕

蘇軾的理、氣、情、趣,可謂是面面俱到,因此可稱得上是詩文的魁首。王若虛對蘇軾的溢美之詞,在集中隨處可見。而清代著名學者趙翼也曾說過,蘇軾之詩的妙處在於「心地空明,自然流出,一似全不著力」〔註45〕。這與王若虛所說實乃異曲同工,可互相參考。

第三節　論黃庭堅及江西詩派

在理論和思想的建構上,王若虛受影響最深的就是蘇軾。可是在對作家進行批評的時候,王若虛著墨最多、批判最嚴厲的卻是黃庭堅。錢鍾書先生

〔註42〕(金)王若虛:《滹南遺老集》,卷三十九,第459頁。
〔註43〕(金)王若虛:《滹南遺老集》,卷三十九,第460頁。
〔註44〕(金)王若虛:《滹南遺老集》,卷三十九,第461頁。
〔註45〕(清)趙翼:《甌北詩話》卷五,人民文學出版社,2005年版,第57頁。

曾指出：「古今以來詆訶山谷最嚴厲者，莫如王從之。」〔註46〕這話一點也不為過。可以說，蘇、黃二人是王若虛作家批評的中心，而黃庭堅就是中心的聚焦點。王若虛對黃庭堅批判如此嚴厲，想來原因大概有以下兩點。

首先，王若虛自小跟隨其舅周昂讀書，不可避免會被周昂的喜惡觀所影響。周昂就一直不喜黃庭堅之詩，認為其雕琢太甚，過於求奇尚險。他的這些話也被王若虛記錄了下來：

> 吾舅兒時便學工部，而終身不喜山谷也。若虛嘗乘間問之，則曰：「魯直雄豪奇險，善為新樣，固有過人者。然於少陵初無關涉，前輩以為得法者，皆未能深見耳。」〔註47〕

所謂「終身不喜山谷」這一點，王若虛確實是繼承了下來。

其次，王若虛總是將批判的矛頭指向黃庭堅，其實並不是完全不欣賞黃山谷。而是他力圖以一己之力，消除江西詩派對金代詩壇帶來的「不正之風」。而「擒賊先擒王」，若是想要抨擊江西詩派，就不得不將黃庭堅作為自己的主要抨擊對象。這樣一來，就變成了王若虛一直著力於對黃庭堅本人及其作品的批評了。

除了在《文辨》和《詩話》中，王若虛還在自己的詩歌作品中表現出對黃魯直的諷刺。他曾作《戲作四絕》〔註48〕來表達自己的看法：

> 駿步由來不可追，汗流餘子費奔馳。
> 誰言直待南遷後，始是江西不幸時。
> 信手拈來世已驚，三江衮衮筆頭傾。
> 莫將險語誇勍敵，公自無勞與若爭。
> 戲論誰知是至公，蝤蛑信美恐生風。
> 奪胎換骨何多樣，都在先生一笑中。
> 文章自得方為貴，衣缽相傳豈是真。
> 已覺祖師低一著，紛紛法嗣復何人！

其中，「已覺祖師低一著，紛紛法嗣復何人」就點出了他對江西詩派的貶斥態度；而第二首「信手拈來世已驚」的四句，更是既明白地誇讚了蘇軾驚為天人的文采，又暗暗地強調了黃庭堅一直妄圖與東坡爭雄，卻始終望塵莫

〔註46〕錢鍾書：《談藝錄》，生活．讀書．新知三聯書店，2008年版，第408頁。
〔註47〕（金）王若虛：《滹南遺老集》，卷三十八，第437頁。
〔註48〕（金）王若虛：《滹南遺老集》，卷四十五，第551頁。

及的現實，也透著對黃庭堅的諷刺之意。

一、論黃庭堅之詩

元好問在《內翰王公墓表》中說道：「詩不愛黃魯直，著論評之，凡數百條。」劉祁亦云：「王翰林從之嘗論黃魯直，穿鑿太好異。」〔註 49〕而王若虛也從不掩飾自己的好惡，這在他的著作中十分明顯。他在《詩話》三卷中對黃庭堅的詩歌作品進行了較細緻而全面的批評，總結起來，他對黃詩的批評集中於以下幾個方面。

（一）尚奇而無妙

與王若虛所推崇的「天全」、「自得」不同，黃庭堅為詩常常是「措意而為」。他的「奪胎換骨」、「點石成金」之說，在江西詩派詩人及追隨者看來其實是黃詩最精彩之處，可是在王若虛看來也是「剽竊之黠者」耳：「魯直好勝，而恥其出於前人，故為此強辭，而私立名字。」〔註 50〕

雖然周昂也曾說過：「魯直雄豪奇險，善為新樣」〔註 51〕，但畢竟是雕琢太甚、經營過深。因此王若虛評論其詩「有奇而無妙，有斬絕而無橫放；鋪張學問以為富，點化陳腐以為新，而渾然天成，如肺肝中流出者，不足也。此所以力追東坡而不及歟。」〔註 52〕這一點不只是針對黃詩，而是道盡了江西詩人在作詩上的得失。

而後，王若虛又舉黃山谷《牧牛圖》一詩，指出黃庭堅在「奇險」處雖用力頗足，卻依然毫無深度：「自謂平生極至語，是固佳矣，然亦有何意味？黃詩大率如此，謂之奇峭，而畏人說破，元無一事。」〔註 53〕這與魏泰在《臨漢隱居詩話》中所云「句雖新奇，而氣乏渾厚」的點評是不謀而合的。

（二）語句破碎、乏味

在王若虛的理論中，詩文的結構、脈絡等問題是需要非常講究的。只有這樣，才能達到他認為的語意貫穿、首尾呼應甚至渾然天成的效果。但是，黃庭堅的詩歌卻有著語言支離破損、首尾語意不連貫的毛病，也因此他的詩

〔註 49〕（金）劉祁：《歸潛志》卷九，第 96 頁。
〔註 50〕（金）王若虛：《滹南遺老集》，卷四十，第 479 頁。
〔註 51〕（金）王若虛：《滹南遺老集》，卷三十八，第 437 頁。
〔註 52〕（金）王若虛：《滹南遺老集》，卷三十八，第 463 頁。
〔註 53〕（金）王若虛：《滹南遺老集》，卷四十，第 474 頁。

歌總是不能達到語意貫通的境界，導致詩歌作品殊無意味。

比如，他提到黃庭堅之詩經常出現這樣的問題：「或得一句而終無好對；得一聯而卒不能成篇；或偶有得而未知可以贈誰。」〔註54〕這評論十分準確。而黃詩之所以會出現這樣的問題，大概是因為黃庭堅作詩時，心中所想並不是如蘇軾所謂「胸肺中流出」、「行於所當行」那般，而是即使文思不足，也要強加以自身的匠意，妄圖用所謂的「技巧」去完成創作，無怪乎王若虛稱其為「詩匠」了。可是，當匠意過深，而靈氣與文思不足時，就不可避免會出現語言破碎、語意乏味的問題了。

從這一點上來看，王若虛認為黃庭堅之詩不如秦少游之作。他舉了二人同題畫扇詩之例〔註55〕，認為「黃詩語徒雕刻而殊無意味，蓋不及少游之作。」〔註56〕雖然秦少游寫文作詩的功力、在詩壇的地位都不及黃庭堅，但是少游之詩，自有一種風韻在。這是黃庭堅用他雕琢的技巧所達不到的。

而黃詩的殊無意味，也體現在黃庭堅對題材的選取上。王若虛向來反對次韻詩和集句詩，這一點倒是和黃庭堅態度相同。王安石晚年喜愛作集句詩，可是黃庭堅確認為這是「百家衣體」，只能博人一笑而已。但是即便如此，黃庭堅依然開創了所謂的「藥名詩體」〔註57〕、「建除體」〔註58〕、「八音詩」〔註59〕、「列宿詩」〔註60〕等等，王若虛認為黃山谷明明厭惡此等詩體，卻仍然如此，「獨不可一笑耶？」這些題材或許「與眾不同」，能博人眼球，但有些根本不適宜為詩，讀來但覺無趣和可笑。若硬要入詩，則需要以極高的詩才與之相匹配，使詩歌的語句通順、語意連貫，如此才能避免乏味和可笑。

〔註54〕（金）王若虛：《滹南遺老集》，卷四十，第478頁。

〔註55〕見前文第四章所引。

〔註56〕（金）王若虛：《滹南遺老集》，卷四十，第480頁。

〔註57〕藥名詩：以藥名入詩。始創者為南朝齊文學家王融。黃庭堅的藥名詩有《荊州即事藥名詩八首》、《藥名詩奉送楊十三子問省親清江》，均收於《山谷集》中。

〔註58〕建除體：以建、除、平、定、執、破、危、成、收、開、閉等字為每句詩的開頭，一般全詩共12聯、24句。始創於南朝宋文學家、「元嘉三大家」之一的鮑照。黃庭堅的建除體詩有《定交詩效鮑明遠體呈晁无咎》、《碾建溪第一奉邀徐天隱奉議並效建除體》、《再作答徐天隱》、《重贈徐天隱》等詩。

〔註59〕八音體：古代以金、石、絲、竹、匏、土、革、木為八音。南朝詩人陳炯首創《八音詩》，將八音這八個字分別冠於每句句首。黃庭堅的八音體詩歌有《八音歌贈晁堯民》、《古意贈鄭彥能》、《贈无咎》等。

〔註60〕列宿體：列宿，指二十八星宿。列宿體即是將二十八星宿的名稱嵌入詩句中的詩歌。此體為黃庭堅首創。其有《二十八宿歌贈別无咎》。

（三）對黃詩遣詞用字的批評

在卷三十九的《詩話（中）》及卷四十的《詩話（下）》中，王若虛列舉了大量山谷詩中遣詞用字的錯誤。錯誤的類型集中在邏輯、情理、用典、語意連貫等方面。可以說王若虛的點評堪稱中肯，現列舉幾例：

1、用字與邏輯不安

山谷《題嚴溪釣灘》詩云：「能令漢家九鼎重，桐江波上一絲風。」說者謂東漢多名節之士，賴以久存，跡其本原，正在子陵釣竿上來。予謂論則高矣，而風何與焉？嘗質之吾舅周君，君笑曰：「想渠下此字時，其心亦必不能安也。」〔註61〕

2、詩句與情理不符

山谷詩云：「新婦磯邊眉黛愁，女兒浦口眼波秋。」自謂以山色水光替卻玉肌花貌，真得漁夫家風，東坡謂其太瀾浪，可謂善謔。蓋漁夫身上，自不宜及此事也。〔註62〕

3、用詞使語意不連貫

《食瓜有感》云：「田中誰問不納履，坐上適來何處蠅。」是固皆瓜事，然其語意豈可相合也？〔註63〕

4、用詞不恰當

《接花》云：「雍也本犁子，仲由元鄙人。升堂與入室，只在一揮斤。」「揮斤」字無乃不安，且取喻何其迂也！〔註64〕

山谷贈小鬟《驀山溪》詞，世多稱賞，以予觀之，「眉黛壓秋波，盡湖南水明山秀」，「盡」字似工，而實不愜。又云「婷婷嫋嫋，恰近十三餘」，夫「近」則未及，「余」則已過，無乃相窒乎？〔註65〕

5、用典不當

《清明》詩云：「人乞祭余驕妾婦，士甘焚死不封侯。」士甘焚死，用介之推事也〔註66〕。齊人乞祭余，豈寒食事哉〔註67〕？若

〔註61〕（金）王若虛：《滹南遺老集》，卷三十九，第465頁。
〔註62〕（金）王若虛：《滹南遺老集》，卷三十九，第467頁。
〔註63〕（金）王若虛：《滹南遺老集》，卷四十，第472頁。
〔註64〕（金）王若虛：《滹南遺老集》，卷四十，第473頁。
〔註65〕（金）王若虛：《滹南遺老集》，卷四十，第477頁。
〔註66〕介之推，春秋時晉國人。具體事件可見《左傳·僖公二十四年》及《史記·晉世家》記載。

> 泛言所見，則安知其必驕妾婦，蓋姑以取對，而不知其疏也。此類甚多。〔註68〕

除了以上頗為中肯、恰當的批評外，王若虛也有些不當的評論，如他評黃庭堅《夜發分寧》詩：「我自只如常日醉，滿川風月替人愁。」王若虛認為此句不合情理。但是提到黃庭堅的《題陽關圖》一詩時，卻覺得「渭城柳色關何事，自是行人作許悲」一句是沒有問題的，因為此句「人有意而物無情」，而前一首詩卻正相反。可見，王若虛不能很好地理解「移情」這一修辭手法，這給他的詩歌批評帶來了很多拘束。因為他不能體會「移情」、「通感」等想像，同時又對黃詩一直持吹毛求疵的態度，導致他在某些批評中不夠客觀，過於死板。這個問題也是他的文學批評實踐中比較明顯的一個缺點。

二、論黃庭堅之文

對於黃庭堅的散文創作，王若虛提及較少，沒有具體的作品分析，只是概括地表達了自己看法，並且主要是以與蘇軾對比的方式來表達對黃庭堅的批評。

> 東坡，文中龍也，理妙萬物，氣吞九州，縱橫奔放……魯直區區持斤斧準繩之說，隨其後而與之爭，至謂未知句法……魯直欲為東坡之邁往而不能，於是高談句律，旁出樣度，務以自立而相抗，然不免居其下也，彼其勞亦甚哉！向使無坡壓之，其措意未必至是。〔註69〕

在這裡，王若虛首先明確地指出在他心中黃庭堅不如蘇軾的事實，接著就點出黃山谷創作的出發點，實是為了與蘇軾相異而已。可是為求相異而發言，這一出發點對他的文學創作來說並非有利。

同時，王若虛也在集中反覆提出黃庭堅過於「好名」這一缺點。

> 魯直與其弟幼安書曰：「老夫之書，本無法也。……不擇筆墨，遇紙則書，紙盡則已。亦不計較工拙與人之品藻譏彈……」此論甚高，然彼於文章翰墨，實刻意而好名者，殆未能充其言也。〔註70〕

〔註67〕此處借用典故見《孟子．離婁下》「齊人有一妻一妾而處室者」條內容。

〔註68〕（金）王若虛：《滹南遺老集》，卷四十，第471頁。

〔註69〕（金）王若虛：《滹南遺老集》，卷三十九，第461頁。

〔註70〕（金）王若虛：《滹南遺老集》，卷三十二，第355頁。

魯直於辭章翰墨，子由之於政事道學，品藻標置，見於言論之間，誇而好名，亦其短處。蓋東坡無此病也。〔註 71〕

從王若虛的理論思想可以看出，他一貫主張行文作詩要「天然」與「自得」，猶如渾然天成一般，而不附加任何功利思想。因此，刻意求名、過於好名，可以說是他心中文學創作的大忌。而這也是他不屑於黃庭堅文學創作的原因。持此觀點的並非只有王若虛一人，清代劉熙載也曾在《藝概》中說道：「山谷詩未能若東坡之行所無事。」是與王若虛的觀點相一致的。

對於他人對黃庭堅詩文的讚賞與肯定，王若虛一般也都進行了否定與批評。如王直方記載的蘇軾曾言「魯直詩高出古人數等，獨步天下」一事，王若虛就認為此事決無可能：「予謂坡公決無是論，縱使有之，亦非誠意也。」〔註 72〕

而陳師道身為江西詩派的三宗之一，不可避免地會對黃詩有讚美、推崇之詞：

《後山詩話》云：「黃詩韓文，有意故有工，左杜則無工矣。然學者必先黃韓，不由黃韓而為左杜，則失之拙易。」此顛倒語也。左杜冠絕古今，可謂天下之至工而無以如之矣，黃韓信美，曾何可及！而反憂學者有拙易之失乎？且黃韓與二家亦殊不相似，初不必由此而為彼也。陳氏喜為高論而不中理，每每如此。〔註 73〕

王若虛的這條批評，既表達了對黃庭堅之詩的看法，也間接批判了陳後山的詩論觀。他反對陳後山的說法，因為他認為黃不如杜。但是他又能保留「黃韓信美」的評價，說明他還是很客觀的，做到了「貶中含褒」的批評。

針對黃庭堅之文賦創作的批評，王氏集中有兩處；這兩處批評都集中在語言的使用方面。

魯直《白山茶賦》云：「彼細腰之子孫，與莊生之物化。方壞戶以思溫，故無得而凌跨。」竹溪黨公曰：「此正謂冬無蜂蝶耳，何用如許？」予謂詞人狀物之言，不當如是論。然數句自非佳語。「細腰子孫」既已不典，而又以「莊生物化」為蝶，不亦謬乎？〔註 74〕

《江西道院賦》最為精密，然「酌樽中之醁」一句頗贅，但云

〔註 71〕（金）王若虛：《滹南遺老集》，卷三十二，第 356 頁。
〔註 72〕（金）王若虛：《滹南遺老集》，卷三十九，第 463 頁。
〔註 73〕（金）王若虛：《滹南遺老集》，卷三十五，第 401 頁。
〔註 74〕（金）王若虛：《滹南遺老集》，卷三十七，第 421 頁。

「公試為我問山川之神」足矣。〔註75〕

這兩條批評的都是王若虛平時非常關注的，一是用字不當，語句不合情理；二是語言累贅，不夠精練。王若虛對黃庭堅之賦的這兩條點評可謂十分精當。

三、論江西詩派及其詩作

方回把陳師道、陳與義和黃庭堅並列，並稱為江西詩派的「三宗」。但王若虛卻很鄙視他們。他借周昂之論來表達了自己的看法：「宋之文章〔註76〕，至魯直已是偏仄處。陳後山而後，不勝其弊矣。人能中道而立，以巨眼觀之，是非真偽，望而可見也。」〔註77〕雖然是語出周昂，但是王若虛卻「頗以為然」。其實，黃庭堅和陳師道二人可說是江西詩派中的兩大巨擘，若是此二人的文章就「不勝其弊」，那其他人就更不用說了。

黃庭堅曾評價陳師道：「其作詩深得老杜之句法，今之詩人不能當也。」〔註78〕所謂陳師道之詩詞得杜甫之句法，有兩種表現：一是如杜詩般善於變化；二是許多詩句直接脫胎於杜詩。其中，有全句抄襲的（如《從蘇公等後樓》中的「白鷗沒浩蕩」出自杜甫《奉贈韋左丞丈二十二韻》的末句）、有略改動幾個字的（如「斯人日已遠」出自杜甫的「古人日已遠」）、有字面雷同而句式稍變的（如「棲鳥故不喧」則出自杜甫的名句「鷗鳥故不還」）等等。這種行為，在王若虛和周昂看來，其實就是「剽竊之黠」了。故此，王若虛十分看不起陳師道的詩詞創作。

他對陳與義的態度也是一樣的：

> 予嘗病近世《墨梅》二詩以為過，及觀《宋詩選》陳去非云：「粲粲江南萬玉妃，別來幾度見春歸。相逢京洛渾依舊，祇有緇塵染素衣。」……乃知此弊有自來矣。〔註79〕

在這一條內容的前面，王若虛曾評價了兩首「近世士大夫」所作的《墨梅》詩〔註80〕。他認為這兩首詩寫的「文不對題」，因為當他將這兩首詩「誦

〔註75〕（金）王若虛：《滹南遺老集》，卷三十七，第422頁。

〔註76〕這裡的「文章」，應主要是指詩歌而言。

〔註77〕（金）王若虛：《滹南遺老集》，卷三十九，第463頁。

〔註78〕（宋）黃庭堅，劉琳等校點：《答王子飛書》，《黃庭堅全集》，第467頁。

〔註79〕（金）王若虛：《滹南遺老集》，卷四十，第488頁。

〔註80〕《墨梅》其一曰：「高髻長眉滿漢宮，君王圖玉按春風。龍沙萬里王家女，不著黃金買畫工。」其二云：「吾換鄰鍾三唱雞，雲昏月淡正低迷。風簾不著欄干角，瞥見傷春背面啼。」

之於人」時，人皆問「其詠何物」。由此可見，此二首詩的描寫是「莫有得其彷彿者」，最後王若虛告之題目，人「猶惑也。」〔註 81〕而王若虛又點出這個弊端來自於陳與義，就說明陳與義的詩歌，同樣是病在晦澀難懂；是詩人在描摹狀物時，過於用力的後果。因此，王若虛認為作詩當如蘇軾所言：「論畫以形似，見與兒童鄰。賦詩必此詩，定非知詩人。」〔註 82〕只有做到「賦詩必此詩」，才算得上是盡狀物精妙之能事了。

對於江西詩派將杜甫奉為「一祖」、而黃庭堅號稱「宗杜」之說，王若虛是不認同的。王若虛是非常推崇杜甫的，「少陵，典謨也。」，將少陵與典謨這種至經典之文相提並論，其崇敬之情可見一斑；而山谷在王若虛眼中卻只是「揚雄《法言》而已。」〔註 83〕這種比喻真是絕妙至極！其實這樣看來，王對杜甫的這種推崇不下於後來的元好問。元好問論詩十分尊崇杜甫，這在他的《論詩絕句》三十首中表現得十分明顯。而王若虛則是受了其舅周昂的影響：「吾舅兒時便學工部……曰：『魯直……於少陵初無關涉，前輩以為得法者，皆未能深見耳。』」〔註 84〕

王若虛還引用王安石之論，來表達自己對杜甫的尊崇之情：

> 荊公云：「……至於杜甫，則發斂抑揚，疾徐縱横，無施不可。蓋其緒密而思深，非淺近者所能窺，斯其所以光掩前人而後來無繼也。」……然則荊公之論，天下之公言也。〔註 85〕

仔細察看這段話，可以發現或許王若虛是在用「非淺近者所能窺」一句來暗諷江西詩派，暗示著其實江西派詩人並無資格號稱「以杜甫為祖」，同時他也反對黃庭堅宗杜之說。

> 朱少章論江西詩律，以為用崑體工夫，而造老杜渾全之地。予謂用崑體工夫，必不能造老杜之渾全，而至老杜之地者，亦無事乎崑體工夫，蓋二者不能相兼耳。〔註 86〕

王若虛這裡的闡述真是再精準不過了。

〔註 81〕（金）王若虛：《滹南遺老集》，卷四十，第 486 頁。
〔註 82〕（宋）蘇軾著，（清）王文誥注：《書鄢陵王主簿所畫折枝二首》，《蘇軾詩集》卷二十九，中華書局，1982 年版，第 1525 頁。
〔註 83〕（金）王若虛：《滹南遺老集》，卷四十，第 478 頁。
〔註 84〕（金）王若虛：《滹南遺老集》，卷三十八，第 437 頁。
〔註 85〕（金）王若虛：《滹南遺老集》，卷三十八，第 443 頁。
〔註 86〕（金）王若虛：《滹南遺老集》，卷四十，第 481 頁。

但是，當時對江西詩派大力批判的，並不只是王若虛一個人。與他並世而生、南北相望的嚴羽，也曾自稱是批評江西詩派最為到位之人：「其間說江西詩派，真取心肝劊子手。」〔註 87〕可見二人雖南北相隔，但不可避免地都受到了江西詩派的影響。當時的江西詩派聲勢浩大，流風所及，南北均為之薰染。不過細比較看來，嚴羽的諸多詩論中，有些還是受到了江西派詩人的影響，尤其是對黃庭堅的點評。但是王若虛則站在一個更加旁觀的、超然的角度，因此評價也更加犀利和客觀。

在卷三十七中，王若虛曾發出這樣的感慨：「揚雄之經，宋祁之史，江西諸子之詩，皆斯文之蠹也！」所謂「斯文之蠹」，在用語比較寬容的王若虛筆下出現，這已經是極嚴重的批評了。

而江西詩派諸詩人最大的問題在於不辨好壞。黃庭堅作詩文，已有諸多疏陋，但是其門生們竟不能分辨，一是將山谷與東坡相比配，二是於黃庭堅、陳師道等人一味追隨，這便使江西詩派走上歧途：「魯直開口論句法，此便是不及古人處。而門徒親黨以衣缽相傳，號稱法嗣，豈詩之真理也哉？」〔註 88〕由黃庭堅之弊端，即可看出他的「門徒親黨」也必然是一代不如一代了！

以上就是王若虛針對江西詩派的流弊所提出的批評。

第四節　對其他作家的批評

一、歐陽修（兼論宋祁）

在宋代文人中，王若虛只推尊兩位：一是蘇軾，一是歐陽修。因此，在《滹南遺老集》中，他對於歐陽修的評論自然是讚揚多於批判了。尤其在卷二十二至卷二十四的《〈新唐書〉辨》中，他將歐陽修與宋祁進行對比，認為二人高下相差甚遠：

> 唐子西云：「晚學遽讀《新唐書》，輒能壞人文格。」吾不知此論並紀志而言之耶，抑其獨指列傳也？歐公之作，縱不盡善，無壞人之理。若子京者，其自壞已甚，豈直它人哉？溫公作《通鑒》，未

〔註 87〕（宋）嚴羽著，郭紹虞校釋：《答出繼叔臨安吳景仙書》，《滄浪詩話校釋》附錄，第 251 頁。

〔註 88〕（金）王若虛：《滹南遺老集》，卷四十，第 477 頁。

嘗用子京一語，蓋知所抉擇矣。〔註89〕

當日歐陽修與宋祁等人共修《新唐書》，編修官之間的具體分工無史料載明，但因書成後主要由宋祁和歐陽修負責定稿，因此最後全書僅僅署了二人的名字。從目前記載可知，宋祁應該是負責列傳的部分，而其他則由歐陽修主筆。上文中提到的「文格」，應該是指文章的格調及寫法。

從《新唐書》來看，宋祁作文喜歡求古，用詞較生硬不當，而且喜歡將常見之詞改為生僻之詞以求新，導致文章語意不暢，失卻自然。如：

「疾雷不及掩耳」此兵家成言，初非偶語，古今文士未有改之者。宋子京於《李靖傳》乃易「疾雷」為「震霆」，易「掩」為「塞」，不惟失真，且其理亦不安矣！〔註90〕

在王若虛看來，宋祁的這個毛病是寫史文的大忌，而且實屬「欲益反弊」。但是看歐陽修撰寫的部分，則行文平易自然、明白暢達。因此王若虛肯定歐陽修為具有「模範」性質的文章大家，這個讚譽也並不為過。

王若虛還看到了歐陽修改革文風的決心，大加讚賞。因著歐陽修大力推動詩文的改革，使得唐末宋初那種內容空洞的華麗文風得到了一定的緩和。王若虛十分看重這點，並以此來駁斥劉攽對歐陽修的質疑：

江鄰幾〔註91〕《雜誌》云：「歐陽永叔知貢舉，太學生劉幾試卷鑿紕……幾懼，改名輝。既試，永叔在詳定所升作狀元。劉原父曰：『永叔有甚憑據？』」予謂不然。公本疾其怪癖，故特黜落以厲風俗。及變其體，則從而取之，此乃有憑據也。正使知其為幾，亦必喜之矣。且公以斯文為百世師，豈幾輩可得而眩亂哉？原父素與公爭名，故多譏戲之語，而鄰幾猥錄之，予不得不辨。〔註92〕

歐陽修之前沒有錄取劉幾，是因為他的文體。後來升他為狀元，並不在於劉幾改名來參加考試，而是在於劉幾改變了自己的文體。因此，就算他不改名，歐陽修也依然會選拔他為狀元。這不僅是對歐陽修在文學方面的肯定，也是對其人品的讚賞。

至於對歐陽修文章的評價，也是褒貶相間。如他肯定《醉翁亭記》，認

〔註89〕（金）王若虛：《滹南遺老集》，卷二十二，第234頁。

〔註90〕（金）王若虛：《滹南遺老集》，卷二十二，第237頁。

〔註91〕江休復（1005～1060），字鄰幾，開封人。《宋史》有傳。

〔註92〕（金）王若虛：《滹南遺老集》，卷三十三，第378頁。

為此文「雖淺玩易，然條達迅快，如肺肝中流出，自是好文章。」〔註 93〕這個「如肺肝中流出」的稱讚，與蘇軾所謂「從胸臆中流出」有著異曲同工之妙。

而對於歐文的批判，則主要在於文氣方面，如：「歐陽《晝津堂記》，大體固佳，然辭困而氣短，頗有爭張粉飾之態，且名堂之意，不能出脫，幾於罵題。」〔註 94〕

另外，還有針對歐陽修鍊字造語方面瑕疵的批評：

> 歐公《秋聲賦》云：「如赴敵之兵，銜枚疾走，不聞號令，但聞人馬之行聲。」多卻「聲」字。又云：「豐草綠縟而爭茂，佳木蔥蘢而可悅。草拂之而色變，木遭之而葉脫。」多卻上二句。或云「草正茂而色變，木方榮而葉脫」，亦可也。〔註 95〕
>
> 歐公贊唐太宗，始稱其長，次論其短，而終之曰：「然《春秋》之法，常責備於賢者。」此一「然」字，甚不順。公意本謂太宗賢者，故責備耳。若下「然」字，卻是不足貴也，必以「蓋」字乃安。〔註 96〕
>
> 歐公志蘇子美墓云：「短章醉墨，落筆爭為人所傳。」「爭」字不安。〔註 97〕

還有幾條內容，是對於歐陽修文章風格的討論：

> 歐公散文自為一代之祖；而所不足者，精潔峻健耳。《五代史論》，曲折太過，往往支離蹉跌，或至渙散而不收，助詞、虛字亦多不愜，如《吳越世家論》尤甚也。〔註 98〕

所謂一代之祖，是王若虛對歐陽修的極大讚譽。這主要是針對其文章的平易、親切、天然而闡發的；但是在繁簡方面，王若虛則認為不夠精簡，曲折太過。而這確實也是後人們對歐陽修散文的一個評價。《晝津堂記》可以說是有峻健之風，但王若虛卻並不欣賞，認為文章「辭困而氣短」。由此可見，針對不同的方面，王若虛對歐陽修文章的優劣評價就全然不同。還有前面引

〔註 93〕（金）王若虛：《滹南遺老集》，卷三十六，第 409 頁。
〔註 94〕（金）王若虛：《滹南遺老集》，卷三十六，第 408 頁。
〔註 95〕（金）王若虛：《滹南遺老集》，卷三十六，第 409 頁。
〔註 96〕（金）王若虛：《滹南遺老集》，卷三十六，第 410 頁。
〔註 97〕（金）王若虛：《滹南遺老集》，卷三十六，第 411 頁。
〔註 98〕（金）王若虛：《滹南遺老集》，卷三十六，第 412 頁。

用例子中提到的用虛字的問題，王若虛也十分敏感，指出歐陽修文中使用「其」字時有很多的錯誤，在此不一一列舉。

從整體的評價來看，王若虛是贊同邵博的觀點的：「歐公之文和氣多，英氣少。」〔註 99〕這裡的「和氣」，指的應該就是雍容婉雅之致，而「英氣」則主要指精潔和峻健而言。而對於他在宋代文壇的評價，有這樣一條記載：

> 趙周臣云：「黨世傑嘗言：『文當以歐陽子為正，東坡雖出奇，非文之正。』」〔註 100〕

這應該是党懷英及趙秉文等金代文人的普遍看法。但是王若虛認為，此論定是「謬語」。他用了八個字來形容：「歐文信妙，詎可及坡？」〔註 101〕

二、唐代作家

唐代文人數量之多，自不必多說。然而，在《滹南遺老集》中，王若虛對於唐人的批評卻非常少，可以說是對唐代的詩文「熟視無睹」了。究其原因，首先是因為王若虛針對金代當朝的文壇現狀，比較關心宋代尤其是蘇、黃及江西派詩人，希望以此來肅清金代當時文壇的不良風氣；其次，因為好辨的性格，王若虛關注的焦點一般是有「可疑」之處的詩文，而唐代文學作品確實是佳作頗多，可指出瑕疵者一般都是二三流以下的作家，那是王若虛所不屑於去一辨的；再次，關於唐人的文學批評已經有很多了，王若虛已無意於再走前人走過的路，而是喜歡另闢蹊徑，發前人所未發之言。因此，王若虛對唐代文人的批評和闡發並不多，而且大都是一筆代過，作字詞辨析等等。現僅列出王若虛進行了較多闡述的杜甫及白居易二人。

（一）杜甫

王若虛對於杜甫的推尊在前文已經闡述過，由推杜甫為「典謨」，就可看出。而王若虛一直在強調杜詩不易學，黃庭堅未得杜甫之妙處，都是對杜甫這一定位的引申。不過，當提到周昂時，王若虛就有了不同的說法：「史舜元作吾舅詩集序，以為有老杜句法，蓋得之矣。」〔註 102〕王若虛同意這一說法，足見周昂在他心中的地位了。

〔註 99〕（金）王若虛：《滹南遺老集》，卷三十六，第 413 頁。
〔註 100〕（金）王若虛：《滹南遺老集》，卷三十六，第 413 頁。
〔註 101〕（金）王若虛：《滹南遺老集》，卷三十六，第 413 頁。
〔註 102〕（金）王若虛：《滹南遺老集》，卷三十八，第 437 頁。

他又曾將杜甫與左丘明之文相比：「左、杜冠絕古今，可謂天下之至工而無以如之矣。黃、韓信美，曾何可及。」〔註 103〕這等於將杜甫之文與《左傳》相提並論，真可謂是推許至無以復加之地，就好像嚴羽評論李、杜時的感慨：「詩而入神，至矣，盡矣，蔑以加矣！」〔註 104〕此論用於左、杜亦可。

王若虛認為杜甫勝於李白，但也僅是同意王安石之說，而並未將二人高下進行詳細的論述，而是在另一條中直接表明自己的觀點：「世稱李杜，而李不如杜……不必辨而後知。歐陽公以為李勝杜……人之好惡，固有不同者，而古今之通論，不可易也。」〔註 105〕他把「李不如杜」看做是「古今之通論」，說得可謂是十分篤定！不過，遺憾的是，他並沒有在集中能就風格、做法等方面對李、杜二人做出評論和總結。

（二）白居易

白居易是王若虛十分偏愛的一位唐代詩人，因為他認為白樂天的詩有著「哀樂之真，發乎情性」的特點。因此，他對於孟郊也比較推許：

> 郊寒白俗，詩人類鄙薄之，然鄭厚評詩，荊公、蘇、黃輩曾不比數，而云樂天如柳陰春鶯，東野如草根秋蟲，皆造化中一妙，何哉？哀樂之真，發乎情性，此詩之正理也。〔註 106〕

王若虛的「郊寒白俗」，出自於蘇軾對孟郊、賈島、元稹、白居易的評價：郊寒島瘦、元輕白俗。而王若虛只截取其中二人，可見他對白、孟二人的偏愛和贊許。

在集中，王若虛對白居易的贊許有四處，前文已經提及，如他在《高思誠詠白堂記》中提出的針對白居易其人和其文的高度讚揚：

> 人物如樂天，吾復何議？……蓋樂天之為人，沖和靜退，達理而任命，不為榮喜，不為窮憂，所謂『無入而不自得者』。……樂天之詩，坦白平易，直以寫自然之趣，合乎天造，厭乎人意，而不為奇詭，以駭末俗之耳目。〔註 107〕

此處評價，將白居易之詩說成是「天造」之物，簡直可以與杜甫相媲美了。這也反映出王若虛一貫的文學觀念：應作坦白平易、有自然之趣之詩文。

〔註 103〕（金）王若虛：《滹南遺老集》，卷三十五，第 400 頁。
〔註 104〕（宋）嚴羽著，郭紹虞校釋：《滄浪詩話．詩辨》，《滄浪詩話校釋》，第 8 頁。
〔註 105〕（金）王若虛：《滹南遺老集》，卷三十五，第 403 頁。
〔註 106〕（金）王若虛：《滹南遺老集》，卷三十八，第 449 頁。
〔註 107〕（金）王若虛：《滹南遺老集》，卷四十三，第 534 頁。

而他也藉此來戒勉高思誠，讓他不要以「雕琢、粉飾」為自己作文寫詩的重點。可以說，在王若虛眼中，白居易的作品，雖然沒有如杜甫那般「仰之彌高」的高度，但卻有著別具一格的天然妙處。也因此，元好問對他有著這樣的評價：「文以歐、蘇為正脈，詩學白樂天。」〔註 108〕評價十分準確。

總結

王若虛在《滹南遺老集》中提到的作家不少，但大部分都是一筆代過，筆墨涉及最多者就是司馬遷（以點評《史記》為主）、蘇軾和黃庭堅三位。他從自己獨到的、好疑尚辨的視角出發，經常能夠察前人之未察的問題，發前人之未發的言論，從而形成一套具有個人特色的作家批評觀。而且，他一般關注的都是一流名家，幾乎沒有將二三流作家放在眼裏。在進行作家批評時，他關注的重點與他本人的理論觀相呼應，一般關涉語言、修辭、文意等方面。

從他的作家批評可以看出，他對蘇軾、杜甫、白居易等人極其推崇，評論中極盡溢美之詞；而對黃庭堅和江西詩派的詩人群體則十分鄙視和不屑，對他們的作品指出了許多的問題。這些批評中，有些是十分客觀而中肯的，而有些則不免有些吹毛求疵了。

但是，總得來說，王若虛仍可算得上是一位寬容的批評家，他在點評時多使用春秋之筆，一般是褒中含貶，貶中有褒，比較客觀。

〔註 108〕（元）元好問：《內翰王公墓表》。

結　語

金代歷經一百二十年，共有九主六世，期間政治上是盛衰交替，而文學的發展也是隨之起伏變化。在皇室南渡之後，文壇進入了最輝煌的時代：文風大變，才人輩出。在趙秉文、李純甫等人的努力下，文多學奇古，詩多學風雅，作品數量和質量都達到了新的高度。在文學理論建設方面，時人開始了全新的探索，尤其是對於蘇軾、黃庭堅二人文論和詩論的爭辯，一直持續不休。王若虛在其中做出的貢獻不可小覷。他上承古雅，下啟新風，在綜合了前人理論的基礎上，創設了一套較完備的理論體系，並因此影響了金一代可堪最偉大文人的元好問。從根本上來看，王若虛的理論正是宋代蘇軾的文學理論對金代影響的最好體現，也是蘇軾的思想在金代的一種傳承。王若虛將其重新與前輩趙秉文和其舅周昂的理論進行整合、分析、提煉，再加以自己的學術積累，最終形成了一脈有著鮮明個人特色的文學理論觀念。王若虛的理論思想，不僅在當時對金代文壇有指導作用，也深深地影響了後代。但是目前對於王若虛專人及其著作的研究專著較少，也未形成一套系統的理論體系，沒有深刻挖掘到王若虛本人及其文學理論形成的原因。因此，本文從王若虛的生平和交遊入手，考察了他一生的行動軌跡，梳理了他的生平；從思想上找出他所受影響的根源；然後分別從文學理論和詩歌理論入手，全面、深入地總結、歸納、分析了他的理論觀念；最後探察他的文學批評實踐，將其與理論分析結合，更好地掌握王若虛的思想。

現將本文重點結論以表格形式總結如下：

表 1　生平及交遊

青少年：天資聰穎，才華出眾	師從周昂、劉中，與張履、高法颺等從學；後中進士。
中年：仕途逐漸平順	歷任管城等地縣令，後進入國史院。與趙秉文、李純甫等當時文壇主流群體過往甚密。
晚年：金亡不仕，隱居著書	經歷「崔立功德碑」事件後北渡回鄉，整理自己的著述。提攜後輩，如元好問、劉祁、劉遇等人。

表 2　理論成因

遠溯蘇、歐	承襲疑古、辨惑思想
上承趙、周	繼承師古、積學、主意、巧拙等思想
批判李、雷	反對求奇、尚險

表 3　文學理論

原理論	文章出自真情實感
	一切應適其宜
	文章以平實為正
	不主故常，避免模仿
文體論	定體則無，大體須有
創作論	原則：文無定法
	實踐：以意為主，工拙相濟，繁簡適中，辭精、意明和勢傾

表 4　詩歌理論

基本原理	論詩主天全、自得、淳致等
	文以意為主，以字為其役
	妙在形似之外，而非遺其形似
	文章應辭達理順
創作技巧	語言文字方面應做到巧拙相濟，文質並重
	詩歌應切合時宜，不可一味求奇而背離實際

	詩意應連貫，首尾呼應
	詩貴在含蓄，達到不露痕跡，渾然天成
	注重遣詞用字
	反對一味參照句法進行創作
作品欣賞	提出「境趣」說
	反對迂拘的文風
	崇尚以俗為雅
	反對盲目模仿
	作者應提高自身欣賞水平

表 5　作家批評

司馬遷及《史記》	文辭冗餘
	記載多有重複
	文法疏陋
	字詞使用不規範
蘇軾詩、文	褒：文勢明快，文氣充足，文風超逸，善於變化
	貶：字句不當；反對次韻創作，對詞作認識不足
黃庭堅詩、文	過於求奇，語句破損，毫無韻致；字詞使用不當；過於好名
江西詩派	反對其宗杜之說
歐陽修	肯定其改革文風之舉
其他作家	杜甫：推舉為典謨
	白居易：偏愛其哀樂之真、發乎情性的特點。

參考文獻

凡例：

- 參考文獻分為古籍文獻、今人著作、研究論文三類。
- 古籍按照經、史、子、集四部分類。
- 內部排序以時間升序排列：古籍依據作者朝代，著作及論文依據出版時間。

古籍文獻

1. （漢）孔安國傳、（唐）孔穎達疏：《尚書正義》，北京大學出版，1999年版。
2. （清）阮元：《十三經注疏》，中華書局，2009年版。
3. （清）皮錫瑞：《經學歷史》，中華書局，2004年版。
4. （梁）沈約：《宋書》，中華書局，1974年版。
5. （元）脫脫等：《宋史》，中華書局，2000年版。
6. （元）脫脫等：《金史》，中華書局，2011年版。
7. （明）宋濂等：《元史》，中華書局，1976年版。
8. （元）蘇天爵著：《元朝名臣事略》，中華書局，1996年版。
9. （清）紀昀等編：《四庫全書總目》，中華書局，2008年版。
10. （北齊）顏之推撰，王利器集解：《顏氏家訓集解》，上海古籍出版社，1980年版。
11. （宋）朱熹、呂祖謙：《近思錄》，中華書局，2011年版。
12. （宋）王觀國：《學林》，中華書局，2007年版。
13. （宋）王應麟、清翁元圻注：《困學紀聞》，世界書局，1937年版。
14. （金）劉祁：《歸潛志》，中華書局，2007年版。

15. （清）施國祁：《金源劄記》，中華書局，1985 年版。
16. 國學整理社編：《諸子集成》，中華書局，2006 年版。
17. （梁）蕭統編，（唐）李善注：《文選》，上海古籍出版社，2011 年版。
18. （元）元好問編：《中州集》，中華書局，1959 年版。
19. （清）張金吾編：《金文最》，中華書局，1990 年版。
20. （晉）陶淵明著，逯欽立校注：《陶淵明集》，中華書局，1979 年版。
21. （唐）韓愈：《韓昌黎全集》，中國書店，1998 年（據世界書局 1935 年版）影印本。
22. （宋）歐陽修：《歐陽修全集》，中國書店，1998 年（據世界書局 1936 年版）影印本。
23. （宋）蘇洵著，曾棗莊、金成禮箋注：《嘉祐集》，上海古籍出版社，2001 年版。
24. （宋）蘇軾：《東坡後集》，中國書店，1986 年（據世界書局 1936 年版）影印本。
25. （宋）蘇軾：《東坡續集》，清光緒重刊明成化本。
26. （宋）郎曄編：《經進東坡文集事略》卷五十六，四部叢刊本。
27. （宋）蘇軾著，孔凡禮點校：《蘇軾文集》，中華書局，2011 年。
28. （宋）蘇軾著、清王文誥注：《蘇軾詩集》，中華書局，1982 年版。
29. （宋）黄庭堅著，劉琳等校點：《黄庭堅全集》，四川大學出版社，2001 年版。
30. （金）趙秉文：《閑閑老人滏水集》卷二十，四部叢刊本。
31. （金）王若虛：《滹南遺老集（附續詩集）》，商務印書館，1935 年《叢書集成》（初編）本。
32. （元）元好問：《元好問全集》，山西古籍出版社，2004 年版。
33. （元）郝經：《郝文忠公陵川文集》，《北京圖書館古籍珍本叢刊》本，書目文獻出版社，2000 年影印本。
34. （元）姚燧：《牧庵集》，中華書局，1985 年《叢書集成》（初編）本。
35. （元）王惲：《秋澗先生大全文集》，四部叢刊本。
36. （明）唐順之：《荊川先生文集》，四部叢刊景明本。
37. （清）翁方綱：《復初齋詩集》，上海古籍出版社，2002 年影印本。
38. （梁）鍾嶸著，曹旭箋注：《〈詩品〉箋注》，人民文學出版社，2009 年版。
39. （梁）劉勰著，范文瀾注：《〈文心雕龍〉注》，人民文學出版社，2011 年版。

40. （唐）皎然著，李壯鷹校注：《〈詩式〉校注》人民文學出版社，2003 年版。
41. （宋）陳師道：《後山詩話》，人民文學出版社，1979 年版。
42. （宋）阮閱：《詩話總龜》，人民文學出版社，2005 年版。
43. （宋）張戒著、陳應鸞校箋：《歲寒堂詩話校箋》，巴蜀書社，2000 年版。
44. （宋）胡仔纂集：《苕溪漁隱叢話》，人民文學出版社，1962 年版。
45. （宋）魏慶之：《詩人玉屑》，上海古籍出版社，1978 年版。
46. （宋）嚴羽著，郭紹虞校釋：《滄浪詩話校釋》，人民文學出版社，1983 年版。
47. （明）王世貞：《藝苑卮言校注》，齊魯書社，1992 年版。
48. （明）謝榛：《四溟詩話》，人民文學出版社，2006 年版
49. （明）胡應麟：《詩藪》，上海古籍出版社，1979 年版。
50. （清）王夫之：《薑齋詩話》，人民文學出版社，1981 年版。
51. （清）趙執信：《談龍錄》，人民文學出版社，2001 年版
52. （清）沈德潛：《說詩晬語》，人民文學出版社，1979 年版。
53. （清）黃子雲：《野鴻詩的》，上海古籍出版社，1978 年《清詩話》本。
54. （清）袁枚著：《續詩品》，上海古籍出版社，1978 年《清詩話》本。
55. （清）陳廷焯：《白雨齋詞話》，人民文學出版社，2006 年版。
56. （清）葉燮：《原詩》，人民文學出版社，2005 年版。
57. （清）薛雪：《一瓢詩話》，人民文學出版社，2005 年版。
58. （清）趙翼：《甌北詩話》，人民文學出版社，2005 年版。
59. （清）翁方綱：《石洲詩話》，人民文學出版社，2001 年版
60. （清）何文煥：《歷代詩話》，中華書局，1981 年版。
61. （清）丁福保：《歷代詩話續編》，中華書局，2006 年版。

今人著作

1. 李則綱：《史學通論》，商務印書館，1935 年版。
2. 霍松林：《〈滹南詩話〉點校》，人民文學出版社，1962 年版。
3. 范文瀾：《中國通史簡編》，人民出版社，1964 年版。
4. 張健：《滄浪詩話研究》，五南圖書出版股份有限公司，1966 年。
5. 張健：《宋金四家文學研究》，聯經出版事業公司，1975 年版。
6. 林明德：《金代文學批評資料彙編》，國立編譯館主編，成文出版社印

行，1979 年版。
7. 郭紹虞：《中國文學批評史》，上海古籍出版社，1979 年版。
8. 任繼愈：《中國哲學史》，人民出版社，1979 年版。
9. 錢鍾書：《管錐編》，中華書局，1979 年版。
10. 郭紹虞編：《中國歷代文論選》，上海古籍出版社，1979 年版。
11. 郭紹虞：《歷代文論選》，上海古籍出版社，1980 年版。
12. 祖保泉：《司空圖〈詩品〉解說》，安徽人民出版社，1980 年版。
13. 陳寅恪：《金明館叢稿二編》，里仁書局，1981 年版。
14. 敏澤：《中國文學理論批評史》，人民文學出版社，1981 年版。
15. 呂思勉：《史學四種》，上海人民出版社，1981 年版。
16. 霍松林：《文藝散論》，中國社會科學出版社，1981 年版。
17. 林明德：《中國傳統文明探索》，巨流圖書公司，1981 年版，
18. 陸侃如，牟世金：《文心雕龍譯注》，齊魯書社，1981 年版。
19. 周振甫：《文心雕龍注釋》，人民文學出版社，1981 年版。
20. 張岱年：《中國哲學大綱》，中國社會科學出版社，1982 年版。
21. 錢穆：《兩漢經學今古文平議》，東大圖書有限公司，1983 年版。
22. 湯用彤：《湯用彤學術論文集》，中華書局，1983 年版。
23. 羅仲鼎、吳宗海、蔡乃中：《〈詩品〉今析》，江蘇人民出版社，1983 年版。
24. 鄭振鐸：《鄭振鐸古典文學論文集》，上海古籍出版社，1984 年版。
25. 羅根澤：《中國文學批評史》，上海古籍出版社，1984 年版。
26. 陶秋英：《宋金元文論選》，人民文學出版社，1984 年版。
27. 趙幼文：《曹植集校注》，人民文學出版社 1984 年版。
28. 張懷瑾：《〈文賦〉譯注》，北京出版社，1984 年版。
29. 章學誠：《文史通義》，中華書局，1985 年版。
30. 殷翔、郭全芝：《嵇康集注》，黃山書社，1986 年版。
31. 馮友蘭：《中國哲學史新編》，人民出版社，1986 年版。
32. 王瑤：《中古文學史論》，北京大學出版社，1986 年版。
33. 方孝岳：《中國文學批評》，生活．讀書．新知三聯書店，1986 年版。
34. 許學夷：《詩源辨體》，人民文學出版社，1987 年版。
35. 張少康：《〈文心雕龍〉新探》，齊魯書社，1987 年版。
36. 湯一介：《中國傳統文化中的儒道釋》，中國和平出版社，1988 年版。
37. 胡適：《胡適的日記》，遠流出版公司，1990 年版。

38. 嚴耕望：《嚴耕望史學論文集選》，聯經出版公司，1991 年版。
39. 吳可：《藏海詩話》，中華書局，1991 年版。
40. 余藎：《中國詩學史綱》，浙江古籍出版社，1995 年版。
41. 王運熙、顧易生：《中國文學批評通史》，上海：上海古籍出版社，1995 年版。
42. 呂思勉：《經子解題》，華東師範大學出版社，1996 年版。
43. 羅宗強：《魏晉南北朝文學思想史》，中華書局，1996 年版。
44. 周惠泉：《金代文學論》，東北師範大學，1997 年版。
45. 傅亞庶：《三曹詩文全集譯注》，吉林文史出版社，1997 年版。
46. 錢穆：《中國近三百年學術史》，商務印書館，1997 年版。
47. 劉師培：《中古文學論著三種》，遼寧教育出版社，1997 年版。
48. 傅傑編校：《章太炎學術史論集》，中國社會科學出版社，1997 年版。
49. 蔣伯潛：《經與經學》，上海書店出版社，1998 年版。
50. 梁啟超：《清代學術概論》，上海古籍出版社 1998 年版。
51. 胡適：《胡適傳紀作品全編》，東方出版中心，1999 年版。
52. 胡傳志：《金代文學研究》，安徽大學出版社，2000 年版。
53. 孫立：《中國文學批評文獻學》，廣東人民出版社，2000 年版。
54. 張伯偉：《中國詩學研究》，遼海出版社，2001 年版。
55. 郭預衡：《中國散文史》，上海古籍出版社，2002 年版。
56. 陳伯海、蔣哲倫：《中國詩學史》，鷺江出版社，2002 年版。
57. 丁放：《金元詞學研究》，中國社會科學出版社，2002 年版。
58. 孟繁清等：《金元時期的燕趙文化人》，河北人民出版社，2004 年版。
59. 蔡方鹿：《朱熹經學與中國經學》，人民出版社，2004 年版。
60. 張晶：《遼金元文學論稿》，北京廣播學院出版社，2004 年版。
61. 朱光潛：《我與文學及其他》，廣西師範大學出版社，2004 年版。
62. 王慶生：《金代文學家年譜》，鳳凰出版社，2005 年版。
63. 王若虛著，胡傳志、李定乾校注：《〈滹南遺老集〉校注》，遼海出版社，2006 年版。
64. 袁濟喜：《新編中國文學批評發展史》，中國人民大學出版社，2006 年版。
65. 王運熙、顧易生主編：《中國文學批評史》，上海古籍出版社，2006 年版。
66. 趙維江主編：《走近契丹與女真王朝的文學》，文化藝術出版社，2006 年版。

67. 黨聖元：《在傳統與現代之間——古代文論的現代遭際》，山東教育出版社，2007 年版。
68. 徐復觀：《中國藝術精神》，廣西師範大學出版社，2007 年版。
69. 黄炳輝：《唐詩學史述論》，上海古籍出版社，2008 年版。
70. 王崗、鄧瑞全、曹書傑：《中國文化世家：燕趙遼海卷》，湖北教育出版社，2008 年版。
71. 孫欽善：《中國古文獻學史簡編》，北京大學出版社，2008 年版。
72. 祁志祥：《中國美學通史》，人民出版社，2008 年版。
73. 錢鍾書：《談藝錄》，生活・讀書・新知三聯書店，2008 年版。
74. 盧祐成：《中國古代文論探微》，安徽教育出版社，2008 年版。
75. 張再林：《作為身體哲學的中國古代哲學》，中國社會科學出版社，2008 年版。
76. 孫開泰：《先秦諸子精神：百家爭鳴、融合與傳統文化整體觀》，鳳凰出版社，2009 年版。
77. 張其成：《中國傳統文化概論》，人民衛生出版社，2009 年版。
78. 宗白華：《美學散步》，上海人民出版社，2009 年版。
79. 舒大剛：《宋代文化研究》，四川大學出版社，2009 年版。
80. 張恩普、任彦智、馬曉紅：《中國散文理論批評史論》，東北師範大學出版社，2009 年版。
81. 吳鳳霞：《遼金元史學研究》，中國社會科學出版社，2009 年版。
82. 郭紹虞：《照隅室古典文學論集》，上海古籍出版社，2009 年版。
83. 黨聖元：《返本與開新》，河南大學出版社，2010 年版。
84. 張立齋：《〈文心雕龍〉註訂》，國家圖書館出版社，2010 年版。
85. 王友勝：《蘇詩研究史稿》，中華書局，2010 年版。
86. 錢基博：《經學通志》，嶽麓書社，2010 年版。
87. 姜飛：《經驗與真理：中國文學真實觀念的歷史和結構》，巴蜀書社，2010 年版。
88. 劉師培：《中國中古文學史講義》，中國人民大學出版社，2011 年版。
89. 呂思勉：《先秦學術概論》，中國人民大學出版社，2011 年版。
90. 王國維著，彭玉平疏證：《人間詞話疏證》，中華書局，2011 年版。
91. 高春豔：《李因篤文學研究》，中國社會科學出版社，2011 年版。
92. 王永：《金代散文研究》，中國社會科學出版社，2011 年版。
93. 周予同：《中國經學史講義》，上海人民出版社，2012 年版。
94. 傅斯年：《史學方法導論》，上海古籍出版社，2012 年版。

95. 劉家和：《史學、經學與思想》，北京師範大學出版社，2013 年版。
96. 王慶生編著：《金代文學編年史》，中華書局，2013 年版。

研究論文

1. 申鎝：《王若虛研究》，《國立北京大學國學季刊》1936 年第 6 卷第 2 號。
2. 彭卣簣：《對〈論語辨惑〉個別句讀的商榷》，《湖南師院學報（哲學社會科學版）》1983 年第 1 期。
3. 余薹：《王若虛寫作理論初探》，《杭州大學學報》1983 年第 4 期。
4. 吳瑞裘：《王若虛美學思想研究》，《龍巖師專學報（社會科學版）》1987 年第 11 期。
5. 葛兆光：《金代史學與王若虛》，《揚州師院學報（社會科學版）》1988 年第 4 期。
6. 張晶：《從李純甫的詩學傾向看金代後期詩壇論證的性質》，《文學遺產》1990 年第 2 期。
7. 周惠泉：《金代文學經緯（上）》，《山西大學學報（哲學社會科學版）》1992 年第 2 期。
8. 周惠泉：《金代文學經緯（下）》，《山西大學學報（哲學社會科學版）》1992 年第 3 期。
9. 王紹齡：《葉燮作家論初探》，《河南師範大學學報（哲學社會科學版）》1992 年第 4 期。
10. 丁放、孟二冬：《王若虛對金代詩學的貢獻》，《安徽師大學報》1993 年第 2 期。
11. 狄寶心、徐翠先：《元遺山在崔立碑事件中的動機及其評價》，《山西大學師範學院學報》1994 年第 2 期。
12. 曾貽芬：《略談遼、金時代的歷史文獻》，《史學史研究》1994 年第 3 期。
13. 胡傳志：《〈中州集〉的流傳和影響》，《文學遺產》1994 年第 4 期。
14. 周惠泉：《論金人的金代文學批評》，《社會科學戰線》1995 年第 3 期。
15. 張晶、周萌：《金代文學批評述論》，《社會科學輯刊》1997 年第 3 期。
16. 姜劍雲、王岩峻：《金源後怪奇詩派引論》，《山西大學學報（哲學社會科學版）》1997 年第 4 期。
17. 馬志強：《金代文學家李純甫和雷淵述論》，《唐都學刊》1998 年第 3 期。
18. 胡傳志：《「蘇學盛於北」的歷史考察》，《文學遺產》1998 年第 5 期。
19. 文師華、徐敏：《王若虛的詩學觀》，《南昌大學學報（人社版）》1999 年第 2 期。
20. 孫民：《關於蘇軾的「辭達」說》，《瀋陽教育學院學報》1999 年第 1 期。

21. 杜成輝、韓生存：《金代文壇盟主李純甫》，《大同高等專科學校學報》1999 年第 2 期。
22. 胡傳志：《金代文學特徵論》，《文學評論》2000 年第 1 期。
23. 魏崇武：《金代理學發展初探》，《歷史研究》2000 年第 3 期。
24. 曾棗莊：《「蘇學行於北」——論蘇軾對金代文學的影響》，《陰山學刊》2000 年第 4 期。
25. 荊雲波：《才略批評：中國古代文論中的作家論》，《南陽師範學院學報（社會科學版）》2000 年第 8 期。
26. 張思齊：《論宋金詩學對詩情表達理論的探索》，《煙臺大學學報（哲學社會科學版）》2001 年第 2 期。
27. 袁濟喜：《論中國古代文論中的天賦論》，《寶雞文理學院學報（社會科學版）》2002 年第 4 期。
28. 胡傳志：《論南宋使金文人的創作》，《文學遺產》2003 年第 5 期。
29. 黨聖元：《蘇軾詩學批評之義理及其特點》，《陝西師範大學學報（哲學社會科學版）》2003 年第 6 期。
30. 王樹林：《金人別集傳世版本敘考》，《南通師範學院學報（哲學社會科學版）》2004 年第 9 期。
31. 王霜振：《金代文學評論家——王若虛》，《河北廣播電視大學學報》2004 年第 2 期。
32. 晏選軍：《金代理學發展路向考論》，《北京師範大學學報（社會科學版）》2004 年第 6 期。
33. 胡傳志：《金代文人的南宋文學觀》，沈松勤主編《第四屆宋代文學國際研討會論文集》，浙江古籍出版，2006 年版。
34. 楊忠謙：《論王若虛詩論的主體性特徵》，《蘭州學刊》2007 年第 1 期。
35. 李定乾：《王若虛著述考》，《文獻》2007 年第 1 期。
36. 慈波：《論金源文化背景下的〈文辨〉》，《邯鄲學院學報》2007 年第 1 期。
37. 張惠民：《從金源文論看「蘇學北行」》，《樂山師範學院學報》2007 年第 4 期。
38. 胡傳志：《宋遼金文學關係論》，《文學評論》2007 年第 4 期。
39. 王耘：《金代文化與經學變古思潮》，《蘭州學刊》2007 年第 7 期。
40. 邱美瓊：《金代中後期四家的唐詩之論》，《吉林師範大學學報（人文社會科學版）》2008 年第 4 期。
41. 周惠泉：《金代文學與女真族文學歷史發展新探》，《江蘇大學學報（社會科學版）》2008 年第 2 期。

42. 王德朋：《近二十年來金代儒學研究述評》，《東北史地》2009 年第 1 期。
43. 蘇利國：《一心自得，渾然天成——論王若虛文論的審美指向》，《濮陽職業技術學院學報》2009 年第 2 期。
44. 吳鳳霞：《金代王若虛的「史例」思想》，《北方文物》2009 年第 4 期。
45. 蘇利國：《不事雕琢取法自然——論王若虛文論中的「理」》，《赤峰學院學報（漢文哲學社會科學版）》2009 年第 6 期。
46. 尚永亮：《論王若虛對白居易的接受及其得失》，《社會科學》2009 年第 9 期。
47. 王穎：《金代儒學的傳統復歸——以王若虛及其〈滹南遺老集〉為例》，《保定學院學報》2009 年第 11 期。
48. 劉輝：《趙秉文理學研究略論》，《社會科學戰線》2009 年第 12 期。
49. 王永：《〈滹南遺老集〉版本源流考》，《古籍整理研究學刊》2010 年第 1 期。
50. 雷恩海、蘇利國：《崇經重史，惟真惟實——王若虛文學觀與其經學、史學思想的辯證關係》，《甘肅社會科學》2010 年第 4 期。
51. 胡蓉：《厚重且通達——淺析〈滹南詩話〉之鑒賞論》，《邢臺學院院報》2010 年 9 月第 25 卷第 3 期。
52. 王其秀：《論王若虛的校勘實踐》，《安徽工業大學學報（社會科學版）》2010 年第 6 期。
53. 陳良中：《張金吾輯錄王若虛〈尚書義粹〉校讀記》，《圖書情報工作》2010 年第 13 期。
54. 胡蓉：《論「以意為主」文藝思想在先唐時期的衍變——王若虛文藝思想（一）》，《時代文學》2011 年第 1 期。
55. 陳良中：《論王若虛〈尚書義粹〉的解經特色》，《重慶師範大學學報（哲學社會科學版）》2011 年第 1 期。
56. 劉輝：《王若虛的經學思想研究》，《社會科學戰線》2011 年第 3 期。
57. 胡蓉：《論王若虛詩學理論及其形成》，《西南農業大學學報（社會科學版）》2011 年第 3 期。
58. 靳麗維：《淺析王若虛對黃庭堅與江西詩派的批判思想》，《太原城市職業技術學院學報》2011 年第 7 期。
59. 張建偉：《論王若虛〈史記辨惑〉之史評》，《渭南師範學院學報》2011 年第 9 期。
60. 靳麗維：《淺析王若虛的詩文批評思想》，《山西農業大學學報（社會科學版）》2011 年第 10 期。
61. 王其秀：《王若虛校勘方法論析》，《東嶽論叢》2011 年第 11 期。

62. 蘇利國：《出經入史，尚疑好辨——也談王若虛的文學觀》，《河北北方學院學報（社會科學版）》2011 年第 6 期。
63. 蘇利國：《本理質情平淡紀實——王若虛文學觀探析》，《濮陽職業技術學院學報》2012 年第 3 期。
64. 胡蓉：《論金代王若虛之批評觀》，《大眾文藝》2012 年第 1 期。
65. 胡蓉：《金元時期河北作家綜述》，《古代文學研究》2012 年第 3 期。
66. 章輝：《師從之爭：金代文學創作論探析》，《太原師範學院學報（社會科學版）》2012 年第 6 期。
67. 沈文雪：《金代後期傳統派與創新派詩學論爭及思想淵源》，《文藝評論》2013 年第 8 期。
68. 文師華：《金元詩學理論研究》，上海師範大學碩士學位論文，2000 年
69. 胡蓉：《論〈滹南詩話〉——兼論「以意為主」思想在中國詩話史上的發展衍變》，湖南師範大學碩士學位論文，2004 年。
70. 李定乾：《〈滹南遺老集〉研究》，安徽師範大學碩士學位論文，2005 年。
71. 劉輝：《金代儒學研究》，吉林大學博士學位論文，2008 年。
72. 王昕：《趙秉文研究》，黑龍江大學博士學位論文，2011 年。